Die Falle

1. Auflage 2024
© Ueberreuter Verlag GmbH, Berlin 2024
ISBN 978-3-7641-7138-4
Alle Rechte vorbehalten. Das Werk darf – auch teilweise –
nur mit Genehmigung des Verlages wiedergegeben werden.
Übereinstimmungen und Ähnlichkeiten mit lebenden Personen oder
Familien sind rein zufällig und nicht beabsichtigt.
Die Arbeit an dieser Publikation wurde durch ein Kölner Stipendium
für Kinder- und Jugendliteratur gefördert.
Lektorat: Angela Iacenda
Umschlaggestaltung: Felicitas Horstschäfer
Satz: Greiner & Reichel, Köln
Druck und Bindung: GGP Media GmbH, Pößneck
Gedruckt auf Papier aus geprüfter nachhaltiger Forstwirtschaft.
www.ueberreuter.de

Andreas Brettschneider

Die Falle

ueberreuter

1
ORIENTIERUNGSLAUF

Marvin liegt zusammengekrümmt auf dem Asphalt, auf der Grenze des Dreimeterkreises vor dem Basketballkorb liegt er, im hinteren Drittel des Pausenhofs. Er hält sich die Hände vor die Augen, die Beine hat er fest angezogen, damit Lukas Miebach oder der andere Lukas ihn nicht in den Bauch oder ins Gesicht treten können, damit er das hier überlebt. Vor allem, wenn gleich der Jussem dazukommt, weiß er, ist es wichtig, die lebenswichtigen Organe zu schützen. Denn der Jussem tritt zwar nur ein Mal zu, dafür aber härter als seine Jungs. Er nennt sie »seine Jungs«. Sie prügeln und treten Marvin erst weich, sie bereiten Marvin vor, dann hat der Jussem seinen großen Auftritt und liefert den finalen Tritt ab. Und was immer Marvin falsch gemacht hat – schräg geschaut, blöd gelacht, falsch herumgestanden –, der Jussem wird es ihm dann sagen. Marvin wird beteuern, nie wieder schräg zu schauen oder blöd zu lachen oder falsch herumzustehen, versprechen wird er es, weil der Jussem ein Versprechen will, das ist ihm wichtig. Und weil bis dahin kein Lehrer dazwischengegangen sein wird, weil alle bloß hinschauen oder wegschauen, jedenfalls keinen Lehrer rufen, wird es dann fast vorbei sein. Der Jussem wird Marvin aufhelfen und ihm dann, sobald er steht, noch eins mit der flachen Hand geben. Mit etwas Glück gibt es den Schlag auf den Hinterkopf, meistens aber ins Gesicht.

»Dann merk dir das auch«, wird der Jussem sagen, und Marvin wird leise nicken. Dann werden der Jussem und seine Jungs abziehen und lachen, weil sie wieder einen super Tag in der Schule haben.

Das hat Marvin alles schon bei anderen gesehen, als er selbst hingeschaut oder weggeschaut hat. Auch er hat da keinen Lehrer gerufen, also wird es auch jetzt niemand tun, bloß weil er heute an der Reihe ist. Auch ich sehe hin – meist schaue ich aber weg – und einen Lehrer rufe ich auch nicht.

»Victor?«

Das war mein Name, der hier durch den Raum ging und den alle anderen hörten, nur ich nicht. Die Ersten lachten schon und begannen, mit ihren Sitznachbarn über mich zu reden. Aber auch das bekam ich nicht mit, denn ich war gerade damit beschäftigt, an die Sache mit Marvin zu denken, gerade gestern war das gewesen. So ein Dreck. Ich schaute mich im Klassenraum um und fragte mich, ob das wohl normal war. Ich kannte es ja nur so. Und wenn es normal war: Wie in aller Welt war ich hier nur hineingeraten?

Gut, es lief wohl automatisch. Ich hatte alles einfach mitgemacht, so wie die anderen auch. Da war erst Schultüte gewesen, dann Rechnen, Lesen, Schreiben, und dann ging's zum Konrad-Heresbach-Gymnasium. Jeden Morgen hingehen, Hausaufgaben machen, melden, Klassenarbeiten schreiben – so, wie das halt lief. Und jetzt saß ich hier in der 10A zwischen all diesen Fremden, die ich doch eigentlich schon seit fünf Jahren kannte. Also, ich war nicht das Opfer in der Klasse – das braucht ihr gar nicht erst denken. Da gab es ja immer noch Kai Klammert und die fette Luise Heimann ... Gut, eine Weile lang, so vor zwei Jahren, hatten Lukas Miebach und Nils Rodermund Spaß daran gehabt, mich »Vicky« zu nennen. Und letztes Jahr, kurz vor den Weihnachtsferien, wurde »Vicky« noch mal herausgekramt, als Lukas sich von seinem Vater den Witz mit dem »Vögel-V« abgeguckt und in der Klasse verbreitet hatte. Da war ich dann noch mal »Vicky«. Oder auch »Vicky-Vicky«. Mit Vögel-V. Aber so was ging auch immer schnell vorbei, und die Lukasse und Jussems aus meiner Klasse konzentrierten sich wieder auf die ganz Schwachen. Die meiste Zeit war ich halt irgendwie auch da. Ich war für die nicht interessant genug, um mich zu quälen. So wie Marvin hatte ich noch nicht auf dem Pausenhof gelegen. Ich war aber eben auch nicht interessant genug, um mich zu fragen, ob ich mal Lust auf Kino oder den See hätte. Das störte mich nicht einmal. Ich meine, man musste sich die Leute in meiner Klasse nur mal angucken, da wusste man ja schon Bescheid. Lukas und der andere Lukas waren nur Fußball. Sie hatten sich zu den Prügeljungs von Bastian Jussem gemacht und hatten sich von Ben Kaczmarek das »Als ob!« abgeguckt, was man immer und überall sagen konnte, wenn einem nichts Besseres einfiel. Und denen fiel oft nichts Gutes oder Besseres ein.

Nina: »Der hat geguckt!«
»Als ob!«
Der Lehrer: »Hausaufgabe für Donnerstag ...«
»Als ob!«
Nils: »Bendover 3 war megascheiße!«
»Als ob!«
Es nahm einfach kein Ende.

Und auf der anderen Seite waren da so Anna-Lenas oder Tristans, die sich sofort meldeten, wenn es darum ging, geschockt zu sein über das, was zum Beispiel in der Nazizeit mit den Juden gemacht worden war. Dabei war denen das genauso egal wie Lukas oder dem anderen Lukas. Nur hatten die eben von ihren Eltern oft genug gehört, dass man sich in der Schule anstrengen musste. Und sie haben schnell gemerkt, dass Lehrer das super finden, wenn man eine Meinung zu einem Thema hat. Jedenfalls wenn es die richtige ist. Dann muss man nicht einmal erklären, warum genau man diese Meinung hat, das läuft so durch. Da kann man sich halt entscheiden: Entweder du rätst die richtige Meinung, dann ist gut, oder du musst dir irgendwelche Begründungen für deine »falsche« Meinung aus den Fingern saugen, und am Ende hat der Lehrer dann ja doch wieder recht, weil deine Begründung eben nichts war. Aber Betroffenheit kam immer gut an, darauf konnte man sich verlassen. Alles eine große Show. Nur Lizzy, der habe ich das immer geglaubt. Die war anders.

Gut, jetzt sah das halt so aus: Ich war hier jeden Tag sechs, manchmal acht Stunden lang in einem Raum mit Leuten, die entweder zu blöde für alles waren oder denen die Blöden zu blöde waren und die sich lieber darauf konzentrierten, den Lehrern zu gefallen, was am Ende genauso blöde war. Aber es wäre ja jetzt auch eingebildet zu glauben, dass ich der einzige richtige Mensch in dieser verrückten Welt war, der Einzige, der verstanden hatte, wie die Dinge hier liefen, den Nobelpreis schon so gut wie in der Tasche – andere nette Leute gab es ganz sicher auch noch. Nur waren die wahrscheinlich damit beschäftigt, in Deckung zu bleiben. So wie ich.

»Victor!« – Die Stimme war bei mir angekommen. Ich schaute auf und sah in das Gesicht von Frau Schaller, die bis vor Kurzem noch Frau Istas geheißen hatte. Die heirateten hier ja ständig, und man musste sich dann jedes Mal neue Namen merken.

»Entschuldigung, ich habe gedöst«, sagte ich, weil ich fand, man sollte bei solchen Sachen ehrlich sein.

»Das ist mir wohl aufgefallen«, sagte Frau Schaller und lächelte mich an, so als wollte sie sagen: »Das ist auch eine sehr nette

Eigenschaft von dir.« Die Lehrer mochten mich. Aber davon kann man sich ja auch nichts kaufen.

»Martin und du, ihr macht zusammen den Orientierungslauf am Freitag. Ist das in Ordnung? Das wollte ich nur von dir wissen.«

»Ah ja, der Orientierungslauf«, antwortete ich verwirrt. Allein die Vorstellung mit einem Partner, einem Kompass und einer Karte in der Hand im Knipprather Wald ausgesetzt zu werden, mit der Aufgabe, zurück zur Schule zu finden, erschien mir mehr als bescheuert. Ich hatte noch immer nicht richtig begriffen, warum wir so etwas tun sollten, während die anderen Klassen bei den Projekttagen Enchiladas kochten oder backten oder frittierten oder was immer man mit denen macht. Andere beschäftigten sich mit Quantenmechanik, töpferten irgendwas oder lernten Dänisch. Selbst Dänisch lernen hätte ich lieber gehabt. Und dann war das auch noch der Knipprather Wald, den wir immer den »Dusterwald« genannt hatten, als wir noch klein waren. Und jetzt hatte ich einen Moment lang nicht aufgepasst, da hatte mir Frau Istas – also Frau Schaller – ausgerechnet Martin als Partner zugewiesen. Ich kannte Martin nicht wirklich. Keiner kannte Martin. Er war erst seit zwei Monaten bei uns in der Klasse, weil seine Mutter mit ihm aus Ibbenbüren hierhergezogen war. Und jetzt dachte meine Klassenlehrerin wahrscheinlich: »Ich tu' Martin mal was Gutes. Ich lasse ihn mit Victor den Orientierungslauf absolvieren. Denn Victor ist zwar ein Außenseiter, aber keiner von den ganz schlimmen Außenseitern. Dann findet Martin bestimmt auch mal Anschluss, und Victor vielleicht auch. Das ist dann ja gut für beide.«

Aber wer hatte sich seit fast drei Wochen schon überlegt, wie er es anstellen könnte, dass er mit Lizzy zusammen ein Team bilden könnte, ohne dass das jetzt irgendwie auffallen würde?

Wer hatte sich jetzt schon 17 Abende in seinem Bett von links nach rechts und dann wieder nach links und wieder nach rechts gewälzt und sich ausgemalt, wie fantastisch das wäre, wenn Frau Schaller einfach mal wieder die gute alte Junge-Mädchen-Regel anwenden und dann Lizzy und ihn zusammen einteilen würde? – Ich war das! Und da hätte ich dann ja auch gar nichts machen können. Das hätte Frau Schaller dann ja einfach so eingeteilt ...

»Victor?« Frau Schaller, schaute mich an und wartete.

»Was? Jaja, das ist schon gut«, sagte ich. Was hätte ich auch sagen sollen? Jetzt war es passiert. Martin war eine Enttäuschung, das stand fest.

Ich schaute hinüber zu ihm und er herüber zu mir, und er hob verlegen die Schultern, so als hätte er mir Saft über die Hose gekippt. Es ist ihm auch unangenehm, dachte ich, und dann auch wieder, dass ihm das gefälligst unangenehm sein sollte. Immerhin hatte er mir die einzige Chance versaut, dass aus diesem bescheuerten Orientierungslauf noch eine große Sache hätte werden können. Aber dann tat er mir auch wieder leid, und ich stellte mir vor, wie er mit Lukas oder dem anderen Lukas im Wald ausgesetzt worden wäre. Mit dem einen oder anderen Lukas, neben denen ich keine fünf Minuten an der Bushaltestelle hätte stehen wollen – an eine dreistündige Höllentour durch den Wald gar nicht zu denken. Jeder von denen würde es fertigbringen, dir noch mitten im Wald plötzlich in den Rücken zu boxen. Das hatte Martin auch nicht verdient. Aber hatte ich es denn verdient, den Neulingsfreund zu machen, nur weil ich kein Volltrottel war?

Dann klingelte es, und wir durften nach Hause. Bei all den Gedanken hatte ich jetzt nicht einmal mitbekommen, wem Lizzy überhaupt zugeteilt worden war. Mann, wie hatte ich das nur übersehen können? Dass ich es nicht war, war ja nur der eine

Teil der möglichen schlechten Nachrichten. Noch furchtbarer war doch die Tatsache, dass es dann ja jemand anderes werden würde. Daran hatte ich nicht gedacht. 17 Nächte lang hatte ich mich im Bett hin- und hergerollt, von links nach rechts und wieder nach links und so weiter, und dabei das Grauen glatt übersehen, das direkt vor mir stand: Vielleicht wäre sie ja gezwungen, mit Lukas oder dem anderen Lukas zu gehen. Oder mit dem Jussem. Verdammt! Nicht der Jussem! Die Lukasse waren ja bloß die Assistenzärsche. Doch der Jussem, der war Chefarsch. Also bitte nicht der Jussem! Denn nicht nur, dass er so ein Arsch war – er hatte außerdem schon letztes Jahr, als Nina Kleffner bei der Klassenfahrt in eine Glasscherbe getreten war, sofort den Sani-Kasten in der Hand gehabt. Da hatten alle anderen – also auch ich – noch wie schockgefrorene Volltrottel herumgestanden und nicht gewusst, wohin mit uns, weil gleich alles ganz blutig und ekelig werden würde. Aber nicht der Jussem. Der hatte da schon ihren Fuß in der Hand und klebte Pflaster. Und am nächsten Abend hatten sie nebeneinander beim Lagerfeuer gesessen und waren dann zusammen gewesen. Ein halbes Jahr lang oder auch nur ein paar Monate, so genau weiß ich das nicht mehr. Lange jedenfalls. Ein grausames, schreckliches, ein todbringendes Bild machte sich in meinem Kopf breit. Es war doch ganz klar: Da ist es gruselig im »Dusterwald« und Lizzy wird glauben, dass sie ganz sicher sterben werden, wenn sie den Weg nicht finden. Aber dann ist da Bastian Jussem, das Ding mit den Superkräften.

2
Niemals mitmachen

Verdammt, ist das eine Hitze, dachte ich, während ich mit dem Rucksack auf dem Rücken und den Sport- und Bücherbeuteln unter den Armen Richtung Bushaltestelle kroch. Der Tag hatte mich wirklich geschafft. Und während alle anderen schon Kratzeis im Gesicht hatten und lachten und Sprudelflaschen schüttelten, um sie vor den Gesichtern kreischender Mädchen aufzuschrauben, während alle eben kreischten und lachten, lief mir die Schweißbrühe den Rücken herunter und verklebte mich wahrscheinlich für immer mit meinem Rucksack. Und auch die Beutel würden vermutlich für alle Zeiten unter meinen Achseln kleben bleiben. Mit verschwommenem Blick sah ich vor mir die Bushaltestelle und eine Zukunft, in der ich niemals eine Freundin oder überhaupt Freunde oder eine Arbeit finden würde, weil niemand etwas mit jemandem zu schaffen haben wollte, dem unter den Armen und auf dem Rücken Taschen festgewachsen waren. Ein Freak würde ich sein, ein menschliches Beuteltier. Als Kurierfahrer würde ich mich vielleicht noch eignen, aber das wäre es dann auch schon. Man konnte über den Juli sagen, was man wollte, aber ich hasste das. Noch drei Meter bis zum rettenden Haltestellenhäuschen ... noch zwei ... noch einer ... und endlich Schatten.

Und Martin. Was tat der hier? Der fuhr doch nie Bus! Der kam doch sonst immer – also die zwei Monate jetzt – auf so einem alten Klappfahrrad mit winzigen Reifen zur Schule und arbeitete sich mit letzter Kraft den Berg hinauf. Schlimm sah das aus. Sein Gesicht leuchtete dann so rot, dass Lukas Miebach meinte, Martin könnte sein Praktikum auch als Backbordboje in der Fahrrinne des Hamburger Hafens machen. Hatte der seinem Vater mal wieder einen Witz abgeguckt. Denn eigentlich war das lustig, und Lukas Miebach war nie lustig. Ich hatte sogar erst gelacht und mich dann aber gleich geschämt. Denn es war nicht richtig mitzulachen, wenn Lukas sich über den Neuen lustig machte, wo er mich vor einigen Monaten erst »Vicky mit Vögel-V« genannt hatte. Und es war ja auch irgendwie arm, wenn ich erleichtert war, dass es mich diesmal nicht traf, wenn ich mich beim nächsten Opfer quasi gleich mit ihm verbündete, indem ich seinen Witz auf Martins Kosten lustig fand. Und verbünden wollte ich mich mit Lukas Miebach schon gar nicht. Der hatte am Ende vielleicht noch gedacht, dass ich mich bei ihm einschleimen wollte, weil ich über einen seiner Witze lachte. »Ich hab ihn in der Hand«, wird er sich gedacht haben, und das hatte mich erst richtig geärgert. Na, jedenfalls war Martin trotzdem immer weiter mit dem Klappfahrrad gekommen. Bis heute. Vielleicht hatte er es ja jetzt eingesehen.

Ich stellte mich neben ihn in das Haltestellenhäuschen und überlegte, ob ich jetzt nicht mal was zu ihm sagen sollte, und wenn ja, was. Er schaute rechts die Straße hinauf und hatte mich noch gar nicht bemerkt. Oder auch er fragte sich, ob er »Hallo« oder lässiger »Hi« sagen sollte. Gegenüber auf der anderen Straßenseite gingen Nils und die Lukasse vorbei und zeigten sich ihre Bizepse. Die waren wohl gerade in der »Defi«. Der andere Lukas guckte kurz zu mir oder uns herüber, und nach kurzer Beratung entschieden die drei, dass es wohl am besten wäre, wenn der andere Lukas jetzt »Schwuuuul!« herüberrufen würde, aber ohne dabei in unsere Richtung zu sehen.

»Dummes Stück Scheiße«, hörte ich Martin neben mir leise murmeln. Ich war begeistert und sagte: »Das ist richtig.«

Die meisten anderen sahen das nicht so. Martin war offenbar kein schlechter Mensch. Er schaute jetzt zu mir und dann auf einen Pflasterstein, der vor uns unter dem Mülleimer auf dem Gehweg lag. Ich schaute, wohin er schaute, und dann wieder ihn an.

»Wie weit kannst du werfen?«, fragte er mich, und ich muss ihn wohl arg blöde angeguckt haben, denn er schaute wieder auf den Pflasterstein und sagte: »Na, damit! Glaubst du, du triffst noch einen von denen?«

Ich überlegte – also, jetzt nicht, ob ich das wirklich schaffen könnte, Lukas noch am Hinterkopf zu treffen und dann dabei zuzusehen, wie er zu Boden gehen würde, schreiend und weinend, während ihm das Blut literweise über die Hände, sein T-Shirt und über die Hose lief, und wie dann endlich Ruhe wäre. Gut, ich gebe zu, dass diese Gedanken auch da waren. Aber ich konnte mir den Wurf selbst nicht wirklich vorstellen – ich war nicht der beste Werfer in der Klasse ... um ehrlich zu sein, verdankte ich es Lina Mandt, dass ich beim Sportfest nicht den hinterletzten Platz im Schlagballweitwurf belegt hatte. Vom technischen Standpunkt aus gesehen, hätte ich Martins Frage also locker verneinen können. Ich fragte mich eher, ob er das wirklich ernst meinte. Denn wenn ich jetzt gesagt hätte: »Ich glaube nicht – du etwa?«, konnte ich ja nicht wissen, ob Martin es dann fertigbrächte, es auszuprobieren und vielleicht ein Blutbad anrichtete. Das hätte auch ein Lukas nicht verdient, dachte ich.

»Also, ich glaube, das hätte auch ein Lukas nicht verdient«, sagte ich schließlich, und Martin nickte.

»Aber die Vorstellung ist dufte, oder?«

»Dufte«, wiederholte ich.

»Ja«, sagte Martin.

Erst später sollte ich erfahren, dass Martin absichtlich altmodische Wörter wie »dufte« benutzte. Man könne gar nicht besser deutlich machen, dass man mit Leuten wie Nils oder den Lukassen nichts gemeinsam haben will, als ihre saudumme Sprache nicht mitzumachen und sich eben eine andere zu suchen. Ich schlug dann noch vor, man könnte ja auch komplizierte Sätze verwenden, mit zwanzig Nebensätzen mindestens, und Martin gefiel die Idee. Hier an der Bushaltestelle hielt ich ihn aber erst mal für seltsam. Und mir war jetzt auch klar, warum er sofort zum Außenseiter geworden war. Das hatte damals keine zwanzig Minuten gedauert. Der wollte das wohl so. Und dann dachte ich wieder an den Scheiß über Inklusion, den uns Frau Istas, also Frau Schaller, meine ich, erklärt hatte, als der verhaltensauffällige Benny in die D gekommen war. Wie soll so was auch funktionieren, wenn du schon gestorben bist für die anderen, weil du »dufte« sagst. Die Schule ist ein verdammtes Haifischbecken, in dem jeder jeden Tag damit beschäftigt ist, keine Gliedmaßen zu verlieren. Und Martin – der ist einfach nicht mitgeschwommen. Der hat sich so ein Scheiß-Schlauchboot zum Aufblasen besorgt und paddelt über die anderen weg. Einfach so.

»Tut mir leid, das mit dem Orientierungslauf«, unterbrach er mich jetzt in meinen Gedanken.

»Was? Ach so, nee, das ist schon gut so.«

»Ja, sicherlich. Aber du musst zugeben: Begeisterung sieht anders aus.«

Ich versicherte ihm, dass das nichts mit ihm zu tun hatte, und dann versicherte ich es ihm noch mal, und dann sagte ich sogar noch, dass ich mich freuen würde, mit ihm den Orientierungslauf zu machen.

»Keiner«, sagte er, »und ich wiederhole, keiner freut sich auf den Orientierungslauf!« Dann grinste er und stieg in seinen Bus. Ich schaute ihm hinterher und fragte mich noch immer, ob er die Sache mit dem Klappfahrrad jetzt wohl aufgegeben hatte.

Am Abend rief Jan mich an. »Bist du in Ordnung? Was machst du denn für Sachen?«, wollte er wissen. Ich schaute mich in meinem Zimmer um, guckte an mir herunter, konnte aber nichts Ungewöhnliches feststellen.

Hatte ich heute etwas Falsches, Schlechtes oder Gemeines getan, weswegen es sich lohnen würde, anzurufen und so eine Frage zu stellen? Ich erinnerte mich nicht daran, überhaupt irgendetwas getan zu haben. Ich war nach Hause gekommen, hatte Mittag gegessen, auf die Frage meiner Mutter, wie die Schule war, mit dem üblichen »Gut!« geantwortet, das musste reichen, und dann hatte ich mir den Rest des Tages überlegt, was nur werden sollte, wenn der Jussem am Ende wirklich mit Lizzy durch den Wald gehen durfte. Wie lange es wohl dauern würde, seine Leiche im Wald zu vergraben, hatte ich mir überlegt, und ob man damit wohl durchkommen würde, wenn man erklärte, man habe Bastian mit zwei älteren Männern in Anzügen weggehen sehen, sich aber nichts dabei gedacht, weil man davon ausging, die würden sicher zu FBI, CIA oder so was gehören. Aber das alles konnte Jan doch unmöglich wissen. Er war mein bester, oder eher mein einziger richtiger Freund, aber Gedanken lesen konnte er ganz sicher nicht. Ich und meine Gedanken – das war's! In meinem Kopf war ich doch alleine. Das ginge doch wirklich zu weit, wenn Freunde sich da auch noch herumtreiben würden.

»Was soll denn die Frage?«, fragte ich also zurück.

»Geht's dir denn gut?«

»Ich muss mit Martin zum Orientierungslauf, Lizzy geht ganz sicher mit dem Jussem, und ich plane einen hinterhältigen Mord im Wald, aber sonst ... nein ... sonst geht's mir gut. Was fragst du denn?«

»Poah, bin ich froh. Dann ist ja gut. Es war nur, weil ... ich hab mal gelesen, dass Leute, die sich umbringen, vorher alle Spuren aus dem Leben löschen. Instagram-Account und all das. Und heute nach der Schule guck ich bei Instagram rein, und bei Tik-Tok ... nichts! Du bist überall weg!«

Das war richtig. Gestern hatte ich mir »Hab dich lieb!« und »Du bist so schön!« und den ganzen Scheiß angeguckt und gedacht, dass das doch auch alles nichts bringt. Und dann verbrachte ich eine ganze letzte Stunde damit herauszufinden, wie ich meine Accounts richtig löschen konnte. Mit ein paar Klicks war ich dann weg. Und jetzt fragte mich mein bester einziger Freund, ob ich mir die Pulsadern aufgeschnitten hätte. Wegen Instagram. Wahnsinn.

»Und jetzt fragst du mich, ob ich mir die Pulsadern aufgeschnitten hab? Wegen Instagram?«, sagte ich also.

»Na ja, so genau hatte ich mir das jetzt noch nicht vorgestellt – aber du bist auch eher der Typ, der sich vor den Zug wirft.«

»Was? Wieso das denn?«

»Ist dramatischer. Und außerdem denkst du doch selbst beim Selbstmord noch daran, was du damit deinen Eltern antust, wenn sie dich dann so finden ... überall Blut und so.«

»Du bist ein echter Freund!«, sagte ich, und dachte, er sollte mich doch besser kennen. Ich hatte ja viel zu große Angst vor dem Tod, als dass ich es wagen würde, mich umzubringen. Und Züge mochte ich auch nicht. Außerdem: Wer sich umbringt, denkt Sachen nicht zu Ende. Ich meine, das mit dem Sterben kommt doch noch früh genug ... also viel zu früh ... also im Sinne von überhaupt ... Und da soll man sich umbringen, und dann war's das? Soweit ich das einschätzen kann, kommt nach dem

Tod nämlich gar nichts. Überhaupt nichts. Kein Himmel, keine Hölle, keine Wiedergeburt oder Seelenwanderung, nichts. Und dann kann man nicht einmal mehr doof gucken, weil man nicht einmal mehr denken kann, dass es vielleicht ein Fehler war, sich an der Kellerdecke aufzuhängen. Oder man kann nicht einmal mehr merken, dass man im Abschiedsbrief vergessen hat zu erwähnen, dass die ganze heimliche Streiterei der Eltern und das »Nicht vor den Kindern, Schatz!« eine einzige große Scheiße war. Als ob man so bescheuert wäre, nicht mitzukriegen, dass gerade was gewaltig schiefläuft zwischen denen. Und dann steht das da nicht in dem Brief, und man selbst hängt an der Decke, was man dann auch nicht einmal mehr weiß, weil man ja tot ist. Nein, den ganzen Kram muss man schon im Leben erledigen, so viel steht fest.

»Glaubst du auch, dass nach dem Tod einfach nichts mehr ist?«, fragte ich also.

»Poah, was weiß ich denn? Was ist denn das für eine Frage jetzt? Ist ja gruselig!«, kam es aus dem Telefon.

Jan war halt doch eher der einzige Freund, und weniger der beste, dachte ich. Er denkt gleich an Selbstmord, weil ich online ausgestiegen bin, aber so richtig stellt er sich dann die Frage mit dem Leben und dem Tod auch wieder nicht. Ich kannte ihn aus dem Gitarrenunterricht, und er war schon in der elften Klasse. Ich hätte also gedacht, dass er bei so was ein bisschen weiter dachte. War anscheinend keine Altersfrage. Was er sich wohl davon versprochen hatte, hier anzurufen? Und was, wenn ich mich wirklich für den Keller und den Strick entschieden hätte? Hatte er es einfach nur als Erster wissen wollen? Hatte er sich für diesen Fall vorgestellt, dass er hier anruft und »Ist Victor da?« fragt, meine Mutter dann heulend ins Telefon schreit »Er ist tot! Tot!«? Ich glaube, er hat sich gar nichts vorgestellt, dachte ich dann, aber auch, dass es immerhin gut von ihm war, mich anzurufen, um zu hören, ob ich tot war. Er hätte ja auch einfach eine blöde Nachricht schicken können. Also sagte ich: »Ach, ist egal. Nett, dass du anrufst, aber ich lebe. Und wir müssen mal überlegen, wie wir am Freitag die Leiche vom Jussem beseitigen können.«

»Steht das denn fest, dass der mit Lizzy geht?«

»Das haben wir doch gelernt. Weißt du noch, wie ich mal vor dem Gitarrenunterricht meinte: ›Der bringt's noch fertig, und wir müssen heute vor der Gruppe, die nach uns dran ist, vorspielen?‹ Und was war? Scheiße, die passieren kann, passiert auch. Das ist Murrays Gesetz.«

»Murphy!«

»Was?«

»Das Gesetz. Ist von Murphy. Captain Edward A. Murphy, genauer gesagt. Hat der festgestellt, als irgendein Mitarbeiter ein arschteures Experiment vergeigt hat, weil er irgendwelche Sensoren falsch angeschlossen hat, und dann war alles für die Katz.«

»Alles, was schiefgehen kann, wird auch schiefgehen.«

»Na ja, eigentlich hat er gesagt: Wenn es mehrere Möglichkeiten gibt, eine Aufgabe zu erledigen, und eine davon in einer Katastrophe enden oder sonst wie unerwünschte Konsequenzen nach sich ziehen würde, dann wird es jemand genau so machen.«

»Das war wohl zu kompliziert, was? So merkt sich das ja keiner. Na, ›jemand‹ ist in meinem Fall jedenfalls ganz klar Frau Schaller ... Istas ... nee, Schaller ... ach, verdammt, egal!«

»Ja, genau so istas!«

Jetzt gab es doch noch mal was zu lachen – das hatte heute irgendwie gefehlt. Und Jan, der war schon auch einer von den Guten. Bevor er auflegte, versprach er, sich heimlich vom Enchiladabacken abzusetzen und uns im Knipprather Wald einzuholen. Allein bekämen Lizzy und ich die Leiche vom Jussem ja nicht einmal bis zum ersten Steinpilz gezogen. Ich wollte ihm noch ins Telefon hinterherrufen, dass ich ihm wegen der blöden roten Bohnen einen grausamen Blähtod wünschte, aber da hatte er schon aufgelegt. Manchmal ist man einfach zu langsam, und so wirklich lustig war es eh nicht.

3
Ernstfall

Am Freitagmorgen packte ich hektisch alles zusammen, was man in der Wildnis womöglich brauchen konnte. Gut, den Kompass und den ganzen anderen Orientierungskram sollten wir in der Schule bekommen, aber für den Fall, dass wir verloren gingen, musste man ja ausgerüstet sein. Aus dem Verbandskasten im Auto nahm ich ein paar Mullbinden, Pflaster und diese Aluminiumfoliendecken. Es war Mitte Juli, das hatte ich nicht vergessen, aber man weiß ja nie. Dann hatte ich mir den Artikel »Überleben in der Wildnis – 10 Dos und Don'ts« von Wildnisexperte Karl Rubinski ausgedruckt. Den steckte ich jetzt auch in die Tasche, obwohl mir der Artikel nicht besonders seriös vorkam und ich mich fragte, was Karl Rubinski wohl getan haben musste, um ›Wildnisexperte‹ zu werden. Immerhin gab es darin aber Bilder von Beeren und Pilzen, die man auf gar keinen Fall essen sollte. Für die ersten ein bis zwei Tage, bis man uns finden würde, nahm ich einen Liter Wasser mit und schmierte Brote mit Marmelade – die wurden nicht schlecht. Ein Taschenmesser, ein Feuerzeug und zwei Blöcke vom Grillanzünder steckte ich auch ein – ich war ja kein Trottel und wusste genau, dass das mit dem Feuermachen auf Anhieb niemals klappen würde, wenn man mit Holzstöckchen und Reisig rummacht, ohne das jemals ausprobiert zu haben. Das Flugzeugquartett packte ich auch ein – wenn man dank der Grillanzünder schnell ein Feuer angemacht bekommt, wird es ja auch schnell mal langweilig. Mein Rucksack war voll bis an den Rand. Gestern in der Schule hatte ich erfahren, dass Lizzy mit der fetten Luise Heimann gehen musste, und jetzt fühlte sich dieser Orientierungskram auf einmal doch ein bisschen abenteuerlich an.

Vor der Schule traf ich Martin, der einen irre großen Wanderrucksack auf dem Rücken trug. 32 Liter Fassungsvermögen. Mindestens. Plötzlich fühlte ich mich gar nicht mehr so gut vorbereitet, wie ich es eben noch von mir gedacht hatte. Martin stand vor seinem Klappfahrrad und winkte.

»Hallo, Martin! Doch wieder mit dem Rad da? Ich dachte vorgestern noch, du wärst auf den Bus umgestiegen.«

»Grüß dich, Victor. Nee, war nur ein Platten. Hab ich gestern geflickt.«

»Was hast du denn da alles eingepackt? Ich meine, mein Rucksack ist schon bis oben hin voll.«

»Geduld, Geduld, das zeige ich dir unterwegs.«

»Von mir aus«, sagte ich beiläufig. Er will geheimnisvoll wirken, dachte ich, aber auf der anderen Seite war ich schon auch neugierig, was er da alles in seinen Rucksack gestopft hatte. Ob er wohl ein Zelt dabeihatte? Oder ein Gewehr zum Zusammenbauen, falls wir gezwungen wären, zu jagen? Es war jetzt doch alles aufregend, und da konnte Martin sagen, was er wollte – ich freute mich tatsächlich auf diesen Orientierungslauf mit ihm.

Die gute Laune hörte allerdings sofort auf, eine gute Laune zu sein, und wurde zu einer Scheißlaune der Extraklasse, als wir – also Martin, ich und all die anderen – uns zum sogenannten Appell versammeln mussten. Jetzt war Orientierungslauf, da hieß das dann auch »Appell«. Frau Schaller ging die Anwesenheitsliste durch, und es stellte sich heraus, dass Luise Heimann ein Attest eingereicht hatte, in dem es hieß, sie könne wegen eines Herzklappenfehlers den Orientierungslauf nicht mitmachen. Keiner hatte jemals etwas von einem Herzklappenfehler bei ihr gehört, also lachten alle. Und dann wurde noch einmal gelacht, als Lukas Miebach die Arme konvex ... oder hieß das konkav? ... na, jedenfalls nach außen gewölbt an seinen Körper hielt, um Luise Heimanns Figur zu imitieren. Der andere Lukas war ein weniger kreativer Drückeberger gewesen – von ihm gab es nur eine Entschuldigung wegen Unwohlseins. Was hieß hier ›Unwohlsein‹? Uns war doch allen nicht wohl. Seit Wochen schon. Seitdem klar war, dass wir diesen bescheuerten Orientierungslauf veranstalten mussten, hatte ich jedenfalls das größte denkbare Unwohlsein, wenigstens solange ich noch davon ausgegangen war, dass Lizzy vom Jussem vor einem Bären gerettet werden und dann für immer in ihn verliebt sein würde. Und trotzdem stand ich hier mit meinem Rucksack und spielte »Appell«. Aber die fette Luise Heimann fehlte, und auch der andere Lukas, und da war sie, die ›sonst wie unerwünschte Konsequenz‹, also die Katastrophe.

Frau Schaller erklärte, dass unter diesen Umständen Bastian und Lizzy ein Team würden bilden müssen, ob das wohl in Ordnung sei? Das war auf gar keinen Fall in Ordnung. Nichts war in Ordnung. Bastian Jussem mit Lizzy in einem Team – das war völlig uninordnung! Ich hatte es kommen sehen, und jetzt war es da. In jedem noch so blöden Roman passiert an dieser Stelle etwas Unerwartetes, eine überraschende Wendung: Martin ist krank, und ich darf mit Lizzy gehen. Oder Lizzy ist krank, und nach dem Orientierungslauf fahre ich mit Martins Klappfahrrad zu ihr, um zu sehen, wie es ihr geht. Und dann zeige ich ihr die Fotos. Oder gar nichts passiert – alle sind da, machen diesen Orientierungslauf mit, gehen nach Hause, und am Montag sitzen wir wieder in der Schule, so wie immer. Egal wie, es wäre anders. So gehen Geschichten! Aber das hier war eine einzige, große Scheiße.

Frau Schaller selbst ging natürlich nicht mit in den Knipprather Wald. Ihre Aufgabe bestand darin, in der ›Home Base‹ den Notdienst zu übernehmen. Übersetzt hieß das, sie würde zu Hause im Wohnzimmer auf ihrem Sofa herumsitzen und fernsehen. Sie wäre in der Lage, ihren Arm auszustrecken und ans Handy zu gehen, falls doch etwas Unerwartetes passierte. Bislang war aber nur Erwartetes passiert, Befürchtetes, mit blanker Angst Abgewartetes. Frau Schaller winkte, wünschte uns einen schönen Tag, und vor uns baute sich Lars auf, der für dieses Event gebuchte Wildnisexperte. Noch ein Experte, dachte ich.

Grässliche Gore-Tex-Sandalen hatte er an. Darin waren knochige behaarte Füße mit großen gelben Fußnägeln. Darüber noch behaartere dürre Beine, die wie abgebrannte Bäume in Outdoor-Shorts verschwanden, an denen mindestens dreihundert Taschen und Schlaufen mit Überlebenszeugs wie Messer, Kompass und anderem Kram angebracht waren. Der Mann brauchte keinen Rucksack – er hatte eine Hose. Und er musste in der Wildnis auch viel im Schatten herumgelaufen sein, denn er war weiß wie die Wand unserer Schule, vor der er jetzt stand. Was für ein komischer Zwerg. Das hinderte ihn aber nicht daran, uns jetzt mit Militärgebrüll und »MORGEN, ZUSAMMEN!«-Lautstärke zu kommen. Ging so was nicht auch anders? Das war wie bei den Sportlehrern. Sobald irgendwas mit Bewegung und draußen zu tun hatte, musste immer wie Krieg getan werden. Hatten die Angst, wir würden nicht richtig mitmachen, uns einfach in die Wiese setzen und Gänseblümchen pflücken, wenn wir vorher nicht ordentlich zusammengeschrien wurden? Was wollten die nur?

Es war erst zwanzig nach neun, und trotzdem lief mir der

Schweiß schon wieder wie eine Armee von Ameisen über das Gesicht und den Rücken hinunter. Während Lars brüllte, stand ich nur da und fühlte mich wie eins dieser Rehe, die, wenn sie im Dunkeln vom Fernlicht angestrahlt werden, mitten auf der Straße erstarren. Lizzy und der Jussem hatten sich jetzt schon einmal zusammen aufgestellt. Ich stand am anderen Ende des Halbkreises, den wir um Lars gebildet hatten, konnte keinen Schritt mehr tun, keinen Finger bewegen und starrte bloß zu ihnen hinüber.

Sie standen eng zusammen und schauten sich jetzt das Taschenmesser an, das der Jussem dabeihatte, so ein großes Markendings mit einer Säge auf der Rückseite, und Lizzy sollte mal fühlen, wie scharf es war. Jetzt legte sie ihren Zeigefinger auf die Klinge, schaute ihn an und nickte ... WERDET IHR IN KLEINGRUPPEN MIT DIESEN BUSSEN ZU VERSCHIEDENEN AUSGANGSPOSITIONEN IM WALD GEFAHREN ... und er schaute sie an. Und ihr Finger lag noch immer auf der Klinge. Das Messer war scharf, und der Jussem auch. Verdammt, dieser Arsch! Warum kam er nicht direkt zu mir herüber und rammte mir sein blödes Messer in die Brust. Dann könnte er zu ihr hinüberrufen: »Guck, sooo scharf ist das!« Und Lizzy könnte begeistert in die Hände klatschen und »Waaahnsinn!« rufen ... NEHMT IHR DEN TRAIL AUF ... Jetzt nahm er ihre Hand, um zu schauen, ob sie sich vielleicht an der scharfen Klinge verletzt hatte. Was mit Nina Kleffner funktioniert hatte, konnte ja bei Lizzy nicht verkehrt sein. Und verdammt, er inspizierte ihren Zeigefinger wie ein beschissener Chefarzt, aber Lizzy guckte gar nicht hin. Die guckte nur, wie er guckte ... KOMPASS BENUTZT IHR, INDEM IHR ... Das konnte doch alles nicht wahr sein. Ein einziges Mal hatte ich bislang ihre Hand berührt, aber das war mehr aus Versehen gewesen, weil ich letztes Jahr die zwei Euro für die Klassenkasse eingesammelt hatte, und als sie mir die Münze in die Hand drückte, berührten meine Finger kurz und sanft ihre Hand. Das war's. Mehr nicht. Und dieser Jussem hielt jetzt schon seit bestimmt zwei Stunden, wenn nicht länger, ihre Hand in seiner, wegen einer Schnittwunde, die nicht da war. Und Lizzy schien das auch noch zu gefallen. Das war schlimmer als die Sache mit den Pulsadern oder der Kellerdecke oder dem Zug. Der Jussem war der Zug. Der war alle Züge. Und die rollten jetzt nacheinander über mich, bis nichts mehr von mir übrig war ... NADEL ZEIGT IMMER NACH NORDEN! NOCH FRAGEN?

4
Bestandsaufnahme

Es gab keine Fragen mehr, und wir gingen zu den Kleinbussen, die uns zu unterschiedlichen Stellen im Wald fahren würden. Martin war irgendwie schon klar, dass ich von Lars' Gebrüll nicht viel mitbekommen hatte, und darum erklärte er mir auf dem Weg zu den Bussen alles noch einmal: Sechs Leute, also drei Gruppen pro Bus. Erst geht Gruppe eins los, dann eine halbe Stunde später Gruppe zwei und so weiter, damit man auch wirklich nur zu zweit diesen Trail aufnimmt.

»Die letzten neun Jahre durften wir ausschließlich zu dritt unterwegs sein, das mussten wir sogar immer von unseren Eltern unterschreiben lassen, das war in Ibbenbüren genauso wie hier, das ist überall so. Und jetzt auf einmal auch zu zweit«, bemerkte Martin noch. Aber mir waren solche Beobachtungen egal. Mir kam das alles völlig irre vor. Ich wünschte, ich hätte mich in meinem Leben schon einmal besoffen, denn genau so unwirklich stellte ich mir das vor. So ein bisschen wie im letzten Jahr, als ich 40 Grad Fieber hatte – alles war irgendwie schon drei Häuserecken weiter als ich. Und jetzt konnte ich das nicht einmal mit einem Vollrausch vergleichen, weil ich den noch nicht gehabt hatte. Ich nahm mir fest vor, das bald zu überprüfen.

Ich merkte, wie Martin mich am Griff hinten an meinem Rucksack durch die Leute zerrte, und zwar genau zu dem Bus, vor dem Lizzy und der Jussem schon standen. Was sollte das?

Wollte Martin mich fertigmachen? Kurz überlegte ich noch, ob Martin mit dem Jussem irgendwas aushandeln wollte, sodass er dann mit ihm gehen würde. Oder anders: Ob er dann mit Lizzy gehen könnte – vielleicht mochte Martin sie ja auch. Oh Mann, das Schwein! Ich konnte aber nichts sagen, nicht einmal klar denken konnte ich, also stolperte ich einfach hinterher. Er schob noch zwei andere Rucksäcke zur Seite, und dann waren wir im Bus in der zweiten Sitzreihe, vor uns Jonas und Kai, das Traumpaar hinter uns.

Eine Dreiviertel-Ewigkeit lang war es nicht auszuhalten. Die ganze Fahrt über lachte und flüsterte es hinter mir, sodass ich am liebsten in den Gang gekotzt hätte. Noch lieber hätte ich jetzt diesen Pflasterstein von der Bushaltestelle in der Tasche gehabt. Rausholen, umdrehen, dem Jussem das Ding mitten in die Zähne schlagen, so zwei, drei Mal, immer auf die gleiche Stelle, und dann wär Ruhe gewesen. Martin war auch keine große Hilfe – der starrte nur aus dem Seitenfenster und grübelte über irgendwas. Aber was hätte er auch sonst machen sollen?

Nach einer halben Stunde ging es von der Landstraße runter, und der Bus schubste uns über Waldwege in den »Dusterwald«. Ab und zu konnte ich mich mit einem getrockneten Wasserfleck auf der Scheibe ablenken – das hatte ich als Kind immer schon gemacht, wenn wir nach Italien gefahren waren. Der Wassertropfen war dann wie ein kleines Raumschiff, und ich konnte es nach oben und unten steuern, indem ich den Kopf hoch oder runter bewegte. Dann flog mein Tropfencruiser über die Büsche und Bäume und was da am Straßenrand sonst noch so vorbeirauschte. Ich versuchte immer, so nah wie möglich über die Hindernisse zu fliegen. Weiß nicht, ob ihr das auch gemacht habt. Aber so war ich jedenfalls ein bisschen abgelenkt, schaute an Martin vorbei durch die Scheibe auf mein Schiff und steuerte es über die Büsche, bis hinter mir wieder lauter gelacht wurde und ich zusammenzuckte. Und dann waren da wieder Hass, Wut, Verzweiflung und all das, weil dieser Jussem dabei war, mir Lizzy wegzunehmen. Meine Lizzy! Das konnte und das durfte doch nicht funktionieren. Ich meine, Lizzy war stark und aufrichtig. Irgendwie gelang es ihr, von allen gemocht zu werden, obwohl sie immer ihre Meinung sagte und die Schwachen verteidigte. Ich wusste nicht, wie sie das machte. Jedenfalls passte sie so gar nicht zum Jussem. Und trotzdem nahm es kein Ende, das Lachen. Lizzys wunderbares Lachen, das immer so aussah, als würden die kleinen Sommersprossen auf ihrer Nase auf und ab springen oder tanzen oder so. Mit jedem Spaß in meinem Nacken wusste ich genau, wie das aussah. Wie die rotblonden Haare in ihr Gesicht fielen, über ihre Schultern, das kleine Grübchen am Kinn. Verdammt. Ich schaute weiter durch den Regentropfen in die Büsche.

Endlich kamen wir an einer Lichtung an, wobei die für eine Lichtung ganz schön dunkel war. Es sah eher so aus, als wären wir in einen Brunnen gefallen – um uns herum waren riesige Bäume, und über uns leuchtete kreisrund ein bisschen Himmel. Jonas und Kai waren zuerst an der Reihe. Sie schnappten sich ihre Rucksäcke und zogen los. Wir mussten uns dabei die Augen zuhalten, weil wir ja nicht sehen sollten, in welche Richtung die beiden losgingen. So ein Scheiß. Ich konnte die Augen doch nicht einfach zumachen. So wie ich schon im Bus versucht hatte, jedes Wort mitzuhören, das der Jussem und Lizzy sprachen, so musste ich die zwei auch jetzt im Auge behalten. Ich meine, was, wenn die sich jetzt küssen würden, während ich wie ein Depp danebenstand und mir die Augen zuhielt? Aber andererseits: Würde ich das sehen wollen? Das würde mich erst richtig fertigmachen, und was könnte ich dann schon tun? Warum sollte ich mich selbst quälen, fragte ich mich. Aber dann dachte ich auch wieder, dass es egal war, ob ich jetzt guckte oder nicht – es war immer Scheiße. Und nicht ich quälte mich, sondern der verfluchte Jussem. Also ließ ich die Augen zu. Dann hörte ich die zwei wieder lachen, und ich guckte doch. Aber die küssten sich nicht.

»Nicht schummeln!«, brüllte Lars mich an. Dieser Depp! Als würde mich das interessieren, wohin Jonas und Kai gingen. Das war mir doch scheißegal. Aber das konnte man Lars ja nicht erklären. Also machte ich die Augen wieder zu und dachte, dass Lars ein glücklicher Mensch sein musste, denn ihm war diese ganze Orientierungslaufsache offenbar wirklich gerade das Wichtigste auf der Welt.

Wir durften die Augen wieder aufmachen, und dann dauerte es noch einmal zwanzig Minuten, bis Martin und ich endlich an der Reihe waren. Einfach nur weg hier, das war das Einzige, was ich die ganze Zeit lang denken konnte, während ich wie gelähmt dastand. Lizzy und der Jussem sollten sich die Augen zuhalten, und dann durfte ich endlich fort von hier.

Ich spürte einen Ruck an meinem Rucksack und merkte, wie Martin mich in den Wald hineinzerrte. Als wären wir auf der Flucht vor einem sibirischen Eistiger oder so was, rannte Martin vorneweg, und ich stolperte hinterher. Ich hatte mir das heute Morgen noch so vorgestellt, dass man erst mal in Ruhe in diesen blöden Wald geht, dann mal stehen bleibt, auf den Kompass guckt und ... na ja ... sich orientiert eben. Und dann latscht man halt so lange, wie es eben dauert. Aber andererseits war das hier ziemlich genau das Tempo, das ich mir die letzte halbe Stunde gewünscht hatte, um endlich von dieser Scheißlichtung wegzukommen. Also rannte ich Martin hinterher und musste irrsinnig aufpassen, dass ich dabei nicht auf irgendeine Wurzel oder einen Stein trat. Jetzt umknicken und sich langmachen – das wär's noch, dachte ich. Also versuchte ich, Martin und meine Füße gleichzeitig im Auge zu behalten. Büsche, Füße, Moos, Büsche, Martin, Büsche, Füße, Scheiße, Wurzel, Büsche, Blätter, Martin, Füße ... und immer so weiter. Mein Herz pumpte, ich schwitzte, und in meinen Ohren waren nur mein Atmen, Martins Atmen und unsere Schritte zu hören.

»Martin, verdammt, wo rennen wir denn hin?«, rief ich.

»Vertrau mir, ich hab mir das gestern alles genau angeguckt!«, kam es von vorne.

»Aber ...« – Luft holen – »... warum rennen wir denn so? Was soll das denn?«

»Muss jetzt schnell gehen! Wir brauchen Zeit!«

»Wofür denn? Willst du den Quatsch hier etwa gewinnen?«

Es gab tatsächlich einen Preis für das Team, das es als Erstes zurück zur Schule schaffte. Freier Eintritt ins Phantasialand für zwei Personen, mit Fahrt und 20 Euro für Verpflegung. Damit hatte man schon mal so Lukasse motiviert, das alles überhaupt mitzumachen – na ja, zumindest den einen. Auch Frau Schaller war klar gewesen, dass hier keiner nur aus Spaß an der Sache mitmachen würde. Aber auf Achterbahnen wurde mir immer übel und keine zehn, zwanzig oder hundert Pferde hätten mich auf so einen Freefall-Tower gekriegt. Für mich war der Preis also nichts. Das mit dem Laufen tat trotzdem gut. Das hätte ich schon eher machen sollen, dachte ich. Vor der Schule beim »Appell« zum Beispiel. Einfach raus aus dem Halbkreis und loslaufen. Das hätte es gebracht.

Wir liefen noch ein bisschen weiter, und dann hielt Martin an. Er ließ sich auf einem Baum nieder, der umgefallen und entwurzelt vor uns lag, und ich musste mich auch erst mal hinsetzen.

»Lagebesprechung«, schnaufte Martin.

Und ich: »Das wäre jetzt gut.«

Martin holte eine riesige Wanderkarte aus seinem Rucksack und breitete sie vor mir auf dem Waldboden aus. Haufenweise Markierungen waren hier eingezeichnet: Kringel, Kreise, Pfeile und überall verteilt MS1, MS2, MS3 und so weiter. An der Seite war ›MS = Möglicher Startpunkt‹ vermerkt. Ich schaute mir das alles an, und dann Martin.

»Hör mal, Martin, wir können auch einfach so mal ins Phantasialand fahren, wenn du willst. Ehrlich. Also, ich meine, nimmst du den Scheiß hier jetzt nicht ein bisschen zu ernst?«

»Was? Ich? Unfug! Mir ist das doch völlig egal. Wenn es nach mir ginge, hätte ich auch einfach ein Picknick mit dir hinter dem zweiten Baum gemacht und so lange gewartet, bis Lars sich mit seinen absurden Shorts in sein Larsmobil gepackt hätte und verschwunden wäre. Dann wären wir den Waldweg zurück zur Straße gegangen, ich hätte meinen Onkel angerufen, und der hätte uns dann zurück zur Schule gefahren. Der fand auch, dass das hier alles Blödsinn ist und hat mir das angeboten.«

»Ja, aber das ganze Zeug hier – das sieht aus wie ein Schlachtplan der Westgoten. Wenn's dir so egal ist, dann versteh ich nicht ...«

»Victor! Mir ist das völlig egal. Dem Jussem aber nicht!«

»Der Jussem? Was hat der denn jetzt damit zu tun?«

»Na, alles! Mensch, Victor! Du, Lizzy, Jussem – das ganze Elend. Das war doch nicht zu übersehen.«

»War das so auffällig gerade?«

»Gerade, gestern, am Dienstag ... Als Frau Schaller sagte, dass wir zwei ein Team bilden sollten – da hast du mich angeguckt, dann Lizzy, dann den Jussem, dann wieder Lizzy. Im Ernst, das hätten alle, wirklich alle sehen können, wenn die meisten aus der Klasse nicht so sehr damit beschäftigt wären, Trottel zu sein.«

»Kacke. Aber noch mal: Was hat denn das hier alles damit zu tun?«

»Das sage ich dir: Seit Tagen sitzt dieser Jussem vorne in der Pausenhalle und lässt keinen Zweifel daran, dass er das Ding hier gewinnen wird. Dass er sich auskennt, dass er das alles geplant hat, dass er über Insiderinformationen verfügt, der ganze Mist. Seit Tagen hängen ihm die Mädchen aus der A und der B und der C am Hemd und fragen ihn, was sie für ihn tun können, damit er sie dann ins Phantasialand mitnimmt. Nicht zu glauben ist das. Hast du das nicht mitbekommen?«

»Nee, ich geh nicht in die Pausenhalle.«

»Solltest du mal tun. Das ist wie RTL, nur noch schlimmer, weil echt! Aber vor allem kriegt man da schon mit, wie die Dinge so laufen, wenn man einfach dasteht und zuhört: Zum Beispiel, dass der Jussem sehr wohl mitbekommen hat, wie lange du schon Lizzy hinterherguckst. Er hat gesagt, dass du dich wohl für etwas Besseres hältst, dass Lizzy eine ...«, Martin machte mit den Fingern Zitierzeichen in die Luft, »... ›kleine geile Sau‹ ist und dass du bestimmt völlig ausflippen würdest, wenn er, der Jussem, die jetzt mal ›klarmachen‹ würde.« Wieder Zitierzeichen.

Das Dreckschwein, dachte ich. Ich krallte meine Finger in den Baumstamm und brach ganze Stücke aus der Rinde.

»Victor, das ist kein Grund, an dem Baum zu rupfen. Es geht doch hier nicht um Lizzy und den dämlichen Jussem. Das war ja nur ein Beispiel.«

»Was? Natürlich geht es um Lizzy! Dieser Schwanz auf zwei Beinen will mir meine Lizzy wegnehmen! Das hast du mir doch gerade erzählt! Hörst du dir selbst nicht zu?«

»Ja, aber das ist doch völlig unwichtig, mit wem Lizzy jetzt was anfängt oder eben nicht. Boy meets girl! Das haben wir alle schon in ... ich weiß nicht in wie vielen Filmen gesehen, wie das geht!

Es ist langweilig. Du kommst mit Lizzy nicht zusammen und machst deine Kinder halt irgendwann mit wem anders. Oder du kommst mit Lizzy zusammen und machst sie dann eben mit ihr. Oder trotzdem später mit wem anders. Das ist doch nicht der Punkt. Das musst du globaler sehen.«

»Globaler sehen ... du bist ein Arsch! Was soll denn dann der ganze Mist hier?«

»Der ganze Mist hier, Victor, das ist Widerstand.«

»Widerstand? Gegen wen denn? Den Jussem?«

»Nicht nur gegen den Jussem, gegen alle Jussems! Ich sag doch, es war nur ein Beispiel. Diese Kerle sind das Letzte. Die sammeln sich ihre Helfer zusammen, die dann an Bushaltestellen ›Schwuul!‹ brüllen. Die nennen Luise Heimann ›die fette Luise Heimann‹, bis die dann irgendwann wirklich für alle so heißt. Die machen sich selbst dadurch wichtig, dass sie andere fertigmachen. Dass wir nicht einfach alle eine schöne Zeit zusammen haben, liegt an denen. Die machen den Krieg. Und was machen wir? Wir zeigen denen jeden Tag, dass wir nicht so sind wie die. Aber hält die das auf? Nein. Also halten wir den Kopf unten und hoffen, dass das vorbeigeht.«

Ich konnte Martin nur anstarren, und ich glaube, mein Mund war inzwischen offen.

»Eben!«, sagte er.

»Und deswegen rennen wir jetzt wie blöde durch den Wald und gewinnen den Orientierungslauf? Das bringt's dann, oder was?«

»Unsinn. Wir brauchen nur Vorsprung.«

Martin zeigte hektisch auf der Karte herum und erklärte, dass er sie vom Jussem in der Pausenhalle abfotografiert hatte, als er damit angegeben hatte, wie gut er auf den Orientierungslauf vorbereitet war. Er zeigte auf MS4, da waren wir gestartet, das wusste er, weil er im Auto den Straßenverlauf verfolgt hatte. Das hatte er alles im Kopf. Und der Jussem auch. Dann zeigte er auf einen Waldweg und zog mit dem Finger eine Linie von MS4 rüber zu einem dicken grünen Punkt, und ein bisschen rechts daneben, da waren wir jetzt auch. Er rechnete ein wenig herum: Eine halbe Stunde Vorsprung, unsere Abkürzung quer durch den Wald, durchschnittliche Geschwindigkeit zu Fuß fünf Kilometer pro Stunde, dann wären Lizzy und der Jussem also in ungefähr achtunddreißig Minuten ... genau ... hier! Martin war fertig mit den hektischen Gesten, und sein Zeigefinger lag jetzt genau auf dem grünen Punkt.

»Vorsprung ... für was?«, fragte ich.

»Ach ja, das Wichtigste hätte ich jetzt fast vergessen«, sagte Martin und beugte sich über seinen Rucksack. Er begann, alles Mögliche an Kleinkram aus dem Rucksack herauszuräumen: Trinkpäckchen, Mullbinden – ich war offenbar nicht vollkommen bescheuert, solche Sachen eingepackt zu haben –, ein Taschenmesser, Leuchtfackeln – daran hatte ich nicht gedacht. Und als er das ganze Zeug um uns herumverteilt hatte, machte er eine kurze Pause, als wollte er sagen: »Attention, ladies and gentlemen ... gentlemen ... gentlemen ... gentlemen!«

Dann griff er mit beiden Händen tief in seinen Rucksack und zog ein ungefähr vierzig Zentimeter langes, rostiges Metallddings heraus, so ein gebogenes Teil mit Zähnen und einer Querstange. Das legte er mir vor die Füße und strahlte mich an, als hätte er gerade eben die Glühbirne erfunden.

»Was ... was zum Teufel ist das?«

»Das, mein Freund, ist eine Bärenfalle!«

»Bärenfalle?«

»Japp, Bärenfalle! Die habe ich aus der Garage meines Onkels. Ist ein guter Mann! Der hat so was.«

»Und was machen wir … also … Was hast du denn vor mit dem Ding?«

»Damit schaffen wir den Jussem ab!«

5
Bärenfalle

»Martin, das ist vollkommen bescheuert! Und falsch ist das auch! Und überhaupt, willst du den etwa umbringen mit dem Ding?«

»Ja, mal sehen«, sagte Martin.

»Mann, das ist Mord! Dafür geht man in den Knast! Ich will nicht in den Knast! Und ich sag's noch mal: Falsch ist das auch!«

»Ach Mensch, Victor! Mord! Jetzt denk doch mal nach! Wir sind hier ungefähr eine halbe Stunde zu Fuß von der nächsten Hauptstraße weg. Da waren wir doch vorhin mit dem Bus, weißt du noch? Lizzy kann dann schnell Hilfe holen, der Jussem kommt ins Krankenhaus und das war's. Wir bringen den mit einer Bärenfalle doch nicht um. Oder hast du jemals in einem Mafiafilm gesehen, dass sie die Verräter mit Bärenfallen töten?«

Ich schüttelte den Kopf.

»Na also! Weil das nämlich gar nicht geht!« So langsam wurde Martin ungeduldig. Es war offenbar nicht Teil seines Plans, mich noch lange überzeugen zu müssen. Es sah so aus, als hätte Martin in seinem bis auf die Sekunde durchgeplanten Anschlag vielleicht eine oder zwei Minuten dafür eingerechnet, mir zu erklären, wie das alles laufen sollte. Mehr nicht. Er musste mich echt für wahnsinnig eifersüchtig halten, wenn er dachte, ich würde einfach »Na klar!« rufen und mitmachen. Gut, so ganz falsch lag er damit auch nicht.

»Ja, aber was soll das denn, wenn der Jussem dann doch überlebt?« Eine bessere Frage fiel mir dazu gerade nicht ein – es war ja doch alles ein bisschen viel auf einmal.

»Ein Denkzettel soll es sein, Victor! Er soll ein Mal in seinem Leben hilflos sein. Der soll da rumliegen, mitten im Wald, mit fiesen Schmerzen im Bein, und auf den Krankenwagen warten. Er soll sich einscheißen vor Angst. Er soll merken, wie das ist, wenn man mal nicht obenauf ist.« Dabei kramte Martin schon wieder sein Zeug zusammen und packte es in seinen Rucksack – ihm schien die Geduld mit mir auszugehen.

»Und das merkt der dann? Genau so?« Überzeugt war ich von der ganzen Sache noch nicht, aber jetzt hatte ich wohl die richtige Frage gestellt. Darauf war er vorbereitet.

»Darauf bin ich vorbereitet«, sagte er stolz. »Natürlich wird er das nicht von alleine merken. Darum legen wir in die Bärenfalle auch diesen Denkzettel!« Er zog aus der Seitentasche seines Rucksacks ein gefaltetes Blatt Papier und drückte es mir in die Hand. »Verstehste? Denk-Zettel! Lies!«, sagte er und grinste mich an.

»Jaja ... witzig«, sagte ich und las:
LERNE DEMUT, DU ARSCH!

»Lerne Demut, du Arsch?«, fragte ich. »Das ist alles? Das soll ihn irgendwie weiterbringen?«

»Na ja«, sagte Martin, »zuerst hatte ich einen Zettel, auf dem so Sachen standen wie ›Das ist erst der Anfang‹ oder ›Du musst ein besserer Mensch werden!‹, und dann noch eine ganze Liste mit Forderungen. So was wie ›Keine Witze mehr auf Kosten der Schwachen‹. Aber dann dachte ich, dass das dann auch alles ein bisschen viel wär. Das liest er sich ja nicht alles mal in Ruhe durch, bloß weil er Zeit hat, wenn er mit einem Bein in der Bärenfalle auf den Krankenwagen wartet. Außerdem klang mir das alles irgendwie nach einer Terrororganisation oder so. Da hätte man dann unterschreiben und sich noch einen Namen für die Organisation ausdenken müssen. Der ganze Quatsch. Also, egal. Das war mir dann zu kompliziert. Und es soll ja einfach sein! Außerdem kann er ruhig auch selbst mal nachdenken – wie ich sag: Die Zeit dafür wird er ja haben.«

»Hm.« Ich merkte, dass mir die Idee doch langsam gefiel. Einen Denkzettel hatte der Jussem jedenfalls längst verdient. Und als Martin auch merkte, dass ich das merkte, sagte er: »Also, können wir dann?«

»Aber ... eine Sache hab ich noch!«

»Was denn noch?« Jetzt war es für ihn wohl endlich mal gut mit meinen Fragen.

»Was ist denn ... also was ist, wenn Lizzy da reintritt? Dann ist Lizzy verletzt. Und das will ich nicht. Außerdem holt der Jussem dann Hilfe, und dann haben wir wieder so eine Nina-Kleffner-Sache.« Jetzt schaute Martin schon auf seine Uhr. Er hatte mir offenbar nicht einmal richtig zugehört, sondern guckte besorgt in den Wald, um zu sehen, ob der schöne Plan nur wegen meiner blöden Fragen am Ende doch noch scheitern würde.

»Also gut, Victor, was glaubst du? Ist der Jussem einer, der zu Lizzy sagt: ›Geh du mal vor in den Wald, ich komm dann gleich hinterher‹? Ist doch Quatsch! Der Jussem geht vor. Der Jussem geht immer vor.«

Das beruhigte mich, und ich schaute auch in den Wald, um zu sehen, ob da schon jemand kam.

»Handschuhe!«, sagte Martin und hielt stolz zwei Paar Gummihandschuhe vor mein Gesicht. »Die hab ich auch besorgt. Wegen der Fingerabdrücke. Man kann nicht vorsichtig genug sein.« Wir zogen uns die Handschuhe an, buddelten eine kleine Kuhle in den Waldboden und Martin legte die Bärenfalle hinein.

»Hast du so ein Ding jemals aufgestellt?«

»Nee, das konnte ich leider nicht ausprobieren – ich hab die Falle erst heute Morgen geholt. Aber ich habe mir Tutorials angeguckt. Danke, YouTube!« Dann machte er sich daran, die Falle aufzustellen. Er drückte die gezackten Bügel herunter und murmelte die Arbeitsschritte vor sich hin, als hätte er die Gebrauchsanweisung auswendig gelernt: »Sooo, den Teller zwischen die Bügel einspannen ... die Bügel schön über die Feder ...«

Ich stand daneben und schaute ihm zu. Zwischendurch sah ich immer wieder in den Wald – jetzt wäre es ja auch blöd, wenn Lizzy und der Jussem gerade um die Ecke kommen und uns beim Aufstellen der Falle erwischen würden. Dann dachte ich, ich könnte mich ja auch ein bisschen nützlich machen und griff mir schon einmal eine Handvoll Blätter und Moos, einen schicken Mix von Zeug, das auf Waldböden so rumliegt – die Falle musste ja getarnt werden.

»So, fertig!«, sagte Martin zufrieden, nickte mir und meinem Waldboden zu und sagte: »Rein damit!«

Ich war jetzt doch verdammt aufgeregt und schmiss mit ordentlichem Schwung meinen Waldboden auf die Falle. Die schnappte dann auch gleich zu. Wir sprangen auf, und ich glaube, ich habe sogar ein bisschen geschrien.

»Scheiße!«, fluchte Martin, befreite die Bärenfalle wieder von meinem Waldboden und spannte sie noch einmal.

»Jetzt ein bisschen vorsichtiger!«, ermahnte er mich, als ich wieder mit Zeug in den Händen neben ihm stand. Ich war vorsichtiger, und die Bärenfalle war nun beinahe fast irgendwie halb gar nicht mehr zu sehen.

»Ob das wohl reicht?«, fragte ich, aber Martin nickte nur und schob seinen Denkzettel unter die Blätter.

»Der Jussem wird eh nur mit Lizzy beschäftigt sein. So genau wird der nicht auf den Weg gucken.«

Ich war einverstanden. »Und jetzt? Rennen wir jetzt weg? Oder was?« Ich schaute ihn erwartungsvoll an, denn er hatte ja den Plan.

»Ach so«, sagte er und schaute sich um, »also ... Plan A: Zurück zu unserem Baum da hinten. Da verstecken wir uns und gucken zu, wie es passiert. Plan B: Wir lassen das hier so liegen und gehen los.«

»Ich bin für Plan A.« Mir gefiel es nicht, unser rostiges kleines Meisterwerk einfach hier herumliegen zu lassen, und außerdem wollte ich jetzt auch sehen, was passierte. Unser Baum war zwar ein ganzes Stück weit weg, und an ein Fernglas hatten wir beide nicht gedacht, aber als wir uns hinter dem Stamm auf den Boden knieten, waren wir uns einig, dass wir auch so genug sehen würden.

»Bist du denn sicher, dass der Jussem auch diesen Weg nimmt?«, fragte ich Martin, als nach fünf Minuten immer noch nichts passiert war. Martin sah mich nur an und nickte, so als wollte er sagen: ›Victor, glaubst du ernsthaft, ich hätte das alles so genau geplant, und dann überlasse ich das dem Zufall? Sogar an Handschuhe habe ich gedacht. Guck!‹

Ich versuchte mich zu gedulden, aber es war nun kaum auszuhalten hinter diesem Baum. Es war seltsam. Vorhin hatten wir noch an derselben Stelle gesessen, und das ging richtig gut. Ein bisschen außer Atem, überall Bäume und tolle Luft im Wald – endlich war es mir kurz besser gegangen, nachdem ich den halben Morgen den Jussem mit einem Stein hatte erschlagen wollen. Und jetzt: Derselbe Ort, dieselben Bäume, auch dieselbe Luft und sogar die Aussicht darauf, dass der Jussem jetzt richtig eins abbekam – und trotzdem war es furchtbar. Ich wollte sehen, wie er in die Bärenfalle trat, und gleichzeitig hatte ich eine Wahnsinnsangst davor, wenn ich mir das so vorstellte.

»Sag mal, Martin, hast du schon mal jemanden so richtig vor Schmerzen schreien gehört?«

»Meine Mutter bei der Geburt ... die müsste ich eigentlich gehört haben ... aber das weiß ich nicht mehr so genau.«

Lustig, Martin, dachte ich. Aber er hat auch Schiss. Nur konnte ich deswegen jetzt auch nicht wirklich lachen, also schauten wir wieder in Richtung Bärenfalle und sagten nichts.

Fünf oder zehn Minuten vergingen, bis ich es wirklich nicht mehr aushielt: »Martin, ich kann nicht mehr. Ich muss hier weg!« Martin ging das anscheinend genauso, auf jeden Fall antwortete er mir nicht einmal mehr. Er packte nur seinen Rucksack, sprang auf und rannte los, wieder mitten in den Wald hinein. Auch ich packte meinen Rucksack und rannte wie irre hinter ihm her.

Wir liefen und stolperten, und das war jetzt nicht mehr so wie das Rennen vorhin. Ich blieb ständig an Wurzeln hängen, fing mich wieder und rannte weiter. Mir schlugen Äste vor den Bauch und ins Gesicht. Die hatte Martin vor mir noch weggedrückt, und dann kamen sie mit Schwung zurück. Ich hielt mir die Arme vor mein Gesicht, um einen von Martins Ästen nicht ins Auge zu bekommen, und mein Herz schlug wie bescheuert. Meine Stirn war klatschnass, und das kam nicht bloß vom Laufen. Das war auch die Scheißangst davor, gleich jemanden so richtig schlimm schreien zu hören. Ich hoffte, wenn wir nur weit genug weg wären, müsste ich das gar nicht hören. Ich rannte wie der Teufel und hatte Martin schnell eingeholt. Jetzt hing ich ihm schon fast hinten auf dem Rucksack. Martin konnte nicht so schnell, und deshalb trat ich ihm nun von hinten in die Hacken.

»Scheiße, Martin, tut mir leid!«, rief ich dann immer und »Wo lang?« und »Alles klar, da rüber!«. Ich versuchte, mich an diese Karte zu erinnern und selbst auch zu schauen, wohin wir laufen mussten. »Dahinten geht's dann runter ... da muss gleich ein kleiner Fluss kommen ... da müssen wir dann drüber ... hoffentlich ist der klein genug, dass wir da auch drüberkommen ...« Ich keuchte, aber ich konnte nicht aufhören zu reden. Ich glaube, ich dachte, dass das mit dem Schrei dann nicht so schlimm wäre, dass man dann kaum etwas davon mitbekommen würde, wenn ich da gerade etwas zu Martin rief.

Und dann war er da, der Schrei, und er hörte gar nicht auf. Das war ein ewig langer, ein ganz hoher Schrei. So was hatte ich noch nicht gehört. Es tat mir selbst weh, vom Rücken runter bis in die Füße, so schlimm klang das. Wir blieben sofort stehen und rissen unsere Köpfe herum, in die Richtung, aus der der Schrei kam.

Martin sagte kein Wort. Ich sagte auch kein Wort. Wir standen bloß da und schauten durch die Bäume.

»Das war's jetzt also«, sagte Martin leise.

6
LÖWENZAHN

Irgendwann hatten wir wortlos beschlossen, dass wir wohl weitergehen mussten. Wir drehten uns einfach um und gingen durch den Wald. Und wie wir so stumm nebeneinander hergingen, war das irgendwie genauso wie letztes Jahr, als meine Oma gestorben war, bei der Beerdigung. Da sind wir auch alle nebeneinander und hintereinander hergegangen und konnten gar nichts sagen. Es gab ja auch nichts zu sagen. Was sollte das auch sein, was man da sagen konnte? Ich meine, wenn man krank ist oder irgendwie mal einen schlechten Tag hat, dann sagt man »Kopf hoch« oder »Das wird schon wieder« oder so Zeug. Aber das geht bei so was einfach nicht. Onkel Heinz hatte das versucht und meinte zu meiner Mutter: »Das Leben geht weiter.« Und meine Mutter hatte geweint und genickt – aber es war klar, dass sie dachte: »Einen Scheiß geht das Leben weiter.« Das funktioniert nicht, wenn man so was sagt. Und deswegen waren dann auch alle ruhig gewesen. Ich weiß das noch genau – es war so still, dass ich mich nicht einmal traute, richtig zu atmen, weil ich Angst hatte, das wäre schon zu viel, wenn man das hörte. Und genauso war es jetzt auch. Deshalb gingen Martin und ich einfach lange durch den Wald und sagten kein Wort.

Nach der Beerdigung damals hatten wir uns später auch wieder unterhalten, dachte ich, und ich überlegte, wie das gekommen war. Irgendwer musste doch damit angefangen haben, wieder etwas zu sagen. Und dann fiel mir wieder ein, wie Ben, mein Cousin – der war da gerade drei Jahre alt, glaube ich – auf dem Rückweg plötzlich stehen blieb und sich zu einem Löwenzahn herunterbeugte, weil er wohl vorhatte, den zu pflücken. Dabei rief er immer wieder begeistert: »Pusteblume! Pusteblume!« Mein Opa hob dann den Finger und erklärte ihm geduldig, dass das keine Pusteblume war, sondern ein Löwenzahn. 78 Jahre alt war mein Opa, und der wusste nicht, dass Löwenzahn und Pusteblume ein und dasselbe waren. Darüber mussten wir dann doch alle ein bisschen lachen. Mein Vater drückte meinen Opa und erklärte ihm, wie die Dinge lagen mit den Löwenzähnen und den Pusteblumen. Und weil mein Opa das nicht glauben wollte – er war ja immerhin schon 78 und ›Kann ja gar nicht sein!‹, nahmen wir zum Beweis eine geschlossene Blüte mit Stängel mit, machten die dann zu Hause auf und guckten nach, wie da drin schon diese Pusteblumendinger, diese fusseligen Schirmchen, wuchsen. Meinem Opa war das furchtbar peinlich, aber na ja, jedenfalls war das wohl der Punkt, an dem dann doch alle wieder ein bisschen was sagen konnten.

Ich schaute mich um. Vielleicht wuchs hier ja irgendwo ein Löwenzahn. Aber da war nichts. Mitten im Wald, da waren die wohl nicht so gerne. Und auch ich wäre jetzt viel lieber zu Hause gewesen. Auf jeden Fall wäre es jetzt aber an der Zeit, dachte ich, dass wir mal wieder redeten.

»Mein Opa«, sagte ich, »wusste mit 78 Jahren nicht, dass Pusteblume und Löwenzahn dasselbe ist.«

»Mhm«, sagte Martin. Das mit dem Löwenzahn funktionierte hier nicht, merkte ich. Dann fragte ich mich, wie das wohl gerade aussah beim Jussem. Was der jetzt wohl machte?

»Ob der Jussem jetzt schon im Krankenwagen liegt?« Ich überlegte, worüber er wohl die ganze Zeit nachgedacht hatte.

»Könnte schon sein«, sagte er und schaute sich noch mal nach hinten um. Das war alles nicht richtig gewesen, die Sache mit der Bärenfalle, dachte ich. Der Jussem war ein Arsch, das stand fest, aber das hätte man nicht machen dürfen. Im Kopf hatte das alles vorher wie ein mutiger, ein richtiger und extrem guter Plan gewirkt. Jetzt, in echt, war das scheiße.

»Das hätten wir nicht machen dürfen, Martin.«

»Ist kompliziert«, sagte er.

»Find ich gar nicht kompliziert. Es fühlt sich beschissen an, und das ist, weil wir schuld daran sind. Der Jussem wird bestimmt genäht, das tut sauweh, und vielleicht hat der sich sogar das Bein gebrochen ... oder wer weiß, was dem da noch alles passiert ist. Das waren wir, Martin. Was soll denn daran kompliziert sein?«

»Das ist kompliziert, weil es sich immer beschissen anfühlt, egal was man macht. Ich meine, überleg mal. Was genau haben wir bis heute gemacht? Nichts. Wir haben zugeguckt, wie so Jussems sich alles rausnehmen, die anderen manipulieren und wie sie kontrollieren, wem es gut geht und wer gerade das Opfer ist. Das war an meiner alten Schule genau das Gleiche. Da hieß der halt nicht Jussem, sondern Schaborski. Das ist scheißegal, wie die heißen. Und als ich zu euch in die Klasse gekommen bin, hat das keine zwei Stunden gebraucht, da war mir schon klar, wer hier der neue Schaborski ist. Hat sich das für dich irgendwie besser angefühlt bis heute, sich aus allem rauszuhalten und zu gucken, dass man da irgendwie heil durchkommt?«

»Ging dir das auch immer so?«

»Nee, ich hatte nicht einmal so richtig Angst. Ich hab einfach immer gedacht: Ist nicht mein Problem – das sind die Deppen, und ich bin das nicht. Und dass das reicht, das zu wissen und denen das zu zeigen. Aber das bringt doch alles nichts, denn die

Jussems machen einfach weiter. Das hat sich für mich vorher beschissen angefühlt, weil ich dachte, das sind so unglaubliche Arschlöcher alle, aber auch irgendwie gut, weil ich eben nicht so war. Und jetzt fühlt sich das gut an, weil ich mich gewehrt hab, und beschissen, weil du recht hast – das hätten wir nicht machen sollen. Und deswegen ist es kompliziert.«
»Und jetzt?«
»Weiß ich auch noch nicht genau. Müssen wir uns wohl erst mal daran gewöhnen, dass wir jetzt die sind, die was gemacht haben. Das kenn' ich so nicht.«
»Und was, wenn die das rausfinden, dass wir das waren?«
Komisch, dachte ich, dass mir der Gedanke jetzt erst kam. Als ich noch klein war, lief das irgendwie anders, wenn man Mist gebaut hat. Zum Beispiel hatte ich mal mein Meerschweinchen Kalle in meine große Plastiklokomotive ins Führerhaus gestopft, weil ich wollte, dass der auch mal Zug fahren kann. Das war noch ganz früh am Morgen gewesen. Meine Eltern hatten noch im Bett gelegen, und ich schob den armen Kalle eine ganze Weile durch mein Zimmer. Ich dachte, dass der das auch lustig finden würde, weil der ja die ganze Zeit so gequiekt hatte. Na ja, und dann hatte ich den da aber nicht mehr rausgekriegt aus der blöden Lok. Und das Einzige, was ich da dachte, war nur, dass ich dafür bestimmt richtig Ärger kriegen würde. Darum hatte ich dann auch gar nicht mehr weiter versucht, Kalle aus der Lok zu befreien, sondern nur noch darüber nachgedacht, wie ich das hinkriegen könnte, dass das keiner merkt. Ob ich die Lok einfach zusammen mit Kalle draußen in die Mülltonne werfen sollte, hatte ich überlegt. Oder sollte ich Kalle mit seiner Lok einfach in den Schrank zu den anderen Spielsachen stellen, und dann war Kalle halt weg? Das hatte ich wirklich gedacht. Da ging es nur noch darum, keinen Ärger zu bekommen.

Hier im Wald war die Frage, was passieren würde, wenn die das mit dem Jussem und der Bärenfalle rausbekamen, immerhin erst viel später aufgetaucht. Ich überlegte hin und her, stellte mir vor, wie ich dann beim Rother – das war unser Schulleiter – im Büro sitzen würde, wie dann alle entscheiden würden, dass ich von der Schule fliegen würde, dann müsste ich Sozialstunden leisten oder so was und dann auch auf ein anderes Gymnasium gehen, an meine Eltern gar nicht zu denken ... All das machte mir jetzt schon eine Scheißangst, aber trotzdem war für mich gerade noch viel schlimmer, dass ich hier heute etwas wirklich richtig Mieses getan hatte.

Zum Glück für Kalle hatte ich mich damals übrigens dazu entschieden, mit der Lok unter dem Arm zu meinen Eltern ins Schlafzimmer zu gehen. Ich heulte und sagte: »Papa, der Kalle steckt fest.« Richtig schlimm Ärger gab es gar nicht. Mein Vater hat damals einfach die Lok aufgeschnitten und Kalle befreit.

7
Fluss links, Bäume rechts

Ich erzählte Martin von der Kalle-Situation, und er schaute mich entsetzt an. »Willst du jetzt etwa in die Schule gehen und denen sagen, dass wir das waren?«

»Ich weiß nicht ... ich glaube nicht.«

»Das muss ich wissen, Victor! Ich meine, wir müssen das doch zusammen entscheiden. Das kann ja nicht einer so und der andere so machen.«

»Ja, aber wenn die das dann rausfinden, wird doch alles noch viel schlimmer.«

»Also, ich seh das so: Es ist scheißegal, ob die das rausfinden oder ob wir denen das sagen. Ist beides Mist. Den Ärger kriegen wir dann auf jeden Fall. Und was noch schlimmer ist: Wenn wir den Ärger kriegen, sind wir die Blöden bei der Sache, und der Jussem ist der Held ... oder das Opfer ... oder beides irgendwie. Jedenfalls haben wir dann gar nichts damit erreicht.«

»Ja, das stimmt.«

»Dann war das alles umsonst«, setzte Martin noch eins drauf.

Wir einigten uns darauf, dass es sinnlos war, wenn man so was schon durchzieht, es dann nur so halb durchzuziehen. Viel besser ging es mir damit nicht, aber es stimmte schon. Der Jussem würde abgefeiert werden und hätte das Mitleid der ganzen Schule, und wir würden von allen gehasst.

»Also abwarten und gucken, was passiert?«, fragte ich.

»Das ... und mal überlegen, wo wir hier überhaupt sind und wie wir nach Hause kommen. Hol mal dein Handy raus.«

»Handys sollten wir doch zu Hause lassen. Sonst wäre das ja Quatsch gewesen mit der Orientierung und dem Lauf.«

»Im Ernst jetzt, Victor? Ich glaube, du bist der Einzige, der sich wirklich daran gehalten hat. Das kann doch nicht wahr sein.«

»Ja, was regst du dich denn so auf? Hol du doch einfach dein Handy raus.«

»Hab ich nicht dabei – das ist gestern in die Binsen gegangen.« Martin hob die Schultern genau so wie am Dienstag, als Frau Schaller uns eingeteilt hatte.

»Dann komme ich noch mal zum eigentlichen Problem«, sagte ich. »Was meinst du mit ›wo wir hier sind‹? Du weißt nicht, wo wir hier sind?« Martin schaute durch die Gegend und ich regte mich auf: »Martin! Du hast doch die ganzen Karten und die Markierungen auf den Karten, mit den bescheuerten Abkürzungen und Kringeln und dem ganzen Kram! Wie kann das denn jetzt sein, dass du keine Ahnung hast, wo wir hier sind?«

»Na, als wir da gerade weggelaufen sind ... also ... da hab ich nicht so richtig darauf geachtet, wohin wir laufen ... ich war da ja auch so aufgeregt ... richtig in Panik war ich da ...«

»Scheiße«, rief ich, »das kann doch nicht wahr sein! Martin, jetzt konzentrier dich mal! Und hol die Karte raus – vielleicht bringt das ja was!«

Martin holte sie aus seinem Rucksack und schaute erst auf die Karte, dann in den Wald, dann wieder auf die Karte, dann in eine andere Richtung in den Wald und immer so weiter.

»Das haben wir auch nicht anders verdient!« Ich jammerte jetzt ein bisschen, während Martin versuchte, irgendwie aus Karte und Wald schlau zu werden. »Wir schicken den Jussem in die Bärenfalle, und jetzt sterben wir hier selbst im Wald! Das ist nur gerecht!«

»Nee, nee, Victor, hier wird nicht gestorben! Jetzt beruhig dich mal! Also: Nach Osten sind wir nicht gelaufen – da waren die Straße und der Bus und so. Das können wir ausschließen. Und hier geht ein Fluss lang.« Martin zeigte auf die Karte und auf einen Fluss, ein gutes Stück links von dem Punkt, an dem unsere Bärenfalle mit dem Jussem drinlag. »Wenn wir also hier nach Westen gelaufen wären, dann wären wir doch schon längst bei dem Fluss, richtig?« Ich nickte. »Also sind wir entweder hier hoch nach Norden gelaufen oder hier runter nach Süden. Richtig?« Ich nickte wieder. »Oder wir sind so schräg nach Norden oder Süden gelaufen, und der Fluss kommt noch. Aber um zurückzukommen, müssen wir auf jeden Fall nach Westen und über den Fluss.«

»Und was heißt das jetzt?«

»Dass wir nach Westen müssen aber bisschen in Richtung Norden ... oder Süden ... oder nur nach Westen ... ach, Scheiße, ist das kompliziert.« Martin warf die Karte auf den Waldboden.

»Warte, dann ist doch egal, ob wir nach Nordwesten oder Südwesten oder nur nach Westen gehen – irgendwann kommen wir an den Fluss, oder?« Jetzt nahm ich die Karte und Martin nickte. »Und selbst wenn wir dann erst hier unten an den Fluss kommen, dann gehen wir das Stück am Fluss lang, also so lange zurück, bis wir wieder auf den Weg hier oben treffen und ...«, meine Finger fuhren über die Karte. »Gib mal den Kompass!«

»Den hab ich nicht – den hast du.«

»Stimmt, den habe ich doch extra noch ...«, mir fiel ein, wie ich den Kompass schnell in die Seitentasche meines Rucksacks geschoben hatte, als alles ganz schnell gehen musste. Ich griff in die Seitentasche, aber da war kein Kompass, und mir wurde klar, dass wir verloren waren.

»Der muss rausgefallen sein«, sagte ich zu Martin, und ich dachte, der schreit mich jetzt an oder wirft mir vor Wut Dreck ins Gesicht. Aber er saß einfach nur eine Weile da und guckte. »Glaubst du, sie werden uns jetzt erwischen? Ich meine, verdammt, wir haben ein Beweisstück am Tatort zurückgelassen. Oder in der Nähe wenigstens. Oh mein Gott, sie wissen jetzt, dass wir in der Nähe waren!«

»Oh Mann, Victor«, sagte Martin. »Dass wir in der Nähe waren, ist doch ganz klar. Die haben uns schließlich mit diesem doofen Bus in den Wald gefahren. Nee, der Kompass ist nicht unser Problem.«

Ich überlegte jetzt ernsthaft, was das Problem war. Bis es mir wieder einfiel.

»Scheiße, Martin, wir haben uns verlaufen! Das ist das Problem, ne?«, sagte ich doof und schämte mich schon, während ich es sagte.

»Ha, auch das ist kein Problem!«, rief Martin dann. »Sonne!« Er sprang auf und guckte nach oben in die Blätter. »Mittags ist die Sonne im Süden ... jetzt ist halb elf ... das heißt ... wir haben ... wir sind ... wir warten einfach, bis es nicht mehr so bewölkt ist und wir sehen können, wo diese bekackte Sonne ist!« Jetzt schrie er doch.

»Da drüben ist's irgendwie heller als da auf der anderen Seite. Das könnte die Sonne sein«, versuchte ich ihn zu beruhigen. Also beruhigte er sich wieder, und ich ging hinüber zum nächsten Baum. »Moos!«, sagte ich und erinnerte mich an meine Wildnisexpertenliste aus dem Internet. Mann, der gute, alte Karl Rubinski. »Die Nordseite von Baumstämmen ist voller Moos. Weil da die Sonne ja nie hinkommt!«

Martin lief zu mir herüber, und wir untersuchten den Baumstamm.

»Victor, da ist irgendwie überall Moos.«

»Ja, aber auf der Seite hier schon ein bisschen weniger, oder?«

»Ja. Also, ein bisschen ... glaub ich.« Wir schauten uns ratlos an.

»Also gut«, versuchte ich es noch mal, »da drüben ist vielleicht ein bisschen Sonne, und hier drüben ist vielleicht ein bisschen mehr Moos. Das passt doch. Also ist da ein bisschen Süden und hier vielleicht ein bisschen mehr Norden.«

»Und von da ungefähr sind wir gekommen.« Martin zeigte nach rechts und schwenkte dann seinen Arm zwischen ›ein bisschen Süden‹ und ›vielleicht ein bisschen mehr Norden‹ hin und her. »Das wär dann also Osten! Irgendwo da!«

»Das muss reichen«, nickte ich ihm zu, und auch Martin sah zufrieden aus.

»Also müssen wir irgendwie da lang!« Dabei zeigte er nach links herüber und schwenkte wieder den Arm.

»Das ist super«, sagte ich, »wenn wir dann erst mal am Fluss sind, ist alles ganz einfach. Fluss links, Bäume rechts, und dann wissen wir genau, dass wir nach Norden gehen.«

»Und wann müssen wir dann nach Westen rüber, um zurück zur Schule zu kommen?«

»Sehen wir dann. Da findet sich bestimmt irgendwo ein Hinweis – die Brücke hier auf der Karte oder ein Wanderweg oder so.«

Die Sache mit der Bärenfalle war jetzt schon fast vergessen – wie schnell das gegangen war. Gerade eben hatten wir noch den Jussem schreien gehört und jetzt machten wir hier schon wieder auf Pfadfinder. Aber schließlich war es auch so, dass wir irgendwo im Dusterwald standen und nicht wussten, wie wir hier wieder rauskommen sollten. Das waren dann vielleicht doch zu viele Probleme auf einmal, dachte ich. Und außerdem hatten wir das gut gemacht, das mit der Orientierung. Da kann man ja auch mal ein bisschen stolz sein.

8
WAS IM WALD IST, BLEIBT IM WALD

Es dauerte ungefähr eine halbe Stunde, und da war er, der Fluss! Unglaublich, wenn so was einfach funktioniert. In der Zwischenzeit hatte Martin mir erzählt, wie scheiße Ibbenbüren war und wie das ist, wenn die Eltern sich scheiden lassen, wenn man dann nur mit der Mutter umziehen muss, wenn der Vater irgendwie woanders hinzieht und dann einfach weg ist. Und wie das vorher in der Schule gewesen war, erzählte er, und auch, wie er gehofft hatte, er könnte dann wenigstens als ein ganz anderer Martin bei uns auf dem Dorf neu anfangen. Vielleicht war er ja nur der komische Martin gewesen, weil in Ibbenbüren alle von ihm gedacht hatten, er wäre halt der komische Martin. Vielleicht wäre das ja mit anderen Leuten, die ihn noch gar nicht kannten, alles ganz anders. Aber dann kam er in unsere Klasse und es dauerte keine halbe Stunde, da war er schon wieder der komische Martin.

»Also liegt das wohl auch an mir«, sagte er und grinste mich an. Sah aber auch irgendwie traurig aus, das Grinsen. Doch dann lachte er, als ich ihm sagte, dass ich ganz froh war, dass es außer so Typen wie dem Lukas oder dem anderen Lukas oder dem Jussem auch noch so ganz normale komische Leute wie ihn gab, und er schubste mich wie einen besten Freund leicht rechts in die Büsche.

Dann erzählte er noch, dass er es in Ibbenbüren immerhin geschafft hatte, mal eine Freundin zu haben. Aber das war drei Monate vor seinem Umzug gewesen. Und schon vier Wochen nach seinem Umzug hatte er zwei Tage lang auf eine Antwort von ihr warten müssen, obwohl sie den halben Tag lang online war. Jetzt hatte er zuletzt am Montag von ihr gehört, aber auch nur ganz kurz, so was wie »Joah, alles ganz gut bei mir. Und bei dir so?« So ein Scheiß, meinte er. Da hatte man sich vor ein paar Monaten noch mit Tränen in den Augen geschworen, dass man sich ganz sicher nie vergessen würde, dass man sich immer schreiben würde und jedes Wochenende besuchen käme, und dann ist das nach nicht einmal zwei Monaten schon einen Dreck wert, was man da gesagt hat.

Ich kannte das. Also eine Freundin hatte ich noch nicht, aber ich war vor drei Jahren mal auf Husum bei so einer Sommerfreizeit von der Evangelischen Kirche gewesen, und da war Nina, mit der ich mich auch so richtig schlimm angefreundet hatte. Also ... Wisst ihr, was ich meine? Mit zwölf Jahren war an ›richtig eine Freundin haben‹ ja noch nicht zu denken, aber ich mochte die schon sehr. Und da waren auch die gleichen Versprechen gewesen, Nina hatte auf dem Rückweg die ganze Busfahrt über geheult. Und was war? Fünf Tage lang am Stück auf Whatsapp geschrieben, dann waren es nur noch zwei oder drei Nachrichten am Tag. Zwei Wochen später hatte ich sie noch mal besucht, aber das war alles irgendwie komisch gewesen. Dann gab es ein paar Tage lang gar keine Nachricht, und mittlerweile wusste ich nicht einmal mehr so genau, wie sie aussah. »Weißt du, Martin«, sagte ich, »ich glaub, das ist schon in Ordnung, sich so Sachen zu versprechen, auch wenn man sie dann nicht hält, weil selbst fünfzehn Kilometer zu weit weg sein können. Ich meine, als ihr euch das versprochen habt, habt ihr das ja wirklich so gemeint. Darauf kommt's doch an, oder? Kann ja keiner ahnen, dass alles immer anders wird, als man denkt.«

Jetzt war endlich der Fluss da, und alles war einfach. Fluss links, Bäume rechts. Das klappte super, und wir gingen eine ganze Weile den Fluss entlang in Richtung Norden.

»Kannst deinen Eltern aber mal sagen, dass die sich besser nicht scheiden lassen sollen«, sagte Martin dann, als wir uns genug über den Fluss gefreut hatten und darüber, dass wir jetzt auf dem sicheren Weg nach Hause waren. »Wär nämlich doof, wenn du auch wegen so was wegziehen müsstest.«

»Ach, wer weiß, vielleicht zieh ich dann ja nach Ibbenbüren – da würde ich dann aber besser keinem erzählen, dass ich dich kenne.« Jetzt boxte Martin mich auf den Oberarm, so weit war das schon – aber das hatte ich auch verdient.

»Nee, Martin, keine Sorge, meine Eltern lassen sich nicht scheiden. Die bleiben für immer zusammen.«

»Woher willst'n du das wissen?«

»Weil die sich immer heimlich streiten. Und wenn sie sich dann wieder vertragen haben, sind die total lieb zueinander. Die sind dann so lieb zueinander, das ist so fies irgendwie, dass ich mir manchmal wünschte, die würden sich nicht streiten. Oder nicht wieder vertragen. Nicht auszuhalten ist das. Die knutschen dann immer. Vor meinen Augen!«

»Nicht vor den Kindern!« Martin grinste.

»Ja, das sollte ich denen mal sagen. Entweder sollen die sich auch streiten, wenn ich dabei bin, oder die lassen das Knutschen beim Spülen sein.«

Wir gingen noch ein ganzes Stück am Fluss entlang, aber die Brücke, mit der wir fest gerechnet hatten, kam nicht. Auch kein Wanderweg, nicht einmal ein Schild, das uns irgendwie weitergeholfen hätte. Dafür war da aber ein anderes Schild, auf dem stand: »Was im Wald ist, bleibt im Wald.« Darunter waren Bilder von Pilzen, Ästen und Tieren, die rot durchgestrichen waren.

»Kannst du den Jussem malen?«, fragte Martin. »Dann malen wir den noch dazu! Der bleibt auch im Wald!« Obwohl das eigentlich gar nicht zum Lachen war, oder vielleicht gerade weil das eigentlich gar nicht zum Lachen war, fingen wir an zu kichern und konnten gar nicht aufhören. Martin musste sich sogar hinsetzen, weil er das im Stehen nicht mehr aushalten konnte. Aber dann schaute er mich von unten plötzlich ernst an. Und als ich guckte, warum er so guckte und »Was'n?« fragte, meinte er: »Victor, das ist ganz richtig, das da auf dem Schild!« Ich verstand nicht, was er meinte, und als er das merkte, sagte er: »Na, was im Wald passiert ist, was ich dir hier erzähle und all das, das bleibt auch im Wald.«

»Ist in Ordnung, bleibt unter uns«, sagte ich und half ihm hoch.

Kurz hinter dem Schild hörte der Wald auf, ein Wald zu sein, und da war dann stattdessen eine Kuhwiese. Hinter der Kuhwiese sahen wir ein paar Häuser und ganz weit hinten noch einen Kirchturm. Ich dachte noch, dass auf der Karte doch nur Wald war. Überall. Keine Kuhwiese, keine Häuser, keine Kirche, nichts. »Martin«, sagte ich, »das ist komisch. Wieso ist denn hier gar kein Wald mehr?« Martin schaute sich um und wusste auch nicht genau, warum das alles jetzt so war, wie es war.

»Aber Kirche ist gut«, meinte er. »Wo eine Kirche ist, da ist auch ein Dorf, und wo ein Dorf ist, ist dann auch ein Bus oder eine Bahn. So kommen wir dann auch nach Hause.«

»Hast recht. Ist auch langsam mal gut mit dem ganzen Orientierungslauf. Ich hab keine Lust mehr auf Wald.«

Weil wir jetzt schon ziemlich lange durch diesen Wald gegangen und gerannt waren, und weil ich mittlerweile auch ganz schön Hunger hatte, fragte ich Martin, ob wir nicht erst einmal etwas essen sollten und zeigte auf eine Bank, die am Waldrand herumstand. Das sah schön aus; man konnte über die Wiesen und Kühe und Häuser gucken.

»Hast du denn was zu essen dabei?«, fragte er, und ich fühlte mich endlich richtig gut vorbereitet auf diesen ganzen Kram.

9
BLUMEN

Mindestens 400 Blumen. Blumen in Kränzen und Sträußen, viele waren eingewickelt in Folie, manche lagen nur so da auf Gleis 23 des Bahnhofs in Niederkirch. 16 Teddybären und Stofftiere. Und ein selbst gebasteltes Holzkreuz, auf dem stand: »Aus unserem Leben bist du gegangen, in unserem Herzen bleibst du.« Das war da mit so einem Brenndings eingebrannt – so was hatte ich in der Grundschule beim Sommerfest mal gemacht, mit einem Frühstücksbrettchen. Da war dann unten rechts ein Pferd gewesen und oben links stand mein Name. Unter dem Schild hier, zwischen all den Blumen, Kränzen, Tieren und Grabkerzen, war das Bild eines Mädchens, in Folie verpackt und verklebt, daneben eine Pappe aus einem großen Malblock. Auf die hatte einer mit rotem Filzstift ›Warum?‹ geschrieben. Das lasen Martin und ich nun, nachdem wir die Marmeladenbrote aufgegessen und uns auf den Weg in Richtung Kirche gemacht hatten. Wir standen auf dem Bahnsteig und guckten uns an, was fremde Menschen für ›Ann-Kathrin (15)‹ aufgebaut hatten.

Ich hatte schon davon gehört, dass auf dem Bahnhof Niederkirch vor ein paar Wochen ein Mädchen vom Zug überfahren worden war. Das wusste ich noch genau, weil in der Zeitung auch von »Gleis 23« geredet wurde und ich noch gedacht hatte, das müsste ein riesiger Bahnhof sein. Jetzt waren wir hier, und es gab bloß zwei Gleise – Gleis 23 und Gleis 24. Komisch, dachte ich, aber vielleicht bauen sie die anderen 22 Gleise ja noch.

Ich konnte mir nun jedenfalls auf einem Foto angucken, wie dieses Mädchen einmal aussah, von dem ich bis heute nur irgendwo gelesen hatte. Gruselig war das, aber Martin schüttelte nur den Kopf und las vor: »Warum?«

»Was stimmt denn nicht damit?«, fragte ich ihn.

»Es ist eine bescheuerte Frage«, sagte er. »Am liebsten würde ich ›Na, darum halt!‹ drunterschreiben.«

»Aber wär das nicht irgendwie ein bisschen ... ich weiß nicht ... geschmacklos?«

»Kann sein. Aber ist dir schon mal aufgefallen, dass kein Mensch ›Warum?‹ ruft, wenn mal was Gutes passiert? Ich hab zum Beispiel letztes Jahr zwei Euro in einem Fahrkartenautomaten gefunden – hab ich da die Fäuste in den Himmel gestreckt und ›Warum nur?‹ gerufen?«

»Weiß nicht«, sagte ich.

»Nee, hab ich nicht! Ich hab mich einfach gefreut. Oder als Kathi wirklich mit mir zusammen sein wollte in Ibbenbüren und mich geküsst hat. Nix. Kein ›Warum?‹. Aber als meine Mum mir gesagt hat: ›Du, Martin, dein Vater und ich ... wir lassen uns scheiden‹ und all das, da hab ich dann ganz viele Warumme im Kopf gehabt. Ist doch bescheuert.«

»Na, aber man kann sich doch schon auch mal fragen, warum das passieren musste, wenn jemand, den man liebt, also ... wenn der plötzlich ...«

»Nein, kann man eben nicht«, ging Martin dazwischen. »Das hat nämlich überhaupt nichts ... ähm ... Warum-mäßiges, dass so Sachen passieren. Ist Ann-Kathrin halt gestolpert oder ausgerutscht oder was weiß ich. So Sachen passieren halt! Fertig! Und das ist doch eigentlich total egoistisch, wenn man sich immer nur dann ›Warum?‹ fragt, wenn einem gerade nicht so in den Kram passt, was da passiert. Oder nicht?«

»Ja, doch«, sagte ich, und dann: »Tut mir leid, das mit deinen Eltern.«

Wir gingen den Bahnsteig runter und guckten auf dem Fahrplan nach, ob oder wann hier überhaupt ein Zug fahren würde. »Um Viertel nach zwölf kommt einer«, entdeckte Martin. Ich fand heraus, dass der auch in Seelscheid halten würde und wir von da aus dann den Bus zurück zur Schule nehmen konnten. Da blieben uns noch vierzig Minuten auf Gleis 23. Oder auch auf Gleis 24, falls uns langweilig wäre und wir mal was anderes machen wollten. Wir setzten uns aber erst einmal auf eine Bank auf Gleis 23 und guckten in die Gegend. Auf der anderen Seite, hinter den Bahngleisen, waren Industriehallen. Die waren mit Maschendraht umzäunt und sahen aus, als würden die hier schon ziemlich lange herumstehen, weil sie ... na ja ... auch irgendwie auf den Zug warteten. Die wollen auch nach Hause, dachte ich.

Martin sah ganz schön fertig aus.

»Es ist gar nicht mal so sehr wegen meiner Eltern«, meinte er irgendwann plötzlich. »Ich meine, meinen Vater hab ich vor der Scheidung sowieso kaum gesehen. Den hab ich schon vermisst, da war der eigentlich noch da ... Und hier ist es auch nicht viel besser oder schlechter als in Ibbenbüren. Aber Kathi, die vermiss ich.«

»Scheiße«, sagte ich. »Kannst du die nicht einfach noch mal besuchen? Ich fahr auch mit dir hin.«

»Bringt ja nichts. Die schreibt ja nicht mal mehr – was soll ich denn da?«

»Hm.« Das kannte ich ja. Und weil nun eine Pause entstand – ich wusste nicht so richtig, was ich da jetzt sagen sollte – und auch ein bisschen, weil ich es wissen wollte, fragte ich: »Habt ihr denn ... also ... habt ihr's mal gemacht?« Martin schaute mich erstaunt an. Aber dann sagte er: »Ja, ein Mal. Also ... beinahe.«

»Was? Wieso beinahe? Wie macht man es denn beinahe?«
»Ach, voll daneben war das.«
»Wieso denn?«
»Nee, ist peinlich ... ist egal.«

Aber ich verstand das nicht – wie konnte man es denn beinahe machen? Und manchmal, dachte ich, wenn Leute sagen ›Nee, ist egal‹, dann tun sie nur so, als wollten sie nicht darüber reden. Aber eigentlich wollen sie das wohl. Da musste man vielleicht einfach ein bisschen nachhelfen.

»Was war denn so voll daneben? Also, Martin, hier ist jetzt zwar nicht mehr Wald, aber kannst du ruhig sagen. Das bleibt trotzdem unter uns. Ehrlich.«

Martin rutschte jetzt noch ein bisschen auf der Bank herum, dann guckte er mich kurz an, und dann wieder auf den Boden, und schließlich erzählte er doch: »Ach, scheiße war das. Ich meine, wir haben ja alle schon bisschen was gesehen im Netz, was es so gibt und so. Aber als ich da mit ihr zusammen war, war das eigentlich alles komplett anders. Und das fand ich auch richtig gut. Ich war total aufgeregt und war noch ganz mit dem Zungenkuss und so beschäftigt, ich hab mich eine ganze Weile nicht mal getraut, meine Hand unter ihren Pulli zu schieben. Also, so halt. Und Kathi hat aber gedacht, das müsste jetzt alles so richtig abgehen. Und dann hat die angefangen, sich auszuziehen. Dann hat sie meine Hose aufgemacht und gleich mein Ding in die Hand genommen. Na ja, und dann hat die sich vor mich hingekniet und wollte anfangen, mir einen zu blasen.«

»Was?«
»Ja, eben! Das ist dieser ganze Porno-Scheiß. Der versaut alles.

Total peinlich war das! Und da bin ich dann halt aufgesprungen und raus auf Klo gerannt.«

»Scheiße! Und dann?«

»Na ja ... ich hab dann eine ganze Weile auf dem Klo rumgesessen. Dann dachte ich, ich kann da ja auch nicht für immer sitzen bleiben und bin wieder zurück zu ihr ins Zimmer. Und Kathi hat auf ihrem Bett gesessen und geweint. Die hat halt gedacht, Jungs wollen das so. Und die hat sich extra vorher noch im Internet was angeguckt, damit sie weiß, was sie machen muss. Die dachte dann echt, sie hätte das falsch gemacht. So ein Scheiß! Weil ... ich meine, die hätte echt das volle Programm durchgezogen ... mit am Ende alles über's Gesicht und so. Voll bescheuert! Ihr war das total peinlich, als ich ihr sagte, dass ich das doch gar nicht so wollte. Na ja, da war das dann erst mal gelaufen, und wir wussten auch gar nicht mehr, was wir noch sagen sollten. Irgendwann bin ich dann nach Hause gefahren. Scheiße war das.«

»Und ... habt ihr es dann noch mal versucht?«

»Nee. Das hat erst mal gesessen. Na, und dann bin ich ja schon weg aus Ibbenbüren.«

»Ach, immerhin hattest du schon beinahe ein erstes Mal.« Ich versuchte, ihn aufzumuntern, manchmal kann ich das ganz gut. »Und guck mal, ich weiß jetzt immerhin, dass ich nicht auf's Klo rennen muss, wenn mir mal so was passiert. Ich bin da jetzt vorbereitet!«

»Gern geschehen«, sagte Martin und musste jetzt doch grinsen.

Unser Zug fuhr ein, und wir setzten uns in die erste Klasse. Das hatten wir uns verdient, fanden wir. Als wir so dasaßen, dachte ich, wie blöd das eigentlich war, dass ich Martin erst jetzt kennengelernt hatte. Wir hätten auch ruhig schon zusammen im Kindergarten gewesen sein können. Oder in der Grundschule.

Das wäre alles viel besser gewesen bis heute, dachte ich. Und noch etwas war komisch, dachte ich, als wir da so an Büschen und Bäumen vorbeifuhren und ich wieder einen Wassertropfencruiser auf der Scheibe gefunden hatte: Dass das mit dem Jussem jetzt irgendwie auch schon ganz schön weit weg war. So als hätte das mit mir gar nichts mehr zu tun. In meinem Kopf saß er schon in einem Abteil zusammen mit Kalle. Der Jussem, der ist jetzt auch schon ›früher‹, dachte ich.

10
Badewanne

Als ich anderthalb Stunden später wieder zu Hause war, ging ich gleich ins Bad und legte mich in die Badewanne. Es war komisch, da zu liegen – alles still, das Wasser plätscherte um mich herum und röchelte im Überlauf oben an der Wanne. Völlig leer fühlte es sich an, so als hätte man irgendwas von mir abgeschnitten und weggenommen. So hatte ich mich schon gefühlt, als ich von Husum zurückgekommen war. Da war vorher so viel los gewesen – alles voller Leute und Sachen, die man unternommen hatte, und ... na ja ... Input eben. Und auf ein Mal lag man in der Wanne, und da war das dann nicht mehr. Alles weg. Da war nur das alte, bekannte Badezimmer mit seinen Steinfliesen und der Geruch von Zuhause – aber wie zu Hause angekommen hatte ich mich dann trotzdem nicht gefühlt. Und jetzt war es genauso. Ich meine, da war das ganze Zeug gewesen: Der Jussem, Lizzy, die Bärenfalle, das Laufen durch den Wald, Martin und die Zugfahrt ... Und jetzt: Nur noch das Plätschern von Wasser und man selbst. Das war's.

Ich beugte mich nach vorne und griff mir den Waschlappen, der am Wannenrand herumlag. Den tauchte ich ins Wasser und drückte die Luft raus. Das gab ganz viele kleine Blasen. Ich machte es noch mal, jetzt aber hielt ich mir den Waschlappen direkt unter den Po. Die vielen kleinen Blasen krabbelten langsam meinen Rücken hinauf bis zum Nacken. Das war gut, das fühlte sich wieder nach etwas an. Ich machte das noch zwei, drei Mal, dann steckte ich mir den Waschlappen in den Mund und biss drauf. Das war der Wahnsinn. Das kannte ich auch noch, von ganz früher. Das Gefühl vom nassen Stoff im Mund. Als kleines Kind hatte ich das bestimmt immer gemacht, denn es fühlte sich so sicher an, als wär man wieder zwei Jahre alt und alles wäre einfach gut.

Dann hörte ich, dass das Telefon klingelte. »Victor?«, rief meine Mutter, und ich rief: »In der Wanne!« Sie rannte durch die Wohnung, und ich hörte ihre Stimme dumpf durch die Badezimmertür und wie sie sich meldete:

»Salentin?« – Pause – »Victor? Ja, der ist hier.« – Pause.

Scheiße, dachte ich, jetzt rufen die hier schon an. Jetzt sind wir am Ende. Geliefert. Ich erschrak so sehr, dass ich mich aufsetzte, weil sich in meinem Bauch alles zusammenkrampfte. Das doofe Wasser schwappte jetzt laut in der Wanne und ich konnte nicht verstehen, was meine Mutter sagte. Dann klopfte es plötzlich an der Tür.

»Victor, wenn du fertig bist, müssen wir mal reden.«

Das war zu viel. Ich zitterte am ganzen Körper, versuchte irgendwie den Stöpsel rauszuziehen, aus der Wanne zu springen und mich abzutrocknen. Das Handtuch fiel mir drei Mal runter – meine Hände machten einfach nicht mehr mit. Und als ich mich endlich angezogen hatte und die Badezimmertür aufmachte, heulte ich schon.

Meine Mutter sah mich streng an, ich glaube, sogar noch strenger als damals bei der Sache mit Kalle, und ich wollte gleich alles erklären. Wie scheiße das immer war mit dem Jussem, wollte ich sagen, und dass wir den doch nicht umbringen wollten und dass dem doch nur einen Denkzettel verpasst werden sollte, weil der so ein Arsch war. Man muss sich doch wehren irgendwann mal. Das alles wollte ich sagen, aber ich konnte nicht. Ich stand einfach da und heulte.

Meine Mutter bemerkte das gar nicht – war wohl noch alles nass im Gesicht – und machte den Anfang: »Frau Schaller hat gerade angerufen.« – Pause – »Ihr habt Mist gebaut. Ihr wart nach dem Orientierungslauf gar nicht mehr in der Schule!«

Verdammt, das hatten wir ja total vergessen! Unser Bus war direkt an unserer Haltestelle vorbeigefahren, sodass wir da einfach ausgestiegen sind. Martin meinte, er könnte eben noch die zehn Minuten nach Hause laufen, und für mich waren es auch gerade zwei Minuten zu Fuß. Wir haben uns gedrückt und erklärt, dass das schon alles richtig so war und dass alles gut gehen würde, dann bin ich einfach nach Hause gegangen. Und jetzt gab es wohl ein Problem! Verdammter Mist.

Ich hatte noch immer Tränen im Gesicht und meine Mutter machte weiter: »Ja, das ist nämlich so: Dieser Lars, der hat da noch ewig gewartet, weil der ja seinen Kompass zurückhaben will. Und Frau Schaller hat jetzt gedacht, euch wäre im Wald irgendwas passiert. Einem anderen Jungen ist da auch schon was passiert. Die hat sich Sorgen gemacht!« Sie schaute mich noch immer streng an.

Scheiße, was für ein Glück, dachte ich. Es geht nur um den blöden Kompass. Ich konnte es nicht fassen. Und dem Jussem war ›was passiert‹ – das heißt, die hatten keine Ahnung! Nichts war im Arsch! Alles war gut! Und jetzt konnte ich ganz sicher sein, dass Lizzy nicht in die Falle getreten war, das war auch gut. Ich musste mich zusammenreißen, nicht laut aufzuschreien, so erleichtert war ich. Aber meine Mutter änderte ihren Blick nicht. Ich musste jetzt irgendwas sagen, dachte ich. Zum Glück hatte ich von der Heulerei noch immer nicht so richtig meine Stimme zurück, und weil ich jetzt so erleichtert war, kamen gleich noch mal ein paar Tränen als Extra hinterher. Die musste meine Mutter doch jetzt mal sehen.

»Den Kompass ... den hab ich im Wald verloren«, fing ich vorsichtig an.

»Ja, und deswegen fahrt ihr dann einfach nach Hause?« Meine Mutter bohrte bei solchen Sachen immer nach, obwohl sie jetzt schon ein bisschen weicher wurde.

»Nee, nee«, machte ich weiter, »das war nur so, wir haben uns dann verlaufen, und dann sind wir in Niederkirch rausgekommen. Weißt du? Da, wo dieses Mädchen vom Zug überfahren worden ist ... und ... und dann waren wir so froh, dass wir irgendwie doch noch nach Hause kommen konnten, da sind wir dann einfach hier ausgestiegen ... ich wollt dann einfach nur nach Hause.« Das war schon mal ganz gut, dachte ich, und das Heulen war jetzt auch nicht verkehrt. »Dieser Scheiß-Orientierungslauf«, setzte ich noch hinterher.

»Ich spreche gleich mal mit Frau Schaller«, sagte meine Mutter, und jetzt tat ich ihr schon leid, das war gut. »Die Sache mit dem Kompass wird sich schon klären – die müssen ja für so was auch irgendwie versichert sein.« Und dann fand sie es noch unmöglich, dass die uns da auch einfach so durch den Wald jagten, sie streichelte mir über die Wange, und dann konnte ich erst mal wieder in mein Zimmer.

Dort angekommen wusste ich eine Weile gar nicht so genau, was ich jetzt machen sollte. Mir war nicht nach *Age of Empires* zumute, und irgendeinen Dreck auf YouTube gucken wollte ich auch nicht. Ich hätte Jan anrufen können, um zu hören, wie es mit seinen Enchiladas gelaufen ist, aber reden wollte ich auch nicht. Außerdem hätte er mich dann nach dem Orientierungslauf gefragt, und darüber wollte ich erst recht nicht reden. Ich hätte auch nicht so genau gewusst, ob ich Jan vom Jussem und der Bärenfalle überhaupt erzählen sollte. Ein paar Nachrichten hin und her schicken, das wär wohl gegangen, aber das brachte es ja auch nicht. Ein Plan für einen ganzen Abend war das jedenfalls nicht. Dann fiel mir ein, dass da ja noch ein Haufen CDs im Regal lag, die ich vor ein paar Tagen mal im Keller gefunden hatte. Die waren noch von meinen Eltern, von früher, als die noch Musik gehört hatten. Das fand ich übrigens auch komisch – richtig viel Musik hatten die früher gehört, sie waren auch oft auf Konzerten gewesen und all das. Mein Vater hatte sogar mal Bass in einer Band gespielt. Und jetzt lag das ganze Zeug im Keller rum. Wieso hört man so was einfach wieder auf, wenn man das schon mal so gut gefunden hat, fragte ich mich. Also beschloss ich, einfach ein bisschen alte Musik zu hören.

»Ummagumma« – was für ein bescheuerter Titel, dachte ich, als ich die erste CD in meinen Laptop schob. Und komisches Zeug war das, was die da spielten. »Psychedelic«, las ich, als ich auf Wikipedia nachguckte, was Pink Floyd so machten. Psychedelisch also ... das stimmte schon irgendwie. Aber zu der Musik konnte ich mich ganz gut an Sachen von früher erinnern. Zum Beispiel an mindestens zweihundert Situationen, in denen ich den Jussem und die ganzen Lukasse, die immer für ihn die Drecksarbeit machten, am liebsten in einem Loch vergraben hätte. Ich wusste nicht mehr, wie oft die schon Kai Klammert den Sportbeutel versteckt hatten, und Kai musste dann immer auf Socken in der Sporthalle stehen und sich den Riesenanschiss vom Metzner abholen, weil er wieder seine Sachen nicht dabeihatte. Gesagt hat da nie einer was – ich nicht, und die anderen auch nicht. Oder auf der Klassenfahrt in Monschau in der Sechsten, da waren die auch schon so. Da haben sie ihn in dieser schmandigen Sammeldusche eingesperrt, und als Kai sich gewehrt hat wie ein Bär –

eigentlich war der ja ganz schön stark –, haben sie eine dieser Bänke mit Kleiderhaken aus der Umkleide vor die Tür geschoben. Dann sind die zum Abendessen gegangen, und es hat mindestens eine halbe Stunde gedauert, bis Kai das Teil weggeschoben und sich befreit hatte. Aber da gab's dann für ihn kein Abendessen mehr, weil er ja zu spät dran war. Mann, was für eine Scheiße das immer war.

Plötzlich flüsterte es aus der Anlage »Careful with that axe, Eugene ...«, und dann war der Schrei aus dem Wald wieder da. Aber jetzt noch mal so richtig laut, mit Musik drum herum. Ich bin fast vom Stuhl gefallen, so hab ich mich erschreckt. Müsst ihr euch mal anhören. Bestimmt zehnmal ließ ich den Song von vorne laufen und erschrak mich immer wieder, wenn der Sänger plötzlich schrie. Und es war auch immer wieder so wie heute Morgen im Wald.

11
Unten

Das ganze Wochenende hatte ich kaum mit jemandem geredet. Die meiste Zeit war meine Zimmertür zu, und ich hörte mich durch einen gewaltigen Stapel weiterer CDs durch, die ich aus dem Keller raufgeschafft hatte. The Cure, The Smiths, von den Beatles war auch was dabei, Iron Maiden, Joy Division, New Order ... meine Eltern mochten damals wohl eher traurige Musik, aber das war auch alles irgendwie echter und aufregender, und vor allem anders als der Rotz, den sonst immer alle so hörten. Das fand ich dann ziemlich gut und hörte mir das ganze restliche Wochenende lang den alten Kram an. New Model Army, Pixies, Julian Cope, My Bloody Valentine, und dann war Sonntagabend.

Jetzt war wieder Montagmorgen, und nach all dem Wahnsinn im Wald musste das normale Leben ja weitergehen. So wie es schon immer gewesen war, ging es weiter: Frühstück reinschieben, Tasche schnappen, losgehen. Es war auch wieder das Geschrei der Leute im Bus da – es war mir alles fast ein bisschen viel. Das hat mich doch sonst nicht so genervt, dachte ich, und dass man nicht zu viel Zeit alleine verbringen darf, da wird man komisch. Auf dem Weg vom Bus rauf zur Schule merkte ich dann, dass es jetzt ernst werden würde. Ich hatte mir am Wochenende alles Mögliche vorgestellt, wie dieser Montag wohl werden könnte. Das hier waren meine Top 3 der möglichen Optionen:

Platz 3: Ich komme mit dem Bus an, und an der Haltestelle stehen schon der entstellte Jussem, die Lukasse und noch fünf andere. Die hauen mir kräftig auf die Fresse und treten mir noch weiter in die Rippen, wenn ich schon auf dem Boden liege. Dann spucken sie auf mich und gehen weg.

Platz 2: Ich komme in die Schule, und da steht Frau Schaller mit dem Rother. Die führen mich gleich ab. Im Zimmer des Schulleiters sitzt dann schon Martin. Er heult, und ich gestehe sofort alles.

Platz 1: Es passiert einfach gar nichts. Alles ist wie immer, nur dass der Jussem sich jetzt von den Mädchen auf seinem Gips am Bein rummalen lässt. Herzchen und Handynummern und so.

Platz 3 war wohl nicht der Fall, wie es aussah. Ich hatte jetzt schon bestimmt 50 Meter in Richtung Schule hinter mir, und noch war nichts passiert. Meine Rippen waren noch genau da, wo sie sein sollten. Platz 2 und 1 könnten noch kommen, dachte ich. Und wie ich das alles so dachte, sah ich einen Jungen aus der B. Der stand da so rum, wie Jungs eben rumstehen. Ich glaub, ›Lennert‹ hieß der, aber sicher war ich mir nicht. Er grinste mich jedenfalls fast gruselig an, als ich an ihm vorbeiging, und ich wunderte mich, was das jetzt sollte. Denn den sah man sonst nie irgendwo, und jetzt stand der da rum, grinste, und ich war sicher, dass es mir galt.

»Wahnsinn!«, rief Martin plötzlich hinter mir. Nach Wahnsinn sah das Grinsen von Lennert-glaub-ich wirklich aus, dachte ich, und drehte mich zu Martin um.

»Morgen, Martin. Was ist Wahnsinn?«

»Hast du denn gar nichts mitbekommen? Wo warst du denn die letzten Tage?«

»Nee, nichts mitbekommen«, sagte ich. »Ich war am Wochenende ... öhm ... privat. Was war denn?«

»Mensch, Victor, das ist alles fantastisch!« Martin hatte einen Endlich-Wochenende-Ausdruck im Gesicht, und das an einem Montagmorgen.

»Was ist denn passiert?«, fragte ich. Ich verstand das alles nicht.

»Erkläre ich dir später«, flüsterte Martin mir jetzt mit vorgehaltener Hand ins Ohr. »Das geht jetzt nicht. Halb vier. Heute. Bei mir. Die anderen kommen auch.«

»Was denn für andere?«, fragte ich noch, aber da war er auch schon weg.

Als es klingelte, ging ich in die Klasse und setzte mich neben ihn. Eigentlich war das gegen die Sitzordnung, aber ich dachte mir, dass Frau Schaller garantiert nichts dagegen hätte. Die würde das sehen und sehr zufrieden mit sich sein. Immerhin war es ja ihre grandiose Idee gewesen, Martin und mich zusammen in den Wald zu schicken. Jetzt hatten wir uns genau so, wie die das gewollt hatte, besser kennengelernt. Und fast halbwegs genau so, wie die sich das vorgestellt hatte, hatten wir jetzt gemeinsam etwas erlebt. Da kann man sich auch mal zusammensetzen. Die sind da auch eitel, die Lehrer, dachte ich. Das ist immer leicht, wenn die stolz auf sich sein können. »Hab ich's doch gewusst«, sagen sie sich dann und freuen sich über sich selbst.

»Martin, was denn für andere?«, fragte ich ihn noch mal, als ich mich neben ihm hinsetzte.

»Wart es ab, Victor, erkläre ich dir später. Groß ist das alles. Das kann ich dir sagen, du Einsiedlerkrebs! Du solltest ab und zu mal vor die Tür gehen und mit anderen Leuten reden. Manchmal lohnt sich das!«

Ich schaute mich in der Klasse um. Ziemlich ruhig war es. Und kein Jussem weit und breit. Ob der noch im Krankenhaus lag?

Aber Lizzy war auch nicht da. Dafür ging es Luise Heimann und dem anderen Lukas wohl schon wieder besser – die waren da. Die Tür ging auf und Frau Schaller kam in die Klasse. Sie machte ein Gesicht, als hätte sich jemand auf ihren Hund gesetzt. Sofort waren alle ganz still. Das gab es sonst selten. Manche schauten nach unten auf den Tisch, manche gespannt auf Frau Schaller. Ich wusste nicht, wohin ich gucken sollte – das war alles so, als wäre der dritte Weltkrieg ausgebrochen und alle wussten Bescheid, nur mir hatte keiner was gesagt.

»Es ist schlimm genug«, begann sie ihre Ansprache, »dass offenbar irgendein Wahnsinniger eine Bärenfalle im Wald ausgelegt hat und dass Bastian sich deswegen ganz schlimm verletzt hat. Ich soll euch von ihm grüßen. Ich habe ihn gestern Abend besucht – er ist jetzt schon wieder zu Hause, muss aber noch eine Weile im Bett liegen. Die Wunden sind genäht worden, aber sie werden ganz sicher gut heilen. Und auch der Bruch ...«

Ich schaute Martin an und konnte das alles nicht fassen. »Bruch?«, wiederholte ich ohne zu sprechen, nur so mit Lippenbewegungen, und Martin nickte.

»... wird vermutlich ohne eine OP wieder zusammenwachsen. Was mich persönlich aber sehr betroffen macht ...«, jetzt machte sie nach dem ersten kleinen Erdrutsch an Wörtern eine lange, sehr lange Pause, und ich fragte mich, was es denn noch gab, das sie persönlich aber sehr betroffen machte? Was konnte sie denn noch betroffener machen als die Sache mit dem Jussem und der Bärenfalle? Das war ja nicht auszuhalten. Ich wollte gerade aufspringen und »Ja, was denn? Sagen Sie doch schon!« rufen, da ging es endlich weiter: »... ist die Sache mit dem Video.«

Jetzt wusste ich überhaupt nicht mehr Bescheid. Wie lange war ich denn weg gewesen? Es war ja nicht so, dass ich ein Jahr in Guatemala verbracht hätte. Was für ein Video? Ich schaute wieder Martin an, und der grinste zufrieden. Das war noch keine Erklärung. Ich saß da und versuchte, aus all dem schlau zu werden.

Frau Schaller nahm jetzt wieder Fahrt auf und redete auf uns ein. Die machte ein gewaltiges Tempo – so kannten wir sie. Es war nur schwer, ihr zu folgen. Wie denn so was passieren könne und ob wir uns nicht gewaltig schämen würden. Und ob dazu nicht irgendwer etwas zu sagen habe, aber das hatte niemand. Außerdem hätte wohl auch niemand gekonnt, denn es ging ja ohne Pause weiter mit »Das ist wirklich das Letzte!« und »So was habe ich in meinen acht Jahren als Lehrerin noch nie erlebt«. Da kam man gar nicht dazwischen. Die Frau war ein ICE, der mit vollem Tempo auf Gleis 23 durch Niederkirch raste. Als sie sich langsam beruhigt hatte, war ich aber immer noch nicht schlauer. Und weil Martin mit seinem Grinsen auch keine große Hilfe war, entschied ich, es wäre wohl das Beste, einfach zu fragen.

»Was ist denn ... also ... was haben Sie denn noch nie erlebt? Wovon reden wir hier?«

»Mach dich nicht lächerlich, Victor«, sagte sie nur leise. Ihr Blick war traurig und enttäuscht. Dann drehte sie sich einfach zur Tafel und fing mit dem Unterricht an. Noch fünfunddreißig Minuten lang musste ich dasitzen und rhetorische Mittel aus einem Gedicht heraussuchen, bevor endlich die Stunde vorbei war und wir alle aus dem Klassenraum gehen durften.

Auf dem Flur spürte ich plötzlich einen Schlag auf den Rücken. »Was haben Sie denn noch nie erlebt? Mann, Victor, du bist der Hammer«, strahlte mich Kai Klammert an, klopfte mir noch mal auf die Schulter und verschwand im Gang. Ich sah ihm hinterher und musste dringend mal mit Martin sprechen, so viel war klar.

»Von deiner Lizzy würd ich mal besser die Finger lassen«, sagte Martin, als ich ihn auf dem Pausenhof endlich mal in Ruhe fragen konnte, was zum Teufel hier denn los war. »Als die Falle den Jussem erwischt hat, hat deine tolle, wunderbare und ganz-anders-als-die-anderen-Lizzy nämlich nichts Besseres zu tun gehabt, als ihr bescheuertes iPhone rauszuholen und den Jussem dabei zu filmen, wie er da auf dem Boden hängt und heult. Und dann kommt die nach Hause, und als Erstes schickt die das Video ihren Freundinnen. Und die schicken das dann wieder anderen Freundinnen und Freunden und ... na ja ... du kannst dir vorstellen, wie lang das gedauert hat, bis es dann auch beim Jussem angekommen ist.«

»Krass«, sagte ich, und: »Also ... krass!«

»Ja, die hat dann wohl noch versucht, sich rauszureden, hat allen was von ›Beweise sammeln‹ und so Quatsch erzählt, aber geglaubt hat ihr das wohl keiner.«

»Und du hast das Video auch bekommen? Also ... ich hab das nicht gekriegt.«

»Nee, mir schickt so was doch auch keiner. Ich bin aber am Samstag noch mal los hier zur Schule, um mein Fahrrad zu holen – das stand ja noch hier. Und da hab ich dann Nico aus der B getroffen, weißt du, der Kleine mit den Locken. Der hat das Video bekommen und mir alles erzählt.«

»Ja, und jetzt?«

»Victor, Mann, was heißt hier ›und jetzt‹? Der Jussem ist zerstört! Vernichtet! Den lachen jetzt alle aus! Ich meine, der hat auf dem Video ›Mama!‹ gerufen und geheult wie ein Mädchen. Das sagen sie alle! Der ist erledigt! Victor, das ist alles noch viel, viel besser, als ich mir das vorgestellt hatte. Und in guten Momenten hab ich mir das schon richtig dufte vorgestellt.«

Scheiße, dachte ich, denn jetzt ergab das alles plötzlich Sinn, Lennert-glaub-ich vorhin vor der Schule und Kai Klammert eben auf dem Gang.

»Und jetzt wissen alle, dass wir das waren, oder was? Scheiße, Martin, das ist nicht gut!«

»Nein, gar nichts wissen alle. Nico hat mich gefragt, ob wir das waren. Aber ich hab dem gesagt: ›Wir? Wieso denn wir? Traust du uns so was wirklich zu?‹ Und das hat ihn dann überzeugt – die trauen uns das nämlich wirklich nicht zu. Die ahnen das vielleicht – immerhin waren wir ja vor Lizzy und dem Jussem im Wald. Aber wirklich zutrauen tun sie uns das nicht. Dufte, ne?«

Ich fand das alles gerade gar nicht so richtig gut. Klar, der Jussem hatte seine Packung bekommen, und das war auch allerhöchste Zeit gewesen, dachte ich. Und immerhin war ihm nichts wirklich Schlimmes passiert. Das Bein würde wieder heilen. Aber ich konnte mich nicht so freuen wie Martin. Der Jussem war jetzt ganz unten, und Martin, der war jetzt ganz oben. Da hätte ich wohl auch sein sollen, ganz oben, aber irgendwie war ich dann doch eher so in der Mitte.

12
Butterkekskringel

»Wer sind denn jetzt diese anderen«, fragte ich Martin, als ich um halb vier zu ihm ins Zimmer kam. Da waren nämlich gar keine anderen, und während Martin noch hektisch Zeug hin und her räumte, schaute ich mich ein bisschen um. Martin hatte ein Schlafsofa in seinem Zimmer, das jetzt aber zum Sofasofa umgebaut war. Davor stand ein kleiner Tisch, auf den Martin schon Gläser gestellt hatte, und einen Teller mit Butterkekskringeln, die es auch bei der Musikschule oder bei der evangelischen Kirche gab, wenn die mal Sommerfest machten oder so was. Links daneben an der Wand hatte er ein Flipchart aufgebaut, und auf dem Tisch lagen ein roter, ein grüner und ein blauer Edding.

»Martin, was ist das denn hier? Lagebesprechung im Altenheim, oder was?«

»Moment, bin gleich so weit«, sagte er und stopfte noch schnell einen Haufen dreckige Wäsche zurück in den Kleiderschrank. Dann setzte er sich aufs Sofa und sagte: »So, fertig!«

Ich setzte mich auf einen Stuhl gegenüber und schaute ihn an.

»Die anderen«, erklärte er, »das sind Lennert, Kai und Phillip.«

»Ja, und was wollen die hier?«

»Die wollen auch mitmachen.«

»Mitmachen? Wobei?«

»Na, bei unserer Sache!«

»Was für eine Sache?«

»Na, unser Widerstand. Die Bärenfalle war ein grandioser erster Schlag gegen den Jussem, gegen alle Jussems!«

»Du hast denen von uns erzählt? Von dem Jussem und der Bärenfalle? Bist du komplett bescheuert?«

»Beruhig dich, Victor, die sind auf unserer Seite. Die haben auch schon ewig darauf gewartet, dass diese Typen mal kräftig was draufkriegen. Wir sind jetzt Helden!«

»Ich will aber kein Held sein. Das ist doch scheiße. Du weißt doch, was am Ende mit Helden immer passiert. Der Terminator zum Beispiel oder Boromir bei ›Herr der Ringe‹ oder ...«

»Und was ist mit den X-Men oder den Avengers? Rambo? Aragon? Die sterben alle nicht!«, unterbrach mich Martin.

»Trotzdem bin ich kein Held. Das ist doch nicht echt! Helden gehen auch nie aufs Klo zum Beispiel. Ist dir das mal aufgefallen? Hast du das jemals gesehen, wie Superman mal muss? Das müssen die nie! Ich aber schon! Weißt du, was ich meine ...? Ach, Scheiße, das ist einfach nichts für mich!«

»Victor! Vergiss das mit den Helden! Wir haben da was Gutes gemacht. Also schön ... eigentlich haben wir was Schlimmes gemacht, aber das ist jetzt was Gutes! Und die anderen Jungs haben genauso wie wir diesen Mist lange genug ertragen. Aber jetzt hört das alles auf!«

Ich war noch nicht so richtig davon überzeugt, dass es gut war, jetzt plötzlich in so einer »Organisation« zu sein. Ich meine, dass das jetzt alles ruhig aufhören könnte, und dass wir uns mal so richtig wehren konnten – das war schon eine gute Sache, das stimmte schon. Einmal hatte ich versucht mich zu wehren, in der sechsten Klasse, als der andere Lukas mir das Handy weggenommen und dann in so einen riesigen Dornenbusch geworfen hatte. Da bin ich zu ihm hin und hab ihm vor lauter Wut darüber, dass er so ein Arsch war, mit aller Kraft in den Magen geboxt. Also gut, ich hab dann nur seinen Arm getroffen, weil er sich weggedreht hatte. Und die Aktion hatte ich im nächsten Moment schon bereut. Denn was noch schlimmer war, als jemanden zu verletzen, war das, was ich da getan hatte: Ich hatte nur versucht, ihn zu verletzen. All meine Kraft war nicht genug gewesen. Das musste ein so unglaublich mieser und schlapper Schlag auf den Arm gewesen sein, dass Lukas einfach lachte. Der hörte gar nicht mehr auf damit. Dann ist er einfach weggegangen und hat sich von seinen Leuten auf die Schulter klopfen lassen für seine geile Aktion und für meine Schwäche. Ich musste mein Handy selbst wieder aus diesem Busch pflücken. Die Dornen hatten meine Arme und Beine und auch mein Gesicht aufgekratzt – das tat tierisch weh, das weiß ich noch – aber das war nach zwei Tagen auch wieder gut. Nur: Wie Lukas da lachend wegging und ich dastand mit meiner blöden Faust, das konnte ich noch heute fühlen. Es stimmte schon: Wir hatten uns jetzt das erste Mal so richtig gut gewehrt. Und damit könnte man ruhig auch noch ein bisschen weitermachen. Nur wie? Da hatte ich jetzt auch nicht so wirklich eine Idee.

Es klingelte an der Tür, und Martin sprang auf. Ich wäre gerne gleich mitgegangen, aber dann dachte ich, es ist wohl gut, wenn ich hier ein bisschen sitzen bleibe. Besser, man ist einfach mal einer, der schon da ist.

»Nein«, sagte Martin, als er mit Lennert, Kai und Phillip wieder ins Zimmer kam, »wir brauchen kein geheimes Erkennungszeichen. Ihr klingelt an der Tür, und ich mache auf. Das ist geheim genug!«

»Aber woher willst du wissen, dass wir zur Gruppe gehören?«, fragte Phillip jetzt und schob sich dabei mit dem Zeigefinger seine Brille die Nase hoch. Komisch, dachte ich, dass es immer noch

Leute gibt, die das wirklich machen. Es gibt doch schon genug Witze darüber, wie sich Deppen genau so die Brille hochschieben – kennt er die nicht?

»Du bist Phillip«, sagte Martin jetzt und drehte sich zu ihm um, »das ist Lennert, und das Kai. Wir kennen uns. Und wir treffen uns hier bei mir, weil ich euch eingeladen habe. Das muss doch reichen.«

»Außerdem ist das Quatsch, so ein Erkennungszeichen«, sagte jetzt Lennert, »das wär so, als wären wir zehn oder elf und in einer Bande. Wir sind ja nicht die Pfefferkörner oder so was!«

Martin nickte und sagte: »Eben! Also benehmt euch auch nicht so! Und das hier«, er zeigte jetzt im Raum herum, »ist auch kein Hauptquartier – das braucht ihr jetzt gar nicht erst zu denken. Das ist nur mein Zimmer, sonst nichts. Hier wohne ich. Und das ...«, er zeigte auf mich, »... ist Victor, aber den kennt ihr ja auch schon.«

»Hallo«, sagte ich, und die drei sagten »Hallo, Victor!«. Dabei hoben sie alle unsicher den Arm, winkten und ließen ihn wieder fallen. Dann setzten sie sich auf Stühle und Sofa und was so zum Sitzen da war, Kai machte sich gleich über die Butterkeksringel her und Martin bot uns allen Limonade an. Das passt, dachte ich, auf LAN-Partys gibt es Cola oder RedBull, bei den heimlichen Partys im Wald gibt es Sangria oder so Zeug, und bei einer Veranstaltung wie unserer gibt es eben Limo.

Als dann alle bereit waren, den Keks in der einen und die Limo in der anderen Hand, begann Martin noch mal genau zu erzählen, was da im Wald passiert war. Er erzählte von dem Plan und der Falle, von dem Weglaufen und dem Schrei und dem Verlaufen im Wald. Dabei übertrieb er auch ein bisschen und fuchtelte wild mit den Händen. Es gefällt ihm, wie er das alles so erzählt, dachte ich, aber auch ich hörte ihm so gespannt zu, als wäre ich gar nicht selbst dabei gewesen. Als er dann fertig war, hatten alle immer noch den Keks in der einen Hand und die Limo in der anderen. Und so wie dieser braune Wackeldackel, den mein Opa bei sich im Wohnzimmer auf dem Schrank stehen hatte, nickten uns die drei mit offenen Augen und vorgeschobener Unterlippe zu – erst zu Martin, dann zu mir rüber und dann wieder zurück zu Martin und so weiter. Jetzt war mir klar, dass auch ich gemeint war mit der Anerkennung, und ich zuckte ein bisschen mit den Schultern, obwohl ich das jetzt auch ziemlich dufte fand.

Dann passierte eine Weile nichts. Irgendwann sagte Kai: »Das ist echt der Hammer!«, und dann wurde wieder genickt. Aber es passierte wieder nichts weiter. Ich glaube, falls Martin einen Plan hatte, ging der genau bis hier: Wir treffen uns alle verschwörungsmäßig, trinken Limo, essen Butterkekskringel, und er erzählt die Geschichte. Das war's.

»Ja, und jetzt?«, fragte ich also irgendwann, weil ich dachte, das wäre ja auch nichts, wenn das jetzt schon alles gewesen wäre und wir einfach wieder nach Hause gehen würden.

Martin stand auf und räusperte sich. Dann griff er sich einen Edding und sagte: »Ja, Leute, wenn das erst der Anfang gewesen sein soll, dann muss da noch mehr passieren. Also brauchen wir einen Plan ... also so einen ... ich sag mal ...«, er guckte ein wenig nach oben in die Luft, »... einen Aktionsplan! Genau!«

Und das schrieb er dann auf das Flipchart mit rot: ›Aktionsplan‹. Er machte einen Strich drunter und guckte wieder in die Runde.

»Ideen?«

Die Sache mit den Ideen war dann doch irgendwie schwieriger als die Sache mit den Keksen und der Limo. Also saßen wir noch ein bisschen da und guckten.

»Also …«, versuchte ich für den Anfang, »wir könnten als Erstes mal aufhören, die fette Luise Heimann die ›fette Luise Heimann‹ zu nennen.« Martin hob begeistert den Finger und schrieb auf: » – die fette Luise Heimann nicht mehr ›die fette Luise Heimann‹ nennen, sondern …«. Dann schaute er mich an und fragte: »Sondern?«

»Ja, nur ›Luise Heimann‹, halt. Ist das so schwer?«

»Nee, Victor, ist gut«, sagte Martin und schrieb weiter: »nur Luise Heimann«.

»Oder einfach ›Luise‹«, sagte ich und Martin machte eine Klammer um Heimann. Dann schaute er uns wieder alle an. Aber keiner rührte sich. Ich schaute mir die Jungs an, wie sie so dasaßen und überlegten. Dabei schoben sie sich weiter Kekse in den Mund. Seltsam, dachte ich, im einen Moment planten sie noch den Widerstand, als wären sie große Jungs, und im nächsten sahen sie gleich wieder nach Kindergeburtstag aus.

»Ist gar nicht so leicht«, gab Phillip irgendwann zu, und da waren wir uns alle einig. Nach einer Weile begann er aber erst einmal damit, zu erzählen, was ihm schon alles mit dem Beckfeld, diesem Pimmel aus der C, passiert war, und wovon er gehört hatte, was anderen schon passiert war und dass er wünschte, der würde jetzt auch zu Hause liegen mit Bärenfallenspuren am Bein. Dann war Lennert an der Reihe und erzählte auch so Geschichten, nur hieß der Schuldige jetzt Moritz Röger. So ging der Tag rum, und als wir dann nach Hause gingen, hatten wir verstanden, dass uns immer schon die gleichen Geschichten passiert waren. Und das war großartig. Vielleicht musste man sich ja gar nicht so sehr wehren, dachte ich, als ich auf meinem Fahrrad über die Brandenburger Allee nach Hause fuhr. Vielleicht war es ja schon genug, dass man andere Leute um sich hatte, die das auch so gewaltig scheiße fanden. Und vielleicht war das ja auch völlig in Ordnung, dass auf unserem Flipchart jetzt immer noch nicht mehr stand als »die fette Luise Heimann nicht mehr die fette Luise Heimann nennen, sondern nur Luise (Heimann)«. Das war doch schon mal ganz gut.

13
STILL IN LOVE WITH YOU

Seit fünf Tagen hatte ich schon nicht mehr richtig mit Jan gesprochen, weil ich immer noch nicht wusste, ob ich ihm von der Sache mit der Bärenfalle erzählen sollte oder lieber nicht. In der Schule waren immer andere Leute bei uns gewesen, da musste und da konnte ich ihm ja gar nicht davon berichten. Aber ihm aus dem Weg zu gehen, das bringt auch nichts, dachte ich, als ich auf dem Heimweg von Martin im Grunde sowieso schon an seiner Haustür vorbeifuhr. Das wird ja auch mit jedem Tag schwerer, sich da mal zu entscheiden. Es war gerade erst halb acht, also machte ich den kleinen Umweg und hielt bei ihm an. Spontan hingehen ist gut, dachte ich, da freut der sich bestimmt. Und so war das dann auch, als er aufmachte und »Mensch, Victor! Komm rein!« rief.

»Ja«, sagte ich, »ich lebe noch. Nicht, dass du deswegen wieder anrufst.«

»Wollt ich schon machen. Willst du was trinken?«

»Limo wär toll«, sagte ich, und Jan schraubte ein wenig an einer Flasche rum.

»Mann, hast du das mit dem Jussem gehört? Was für ein Wahnsinn. Aber hat ja den Richtigen getroffen. Stell dir mal vor, du wärst da reingetreten.«

»Das ist wahr«, sagte ich und hätte das super gefunden, wenn wir uns erst einmal ein bisschen über Enchiladas oder Musik oder meinetwegen auch das Wetter unterhalten hätten. Das ging mir jetzt alles ein bisschen schnell.

»Was ja noch verrückter ist«, sagte ich dann, weil ich dachte, ›Das ist wahr‹ wäre jetzt auch ein bisschen wenig, »ist die Sache mit dem Video. Kannst du dir das vorstellen, dass Lizzy so eine Sau ist?«

»Weiß nicht. Eigentlich nicht. Also ... die wirkte nie wie eine von denen.«

»Eine von welchen?«

»Na, eine von denen, die so was tun würden. Diese Elenas oder Kims oder so. Ich dachte immer, die wär nett.«

»Ja, das ist ja das Verrückte – ich fand die auch immer nett.«

»Victor, du fandest die nicht *auch immer nett*. Verknallt bist du in die. Über beide Ohren! Oder? Von hier so bis da rüber!« Er zeichnete mit dem Finger eine Linie quer über sein Gesicht.

Es war mir peinlich, darüber zu reden, obwohl Jan doch mein Freund war. Und überhaupt – wieso wussten das denn alle? Das konnte doch nicht wahr sein. Ich musste monatelang mit glotzenden Augen und offenem Mund in der Schule rumgestanden haben. Oder hatte ich am Ende sogar in einem dunklen Moment, an den ich mich nicht erinnern konnte, mit offener Hose auf dem Schulhof gestanden und gebrüllt: »Lizzy! Ich liebe dich! Liebst du mich auch? Bitte sag Ja!«?

»Jan, verdammt, wieso wissen das denn alle?«

»Wer weiß das denn noch?«

»Na, Martin meinte auch schon, das hätte man gleich gemerkt. Wann hast du das denn gemerkt?«

»Ist so vier Monate her.«

»Was? Vier Monate? Wieso ... also ... warum denn? Woran denn? Und warum sagst du denn nichts?« Und jetzt war es erst recht peinlich, weil Jan mein Freund war, ich ihm aber nichts gesagt hatte. Da hätte man auch beleidigt sein können an seiner Stelle. Das war jetzt doppelt doof – erstens, weil es mir selbst schon ein bisschen peinlich war und zweitens, weil Jan doch denken musste, wir wären gar keine richtigen Freunde, wenn ich ihm so was nicht auch mal erzählte. Aber trotzdem war ich jetzt erst mal froh, dass wir ein bisschen von der Jussemsache weg waren.

»Na ja, das erste Mal hab ich das gedacht, als du mal ›Still in love with you‹ von Thin Lizzy gepostet hast. Komm schon, Victor, Thin ... Lizzy! Oh Mann! Die Band ist schon scheiße, und der Song ist noch mal extrascheiße. Da war eigentlich schon alles klar. Und als ich dich dann in der Schule gesehen habe ... also ... wenn man's wusste, hat man es auch gemerkt.«

Mist, dachte ich, und ich hatte das tatsächlich für unauffällig gehalten, den Song zu posten. Als ich drei Tage später nicht einen einzigen Like zu verzeichnen hatte, war ich noch viel überzeugter davon, dass das kein Mensch auf dieser Welt überhaupt gesehen, geschweige denn verstanden hätte.

»Oh«, sagte ich, und wir guckten eine Weile durch den Raum.

»He, Victor, aber ich kann mir das wirklich nicht so richtig vorstellen, dass Lizzy so mies ist«, versuchte Jan zum Thema zurückzukommen und mich zu beruhigen, »hast du denn mal mit ihr geredet?«

»Ich? Mit ihr geredet? Einfach so? Niemals! Heilige Scheiße, was denkst du dir denn? Wenn das so einfach wäre! Glaubst du, ich hätte dann dieses doofe Lied gepostet? Und was hätte ich dann heute auch sagen sollen? ›Na? Den Jussem gefilmt? Und sonst so?‹ Außerdem war sie heute gar nicht in der Schule.«

»Victor, komm mal runter! Ich dachte ja gerade nur, die Sache ist die: Entweder ist sie so eine Sau oder es ist für sie ... na ja ... irgendwie scheiße gelaufen. Aber wenn du denkst, die ist doch eigentlich nett, und wenn du schon seit Monaten in die verknallt bist, dann hat sie das doch verdient, dass man sie wenigstens mal fragt. Oder nicht?«

»Ja gut. Das müsste ich dann mal machen. Aber doch nicht in der Schule oder so. Oder doch?«

»Pass auf, Victor, ich mach es ganz einfach für dich. Morgen nach der Schule schwingst du deinen Hintern auf dein Fahrrad und fährst einfach mal zu ihr nach Hause. Und da kannst du sie dann fragen. So einfach ist das.«

»Ich soll da einfach hinfahren? Bist du bescheuert?«

»Ja! Genau! Also nicht bescheuert. Aber hinfahren!«

»Das kann ich nicht. Und überhaupt, was soll ich denn dann sagen? ›Heee, Lizzy, ich wollt nur mal fragen, ob du wirklich nett bist oder doch eine fiese Sau?‹ So etwa? Nee, Jan, vergiss das mal. Das ist doch Wahnsinn! Oder nicht?« Ich hielt gerade beides für richtig. Und falsch. Sie nicht zu fragen und einfach zu denken, dass sie mies ist oder auch nicht mies, kam nicht infrage. Aber Hinfahren war genauso wenig eine Option.

»Gut, dann lass das Schicksal entscheiden.«

»Da glaub ich nicht dran.«

»Doch! Heute tust du das. Irgendwer muss ja entscheiden. Und wenn du's nicht machst, und ich das auch nicht für dich mach, dann muss es halt das Schicksal sein. Oder wenn du Schicksal doof findest, dann eben Zufall oder Karma oder was weiß ich.«

»Ja, und wie soll das gehen?«

»Lizzy war heute nicht in der Schule, richtig?«

»Richtig.«

»Gut, wenn sie morgen auch nicht in der Schule ist, fährst du zu ihr hin und fragst sie. Nicht, ob sie eine Sau ist, sondern für den Anfang vielleicht einfach mal, wie es ihr geht. Weil sie ja nicht in der Schule war und so.«

»Das ist brillant!«

»Ja, ja, war aber auch nicht besonders schwer, darauf zu kommen. Und wenn sie morgen wieder da ist, dann lässt du's!«

»Meinst du?«

»Ja, Victor, das meine ich. Und jetzt fährst du mal nach Hause – mit ein bisschen Glück musst du morgen ausgeschlafen sein! Wir können dann ja mal telefonieren.«

»Mensch, Jan, du bist ein guter Freund«, sagte ich und machte mich mit wackeligen Knien auf den Weg zur Haustür. Der Plan war gewagt. Aber andererseits war wohl gerade eine gute Zeit für gewagte Pläne, also warum nicht?

Ich schloss mein Fahrrad auf, und als ich gerade so richtig in die Pedale treten wollte, um mit vollem Tempo nach Hause zu düsen, hielt Jan mich noch kurz am Arm fest und sagte: »Ach, Victor. Coole Aktion, übrigens, das mit der Bärenfalle. Also ... nur falls ihr das wart. Will ich gar nicht so genau wissen. Aber coole Aktion.«

Ich fror ein, als hätte jemand auf Pause gedrückt und starrte Jan einfach nur an. Der grinste, drehte sich um und ging zurück ins Haus.

»Nacht, Victor, komm gut heim. Und fahr bloß vorsichtig«, sagte er und schloss die Tür.

Bittelasssiedasein! Bittelasssienichtdasein!
Bittelasssiedasein! Bittelasssienichtdasein!
Bittelasssiedasein! Bittelasssienichtdasein!

Ungefähr zwei Stunden lang lag ich so in meinem Bett, bevor ich dann endlich einschlafen konnte. Und als ich am nächsten Morgen aufwachte, ging das genauso weiter. Beim Zähneputzen, beim Frühstücken, beim Aus-dem-Haus-Gehen, beim Die-Straße-runter-Gehen, beim Den-Bus-kommen-Sehen-und-den-

Rucksack-Umhängen. Das war überall. Und ich wusste, mehr als Lizzy würde heute in meinen Kopf nicht passen. Eigentlich war schon das zu viel für mich und für einen Tag. Doch als ich an der Schule aus dem Bus stieg und Lennert gleich auf mich zugestürmt kam mit den Worten »Ich weiß was! Ich weiß, was wir tun können! Gestern Abend hatte ich noch eine Idee!«, da war mir das auch egal.

»Willst du nicht wissen, was für eine Idee?« Lennert merkte nicht, dass ich mit anderen Dingen zu tun hatte und hörte nicht auf.

»Doch klar, Lennert, lass hören.«

Was er sagte, hatte ich im nächsten Moment schon wieder vergessen. Ich glaube, ich hatte es nicht einmal wirklich gehört. Dann sagte ich noch »Das ist stark, Lennert!« und »Darüber müssen wir beim nächsten Treffen unbedingt reden!« und bog links ab in meinen Klassenraum.

Lizzy war nicht da und sie kam auch nicht. Jetzt verbrachte ich den ganzen Morgen damit, auch Martin nicht zuzuhören. Es war endlich klar, was heute passieren würde – eigentlich gut, aber nichts wurde dadurch besser. Denn die Freude darüber, dass ich heute wirklich Lizzy besuchen würde, war fast so riesig wie die Angst davor. Und jetzt spielte ich den ganzen Vormittag im Kopf Panik-Tennis mit mir selbst: Kacke! Super! Kacke! Super! Kacke! Super! Punkt: Kacke. Aufschlag: Super. Tie-Break.

Vier Stunden später saß ich nach der ganzen Vorfreudepanik auf meinem Rad und steuerte Richtung Musikantenviertel, eine Neubausiedlung, in die Lizzy mit ihren Eltern und ihrer älteren Schwester vor ein paar Jahren gezogen war. Händelweg 23. Ich war schon mal da gewesen, aber nur mit Google Street View. Nicht einen einzigen Gedanken hatte ich mir darüber gemacht, was ich zu ihr sagen sollte, wenn ich bei ihr wäre. Das wär mal besser gewesen, sich da was Gutes zu überlegen, dachte ich. Und stattdessen hatte ich die ganze Zeit nur Panik gehabt. Panik bringt nichts, dachte ich, als ich so an mir herunterschaute und meinen Händen dabei zusah, wie sie mit dem Fahrradlenker ganz automatisch dafür sorgten, dass ich in der Spur blieb und nicht gegen einen Müllcontainer oder in eine Vorgartenhecke rauschte. Ein Plan musste her.

Also stellte ich mir jetzt vor, wie Lizzy die Tür aufmachte, und probierte verschiedene Varianten von »Hi, Lizzy, wie geht's?« aus. Einmal mit besorgter Stimme – dabei hielt ich den Kopf leicht schräg und zog die Augenbrauen hoch. Dann zwang ich mich zu lächeln und versuchte die gut gelaunte Aufmunterung. Die Leute auf der Straße müssen dich für bescheuert halten, dachte ich, als ich mich ein wenig aufrichtete und mit einem lässigen Augenzwinkern »Hi, Lizzy, wie geht's?« versuchte. Dann rumpelte ich über eine Baumwurzel und versuchte in der Folge, mich doch wieder auf das Fahrradfahren zu konzentrieren. Vielleicht konnte ich sie ja einfach ganz normal begrüßen – ohne den ganzen Quatsch.

Fünf Minuten später drückte ich den Klingelknopf unter einem selbst getöpferten Türschild, auf dem stand: »Hier leben, lieben und streiten Arndt, Karin, Helen und Elisabeth Strack«. Ich hörte Schritte hinter der Tür, und Helen machte auf.

Trottel, dachte ich, natürlich macht Lizzy nicht die Tür auf. Das wäre zu leicht gewesen. Und leicht ist es nie. Das hättest du kommen sehen müssen. Und als ich »Oh« gesagt und ein wenig dumm geguckt hatte, machte Helen dem Elend ein Ende.

»Lizzy ist oben«, sagte sie, ging zurück ins Haus und ich hinterher.

»Und wo genau ist jetzt oben?«, fragte ich, als ich im Flur stand. Ich war ja noch nie hier gewesen. Aber Helen war schon hinter einer Glastür verschwunden und hörte mich nicht mehr. Also entschied ich mich für die Treppe und schlich wie ein Einbrecher vorsichtig die Stufen hinauf. Ist auch Quatsch eigentlich, dachte ich, warum schleichst du hier so rum wie einer, der ein schlechtes Gewissen hat?

Aus dem Wohnzimmer hörte ich, wie Lizzys Mutter fragte: »Wer war das denn?« und wie Helen antwortete: »Hat Pickel im Gesicht – ist für Lizzy.«

Ich fasste mir ins Gesicht und strich mir über das hubbelige Kinn. Auf der Hälfte der Treppe blieb ich stehen. Schlecht war mir. Ganz furchtbar schlecht. Jetzt wäre noch eine gute Möglichkeit, dachte ich, einfach wieder die Treppe hinunterzugehen und leise zu verschwinden. Einfach Tür auf und raus. Das würde keiner merken, und ich könnte einfach wieder nach Hause fahren. Aber dann überlegte ich mir, wie das wohl wäre, hier jetzt auf den letzten Metern noch zu kneifen. Die ganze Aufregung heute wäre dann auch umsonst gewesen. Und ich müsste Jan vorlügen, dass Lizzy gar nicht da gewesen war. Das würde der mir schon gar nicht glauben, und überhaupt, das wär doch dann auch alles scheiße. Also doch die Treppe rauf.

»Lizzy?«, fragte ich in den dunklen Flur und wartete. Nichts. Also noch mal ein bisschen lauter: »Lizzy?«

Direkt neben mir ging eine Tür auf und ich zuckte zusammen. »Aha, Victor also«, sagte sie und verschwand wieder in ihrem Zimmer. Das hatte ich mir jetzt auch ein bisschen fröhlicher vorgestellt, mehr wie ›Hey, Victor, komm doch rein!‹ oder so. Die Zimmertür blieb offen und ich stand weiter im Flur. Was hieß das mit der offenen Tür denn jetzt? Sollte ich wieder gehen? War ich so egal, dass Lizzy sich nicht einmal die Mühe machte, mir die Tür vor der Nase zuzuschlagen? Oder hieß das jetzt eher ›Komm rein‹? Das war schon alles kompliziert. Ich konnte doch nicht einfach hinterherlaufen. Aber weiter hier herumzustehen war auch bescheuert. »Komm schon rein«, sagte Lizzy von drinnen, und das tat ich dann.

Das war also Lizzys Zimmer. Und ich war mittendrin. Wahnsinn. Lizzy saß am Fenster mit dem Rücken zu mir an ihrem Schreibtisch und machte noch irgendwas an ihrem Laptop. Da konnte ich mich gerade mal ein bisschen umgucken, und ich versuchte, so schnell wie möglich so viel wie möglich zu sehen. Am liebsten hätte ich Bilder gemacht. Dann hätte ich mir ihr Zimmer zu Hause noch mal in Ruhe anschauen können: Rechts Lizzys Bett, Holzrahmen, Bettdecke mit Blümchen, Fotos an der Wand, links daneben der offene Kleiderschrank, ein Riesenchaos – da war einfach alles reingestopft. Fantastisch! Ich hatte gehofft, dass das hier genau so aussähe. Ich drehte mich um – an der Wand links hing ein Poster von BTS. Ach du Scheiße, dachte ich, warum denn die? Aber dann sah ich auch, dass der Typ ganz links mit Edding vollgemalt war. Irgendwas hatte sie ihm wohl auf den Arm und auf die Brust geschrieben. Ich ging hinüber, um genauer zu gucken.

»Was willst du?«, hörte ich, zuckte schon wieder zusammen und drehte mich um. Ich musste dringend damit aufhören, mich so zu erschrecken, dachte ich.

»Ich wollte ... also ... du warst nicht in der Schule.« Das fing jetzt schon nicht besonders gut an, dachte ich, aber ›Hi, Lizzy, wie geht's?‹ war eine Frage für die Haustür gewesen. Die ging nicht, wenn man schon mitten in ihrem Zimmer stand.

»Und da hast du dir Sorgen gemacht?« Lizzy schaute mich an, als hätte ich gerade eben ihren Goldhamster mit einem Hausschuh totgeschlagen und würde jetzt mit dem Tier in der Hand vor ihr stehen und sagen: »Guck mal, den hab ich draußen auf der Straße gefunden – ist das deiner?«

»Ja«, sagte ich, »ich hab mich gefragt, ob du in Ordnung bist.«

»Weil du so besorgt warst?«

»Genau.«

»Und da bist du dann mal hergefahren, um mal zu gucken, wie's mir geht?«

»Ja, genau so ist das.« Ich nickte.

»Weil wir auch sonst so gute Freunde sind?«

»Na ja ...«, sagte ich. Lizzys Stimme war lauter geworden und die Stimmung unangenehm. Sie traute mir nicht, hielt mich für einen neugierigen Arsch. Das muss ich doch erklären können, dachte ich.

»So richtig gute Freunde sind wir ja nicht ... also ... noch nicht ... später vielleicht ...«, fing ich an, aber das machte alles nur noch schlimmer.

»Und das hat auch nichts mit dem beschissenen Video zu tun, richtig?«, fragte sie jetzt, und das haute mich komplett aus der Bahn.

»Nein, nein, natürlich nicht«, stammelte ich, »also ... doch ... schon auch ein bisschen, aber eigentlich ...«

»Verpiss dich, Victor!«, sagte sie, drehte sich wieder um und starrte auf ihren Laptop. Das ging gerade alles furchtbar schief und ich stand nur daneben wie ein Volltrottel, genauso wie damals bei der Nina-Kleffner-Sache. Das regte mich jetzt furchtbar auf, weil ich doch eigentlich wegen Lizzy hier war und nicht wegen der ganzen Scheiße mit dem Video.

»Nee, Lizzy, das verstehst du ganz falsch!«

»Ja, sicher! Ich hab gesagt: Verpiss dich, Victor!«

Jetzt wurde ich lauter: »Ich bin hier, weil ich schauen wollte, ob es dir gut geht! Und nicht, weil ich wissen will, ob es dir schlecht geht, so wie dir das alle grad wünschen.«

Das war jetzt auch nicht richtig klug, dachte ich. Genau genommen war das saudämlich. Denn Lizzy stand jetzt auf und ging auf mich zu. Ich dachte, die haut mir eine rein. Dann ging sie aber an mir vorbei zur Tür.

»Was machst'n du?«, fragte ich.

»Wenn du dich nicht verpisst, dann mach ich das eben«, sagte sie und verschwand. Ich hörte ihre Schritte auf der Treppe. Dann knallte die Haustür und sie war weg.

Jetzt stand ich alleine in Lizzys Zimmer und fühlte mich zu blöd, einer Katze hinterherzuwinken. Da hätte ich auch gleich zu ihr ins Zimmer kommen und sie anspucken können, das wäre auch nicht viel dümmer gewesen. Für den ersten Kontakt – das wusste ich von Star Trek – gab es immer nur eine einzige Chance. Das hier war der erste wirkliche Kontakt zu ihr, dachte ich, und den hast du versaut, und ich dachte auch, dass ich jetzt besser nicht anfing zu heulen. Aber ich wusste auch nicht genau, was ich sonst tun sollte.

In einem Film läuft man jetzt hinterher und schreit ihren Namen, das wusste ich. Dann trifft man sich im strömenden Regen und alles ist gut. Aber draußen schien die Sonne und es waren satte 32 Grad im Schatten. Das war hier alles ganz anders. Ich könnte auch einfach nach Hause gehen. Aber ich wollte ja schon nicht gehen, als Lizzy gesagt hatte, ich sollte das tun. Warum gab es für solche Situationen nicht auch einen Experten im Internet, mit so einer »Dos and Don'ts«-Liste zum Runterladen? Die hätte ich gebraucht. Da hätte ich auch sofort reingeguckt jetzt. Gut, dachte ich, wenn Gehen nicht geht und Hinterherlaufen auch nicht, dann bleibe ich halt. Ich setze mich einfach auf ihren Stuhl und warte, bis sie wiederkommt. Das muss sie ja früher oder später. Ich meine, die wohnt ja hier.

Ich setzte mich also auf ihren Schreibtischstuhl und drehte mich ein wenig von links nach rechts, dann mal im Kreis und guckte durch ihr Zimmer. Und was ist, wenn sie erst mal nicht wiederkommt, dachte ich nach einer Weile. Ich konnte doch nicht so lange hier sitzen bleiben, bis Lizzys Mutter mich am Ende noch zum Abendessen einladen würde. Und was, wenn Lizzy genau dann nach Hause käme, während ich gerade mit ihrer Familie bei Würstchen und Kartoffelsalat säße? Ich Depp. Nein, Hinterherlaufen wäre von vornherein die beste Entscheidung gewesen. Ich sprang auf und rannte die Treppe hinunter. Tür auf, noch schnell »Auf Wiedersehen!« zurück ins Haus gerufen – ich wollte nicht unhöflich sein – und raus war ich. Links oder rechts die Straße runter? Erinnere dich, schrie ich mich an, was gibt es hier in der Gegend? Und ich zoomte mich durch die Street-View-Bilder die Straße rauf und runter. Kinderspielplatz! Am Ende der Straße, vor dem Wendehammer rechts – das ist es! Wie ein Wikinger rannte ich den Händelweg hinauf.

»Pfff ... Elisabeth«, sagte ich, als ich mich auf dem Kinderspielplatz neben Lizzy in den Sand setzte, »hatte ich ganz vergessen, dass du so heißt.«

»Ich hab doch gesagt, du sollst abhauen!« Sie schaute mich mit zusammengekniffenen Augen an, aber das lag bestimmt eher an der Sonne – sie sah gar nicht mehr so böse aus wie vorhin.

»Tut mir leid«, versuchte ich noch mal von vorne, »ich wollte wirklich nur mal gucken, wie es dir geht.«

»Das ist nett von dir«, sagte sie, »also ... ist das wirklich nett von dir?«

»Ja, das ist nett von mir«, sagte ich. Sie lächelte und schaute runter auf den Sand, in den sie ihre Füße gegraben hatte. Und ich war froh, dass die Regeln für den ersten Kontakt wohl doch nicht so hart waren wie auf der Enterprise.

14
Pamukkale

Am nächsten Morgen wartete Martin schon an der Bushaltestelle auf mich.

»Mann, Victor, endlich können wir mal reden – war ja gestern irgendwie nicht drin. Also: Was war das denn für eine Nullnummer da vorgestern?! Da hatte ja keiner irgendeine Idee!«

»Morgen, Martin.«

»Ach so, Morgen, Victor.«

»Ja, aber ich fand das schon ganz gut bei dir. Und Luise wird unseren Plan bestimmt auch ganz gut finden.«

»Welche Luise?«

»Na, die«, jetzt flüsterte ich, »fette Luise Heimann. Aber das sagen wir ja gar nicht mehr.«

»Ach so, die. Ja, stimmt. Die wird sich freuen. Super Plan! Aber das war doch alles trotzdem ziemlich arm, oder nicht?«

»Wieso denn?« Ich wusste nicht genau, warum sich Martin hier so aufregte. Aber meine Meinung zählte vielleicht gerade nicht so. Denn ich wusste seit gestern sowieso nicht, warum sich überhaupt noch irgendwer über irgendwas aufregte. Bis halb zwölf hatte ich mit Lizzy auf dem Spielplatz gesessen, und das, obwohl heute ja wieder Schule war. Die Sache mit dem Video hatte sich auch geklärt – Lizzy war keine Sau, so viel stand fest, und heute Abend sollte ich sie gleich wieder besuchen. Ich hätte mich vor Freude fast im Sand verbuddelt, als sie was von Lieblingsfilm sagte, und ob ich morgen ... also heute Abend Zeit hätte. Als ich dann um Viertel vor zwölf zu Hause reinstolperte, war meine Mutter stinksauer, aber das war mir auch noch nie gleichgültiger gewesen. Den ganzen Quatsch von Verantwortungsgefühl und den Noten und was nur aus mir werden sollte, wenn ich jetzt schon so anfing, und was andere Kinder in meinem Alter ... das ist einfach an mir vorbeigerauscht. Mir ging es viel zu gut, um mich über irgendwas oder irgendwen zu ärgern.

»Na, weil ...«, sagte Martin, »Victor, da ist doch nichts passiert, außer dass wir uns Geschichten von den Jussems, Beckfelds und Rögers angehört haben.«

»Du willst eine neue Bärenfalle, Martin? Ich glaub, du kriegst eine neue Bärenfalle. Lennert hat da schon einen Plan. Hat er mir gestern gesagt. Mach doch mal ruhig!«

Jetzt war Martin sprachlos. Das war zu viel gute Laune auf einmal für ihn. »Meinst du?«, fragte er nach einer Weile.

»Ja, Martin, das meine ich. Außerdem war das doch eine gute Sache, sich erst mal mit den Jungs klar zu werden, worüber wir hier eigentlich reden. Und überhaupt sind die ganz nett, glaub ich. Das finde ich auch schon mal gut.«

»Mann, Victor, sag mal, was ist mit dir passiert? Rubbellos und drei Mal die 100 000 Euro aufgerubbelt oder was?«

»So ähnlich«, sagte ich.

»Das ist gut«, sagte Martin, »denn wir treffen uns gleich heute wieder. Und weil das heute bei mir nicht geht, ist das eine gute Sache, dass du beim Rubbellos gewonnen hast. Oder so ähnlich. Da kannst du nach der Schule gleich mal ein großes Haus für uns alle kaufen, und dann treffen wir uns da!« Er versucht, meine gute Laune auszunutzen, dachte ich, aber auch das war mir egal.

»Klar, Martin! Aber das mit dem Haus werd' ich nicht schaffen.

Das wird zu knapp. Ist aber nicht schlimm. Mein Zimmer wird wohl reichen.«

»Das ist gut! Ich sag den anderen Bescheid. Wir sind dann um 18 Uhr da.«

Um sechs war schlecht. Ich wollte doch um sieben bei Lizzy sein, und eine knappe Stunde würde sicher nicht reichen, um mit den Jungs die Übernahme der kleinen Weltherrschaft zu planen.

»Um sechs ist schlecht«, sagte ich also, »aber wenn wir uns wieder um vier treffen können, geht das klar.«

»Ja gut«, sagte Martin. Es gefiel ihm nicht, dass ich noch andere Pläne außer seinem hatte, das merkte ich jetzt. Aber er wollte wohl nichts sagen. Und ich auch nicht.

In der Langtagpause war ich mit Jan verabredet. Der hatte gestern schon um halb sechs eine Nachricht geschrieben und gefragt, wie es gelaufen sei. Da hatte ich dann einfach mal nicht direkt geantwortet, weil ich erstens keine Sekunde von Lizzy und ihrem Sand verpassen wollte, und weil ich zweitens auch dachte, dass das von Jan auch ein bisschen gemein war, zu glauben, dass ich um halb sechs schon wieder zu Hause sein könnte. Der dachte wohl auch, ich fahr da hin, hol mir meine Packung ab und ruf ihn dann gleich an, um mich auszuweinen. Aber weit gefehlt, Mister!

Als ich zu Hause angekommen war, hatte ich ihm dann geschrieben, dass wir uns gerne in der Pause treffen könnten. Er hatte zwar keinen Langtag mehr, aber nach der sechsten frei. Und da trafen wir uns öfter mal halb legal beim Pamukkale um die Ecke. Halb legal war das, weil es eigentlich nur für mich nicht legal war, das Schulgelände zu verlassen – aber was konnte ich dafür, dass ich Freunde in der Oberstufe hatte? Die konnten ja auch nicht verlangen, dass man da noch groß auf Verbote Rücksicht nahm.

»Wie immer, mit Krautsalat und Schafskäse?«, fragte Jan, als ich bei ihm im Pamukkale ankam.

»Nee, Jan, keinen Hunger heute.«

»Ist wirklich so gut gelaufen gestern?« Er zwinkerte mir zu und boxte meine Schulter.

»Na ja, bestell erst mal und dann erzähl' ich.«

Jan bestellte und der Dönerspieß drehte sich und die Pommes brutzelten und das Fladenbrot backte – dauerte das immer so lange? Ich wollte Jan gleich alles erzählen. Von dem Scheiß am Anfang, von meiner grandiosen Idee mit dem Spielplatz und wie ich Lizzy dann gefunden hatte. Wie wir uns so gut verstanden und dann ein Förmchen im Sand gefunden hatten und wie wir dann mit dem Förmchen eine Sandburg bauten. Die war riesig. Und Lizzy war riesig. Und wie sie total überrascht war, dass ich die Pixies kannte. Und wie ich ein bisschen übertrieben hatte, als ich sagte: »Klar kenn' ich die Pixies! Die muss man doch kennen.« Ich musste mich bei meinen Eltern demnächst noch mal für die ganzen CDs bedanken, fiel mir dabei wieder ein. Und ich wollte Jan sofort erzählen, wie sie dann von sich aus fragte, was ich von ihr hielt, jetzt nach der ganzen Videosache mit dem Jussem, und ich sagte, dass ich das nicht so richtig wüsste, aber mir nicht vorstellen könnte, dass sie so eine Sau wäre, und wie sie dann anfing zu weinen und beim Grab von Frank Black, wenn er denn schon tot wäre, schwören würde, dass sie das gar nicht so gewollt hatte. Und auch, dass ich erst später zu Hause im Internet nachgucken musste, dass Frank Black der Sänger von den Pixies war. Und dass sie nur irre sauer auf den Jussem war, weil der Pisser wirklich einen auf Beschützer gemacht hatte im Wald und ihr schon nach zehn Minuten die Hand um die Hüfte gelegt hatte und wie dann die blöde Hand nach fünfzehn Minuten langsam runter zu ihrem Arsch gewandert war, das Schwein. Und wie sie ihn dann fragte, ob er total bescheuert wäre, so was hier abzuziehen und er dann meinte, dass das jetzt ja wohl auch kein Problem wäre und warum sie sich denn so aufregen würde. Und gerade, als sie ihm eins auf die Fresse geben wollte, fiel der plötzlich hin, krümmte sich auf dem Boden und schrie wie ein Huhn, das man hinten angezündet hatte. Sie hatte im ersten Moment die Bärenfalle gar nicht gesehen. Und daher dachte sie ›Dich film ich, du Schwein!‹ und sagte ihm dann: »So, und wenn du noch ein Mal an meinem Arsch rummachst, geht das Video an alle!«

Als sie die Bärenfalle bemerkte, hat sie natürlich sofort den Krankenwagen gerufen. Der Jussem hatte fürchterlich gejammert wegen der Schmerzen, und da war ja auch überall Blut. Da hat sie sich dann gleich ganz beschissen gefühlt, und er hat ihr übel leidgetan. Aber als sie dann mit ihm im Krankenwagen mitgefahren war, und halb über ihn gebeugt in diesem engen Krankenwagen gesessen hatte, hatte er doch wieder gedacht, das müsste man ausnutzen, und er hatte angefangen, über ihre Brüste zu streicheln, während sie ihm sogar noch die andere Hand hielt. Und da hatte es ihr gereicht und sie hatte das Video dann doch an alle Freundinnen geschickt mit den Worten »Das passiert mit Arschgrabschern!«. Und sie erzählte, dass sie aber auch nicht gewollt hatte, dass das Video jetzt die ganz große Runde machte, und wie sehr sie jetzt Schiss hatte, wieder in die Schule zu gehen, weil das bestimmt gewaltigen Ärger geben würde.

Wie das alles so gekommen war und wie Lizzy mich dann später fragte, ob ich den Film »So finster die Nacht« kennen würde und ich nur »Nee, kenn ich nicht – ist der gut?« fragte. Und wie sie dann sagte, die schwedische Originalversion wär der Hammer, nicht das blöde Remake aus den USA, und wie wir beide jetzt ein Date für einen DVD-Abend bei ihr zu Hause hatten – all das wollte ich ihm sofort erzählen, während der Dönerspieß sich drehte und die Pommes brutzelten und das Fladenbrot backte.

Endlich war alles fertig gebacken, gebrutzelt und gedreht, und ich erzählte Jan die ganze Geschichte, natürlich mit mehr Details, und Jan war schwer beeindruckt, auch wenn ihn das nicht davon abhielt, dabei weiter seinen Döner in sich hineinzustopfen.

»Und wie hat sie dir dann doch noch geglaubt, dass du nicht der neugierige Arsch der Klasse bist, der sie nur ausspionieren will?«, fragte er mit vollem Mund.

»Na, erst mal waren wir uns ja einig, dass der Jussem der Arsch ist, aber spätestens als ich ihr sagte, dass wir das ja waren, das mit der Bärenfalle, da war sie dann ...«

»Ihr wart das wirklich?«, unterbrach er mich und jetzt hörte er doch kurz auf zu essen.

»Ach ... also ... ich dachte, du weißt das irgendwie eh schon ... weil ... na ... weil du doch vorgestern meintest, dass wir ... und so ...«

»Victor, ich hatte keine Ahnung«, sagte er jetzt wieder mit vollem Mund, »das war ein Schuss ins Blaue. Richtig zugetraut hätte ich euch das nicht, aber ich dachte auch, das wär krass, wenn ihr das gewesen wärt. Einfach mal auf dem Busch rumklopfen, dachte ich, und gucken, was rauskommt. Und wenn ihr das wart, würdest du dann ja vielleicht was sagen.«

Das ist jetzt schon wieder extrablöd, dass ich Jan nichts erzählt habe, dachte ich, ich muss langsam mal aufhören damit, Jan Sachen nicht zu erzählen. Der war einer von den Guten, und ich machte hier so auf Verschwörung, aber das brachte ja auch alles nichts. Andererseits, jetzt hatte ich innerhalb von 24 Stunden schon zwei Leuten davon erzählt. Dabei sollte das doch alles im Wald bleiben, das hatten Martin und ich uns doch versprochen. Aber noch mal andererseits hatte Martin gleich Lennert,

Phillip und Kai angeschleppt. Die waren ja genauso wenig im Wald. Martin konnte die Klappe auch nicht halten, so viel stand fest.

»Tut mir leid, dass ich dir das alles nicht gleich erzählt hab«, sagte ich zu Jan, »du bist ein super Freund. Und das meine ich auch so. Ich hätte dir mal eher was sagen sollen.«

»Kein Problem, Victor. Geht schon klar.«

»Nee, im Ernst, das tut mir leid. Das muss doch auch scheiße für dich sein. Also ... ich meine ...«

»Ich hab mich schon gefragt, ob wir noch so richtig Freunde sind. Das geb ich zu. Aber ist stark, dass du mir das überhaupt alles erzählst. Also: Alles gut. Ehrlich.«

15
Weil sie's können

Um kurz vor vier standen Martin, Kai, Phillip und Lennert vor der Tür, und die sahen jetzt doch ein bisschen aus wie eine Gang, wie sie so da standen: Martin, der Babo, ein bisschen weiter vorne als alle anderen, Lennert schräg rechts dahinter mit den Händen in den Hosentaschen, Phillip, der lässig in der Gegend herumschaute und Kai, der sogar eine Sonnenbrille trug. Die war neu in seinem Gesicht, und ich dachte, dass aus einem dicken Kind auch mit Sonnenbrille irgendwie kein cooler Typ wird, sondern einfach nur ein dickes Kind mit Sonnenbrille.

»Hast du dich extra für uns schick gemacht?«, fragte Martin, als ich die Tür aufmachte und er mich sah.

»Ich seh doch aus wie immer. Kommt rein.«

Sie kamen rein und drängelten sich in mein Zimmer. Es war deutlich kleiner als das von Martin, und das merkten wir jetzt auch alle. Kai guckte sich um, so als ob ihm irgendwas fehlte. Er schaute auf den kleinen Tisch, der zwischen den ganzen Stühlen stand, dann auf meinen Schreibtisch, und dann schaute er mich an.

»Heute also ohne Kekse, was?«, meinte er dann und wartete, was ich dazu zu sagen hätte. An Kekse oder Limo oder so was hatte ich wirklich nicht gedacht – ich hatte sowieso überhaupt kaum, also eigentlich gar nicht an das Treffen mit den Jungs heute gedacht. Ich war aus der Schule gekommen, hatte geduscht und eine irrsinnige Zahl an Frisuren vor dem Spiegel ausprobiert, war dann aber einfach wieder bei meiner normalen geblieben. Danach mussten zehn verschiedene Hemden und T-Shirts an- und wieder ausgezogen werden. Da war keine Zeit für Kekse. Es gab für heute wichtigere Pläne, und natürlich sah ich deswegen nicht aus wie immer.

»Ja ... also ... Kekse sind aus«, sagte ich und schob ein paar Sachen auf dem Tisch hin und her, damit ich Kai nicht anschauen musste.

»Bist du nur für die Kekse hier, oder was?«, ging Martin dazwischen. Er fand das wohl auch ein bisschen dreist und probierte aus, wie das mit Gegenangriff so funktioniert. Sofort wurde Kai ein Stückchen kleiner und schüttelte den Kopf. Er nahm jetzt auch endlich die blöde Sonnenbrille ab.

»Aber habt ihr denn was zu trinken da?«, fragte Phillip vorsichtig.

»Ach ja, sicher«, sagte ich, »Moment. Hol ich.«

»Ich helf dir!« Martin sprang auf, und wir gingen runter in die Küche. Auf dem Weg überlegte ich, wie lange ich Martin noch quälen sollte. Ich meine, dass er unbedingt wissen wollte, was ich später noch vorhatte, das war mir ja schon in der Schule klar gewesen. In der Küche war es dann so weit, denn er fragte einfach. Das hätte er aber auch schon vorher haben können, dachte ich.

»Ich fahr noch zu Lizzy«, antwortete ich, und Martin machte große Augen.

Ich gab ihm dann die gekürzte Version der gekürzten Fassung von dem, was gestern los war, und als ich fertig war, sagte er: »Du hast Lizzy erzählt, dass wir das waren?« Martin war entsetzt.

»Na ja, und Jan. Dem hab ich das auch erzählt, heute.« Ich dachte, wenn schon alles auf den Tisch kommt, dann richtig.

Jetzt stürmte Martin los, mit den Gläsern in der Hand, zurück in mein Zimmer. Ich stürmte hinterher, war aber langsamer und hörte im Flur schon Martins Stimme: »Lizzy weiß Bescheid!«

»Das ist voll in Ordnung«, sagte ich gleich, als ich hinterhergekommen war. »Lizzy ist voll in Ordnung!«

»Nee, Victor, das ist voll nicht in Ordnung«, regte Martin sich jetzt auf, »ich meine, wir kennen die doch gar nicht. Und wir brauchen auch keine Yoko Ono hier bei unserer Sache!«

Es war jetzt alles still, und ich stand wie belämmert da mit meinen Wasserflaschen.

»Wer ist Yoko Ono?«, fragte Kai jetzt in die Runde.

»Sagt man doch so«, sagte Martin. Er wusste es wohl selbst nicht so genau.

»Na, die ... also, das ist die Frau von ... Dings ... egal, die hat die Beatles kaputt gemacht«, erklärte Lennert.

Das konnte doch alles nicht wahr sein, dachte ich. Jetzt wollte ich mich so richtig aufregen, aber ich hatte noch die blöden Wasserflaschen unter dem Arm, und damit ging das nicht so gut. »Also ...«, sagte ich und stellte erst mal die Flaschen ab, »... erstens kannten wir uns alle bis vorvorgestern auch nicht wirklich! Zweitens sind wir nicht die Beatles! Und drittens ist unsere Sache ...«, dabei rollte ich mit den Augen und machte Anführungszeichen in die Luft, »... eigentlich auch keine ›Sache‹! Wir haben noch gar keine Sache! Wir haben keinen Plan, wie das alles weitergehen soll, die einzige Idee, die wir haben, ist, dass wir nicht mehr ›die fette Luise Heimann‹ sagen wollen, und das steht auf einem Flipchart bei Martin im Zimmer. Alles, was wir haben, sind Kekse und Limo. Und heute nicht mal Kekse! Und auch keine Limo, sondern Wasser.«

. Martin wollte anfangen, dazu etwas zu sagen, aber ich machte einfach weiter – es lief gerade gut: »Außerdem ... wer hat denn auch mit dafür gesorgt, dass die Sache mit der Bärenfalle so eine

Granate war? Das war Lizzy! Das Video hat das Fass erst richtig ins Rollen ... also den Boden ausge... also zum Überlaufen gebracht. Ohne das Video wär der Jussem am Ende heute wieder in die Schule gekommen und hätte sich von allen aus der A und aus der B und aus der C Zeug auf seinen Gips schreiben lassen. Also kommt mir nicht mit ›das ist nicht in Ordnung‹ Das ist alles voll in Ordnung so!«

Jetzt war Ruhe. Gegenangriff ist gut, dachte ich. Dabei hatte ich das ja nicht einmal vorgehabt. Ich wollte mir nur auf gar keinen Fall von einem dieser Keksfresser, die sich auf unseren Treffen ohnehin schon so benahmen, als wären sie mit einer Zeitmaschine aus der 6. Klasse direkt hierhergekommen, Lizzy schlechtreden lassen. Wütend war ich, und das war jetzt wohl auch allen klar.

Denn der Jussem war tatsächlich heute wieder in der Schule. Und er war in die Klasse gekommen und hatte versucht, lässig seinen Gips mit den Krücken in den Raum zu schieben, so als hätte er erwartet, dass das Licht ausgeht und die Scheinwerfer erstrahlen für seinen großen Auftritt. Und ich erinnere mich gut, wie leise und klein er sich dann auf seinen Platz gesetzt hatte, als es eben keinen Applaus gab. Einige kicherten bloß, jemand anderes rief »Mama!« in den Raum, und keiner wollte so richtig zu ihm hingucken, so peinlich war das. Das war der große Moment gewesen, UNSER Moment. Der ist echt am Ende, hatte ich da noch gedacht. Das war schon groß. Und den Rest des Tages war der Jussem einfach weg. Der war so abwesend, so abgetaucht, so unda, dass mich nach der sechsten Stunde auch jemand hätte fragen können: »Eh, was ist eigentlich mit dem Jussem?«, und ich hätte das auch nicht gewusst.

»Ja, gehört die Lizzy denn jetzt zu uns?«, fragte Lennert vorsichtig nach – er war der Erste, der die Pause nicht mehr aushielt.

»Das weiß ich gar nicht.« Ich zuckte mit den Schultern. »Ich hab sie noch nicht gefragt.«

»Dann frag sie doch mal«, sagte Martin jetzt und grinste mich an, aber ich hatte plötzlich eine Scheißangst. Was, wenn ich Lizzy wirklich mitbringen würde? Und was, wenn sie dann denken würde, dass wir nur ein Haufen Vollversager waren – ich meine, Kekse und Limo, mal im Ernst ... Und was, wenn sie dann nichts mehr mit mir zu tun haben wollte? Aber auf der anderen Seite, dachte ich dann, war genau das auch das Problem. Da hatte ich ewig als einer von den Außenseitern den Kopf unten gehalten, und jetzt saßen da die Jungs auf ihren Stühlen, guckten friedlich und warteten auf Kekskringel, und ich hatte Angst, Lizzy könnte mich für einen von den Versagern halten, wenn ich sie mitbrächte. Auf einer Scheiße-Skala von 1 bis 10 war das mindestens eine 11 von mir. Da war ich dann auch nicht besser als der Jussem. Und außerdem war das stark von Martin, das jetzt auch alles einzusehen und dass er Lizzy nun dabeihaben wollte.

»Ich frag die mal, Martin«, sagte ich dann, »und Jan auch.«

Jetzt war das geklärt, und wir konnten endlich Lennert zuhören, denn der hatte ja schon seit gestern Morgen dringend einen Plan gehabt, und auch Martin wollte hören, wie es jetzt weitergehen sollte. Aber Lennerts Plan taugte nichts: »Wir legen dem Röger eine Rattenfalle ins Bett, und wenn der schlafen gehen will, schnappt die zu.«

Stille.

»Lennert, das ... das ist dein super Plan?«, fragte ich.

»Gestern Morgen hast du den noch gut gefunden.«

»Gestern Morgen habe ich dir nicht zugehört, Lennert, tut mir leid. Aber im Ernst, wie willst du denn überhaupt in sein Zimmer kommen?«

»Ja, weiß ich auch noch nicht«, murmelte Lennert, und es tat mir wirklich leid, dass mir das alles gestern Morgen so egal gewesen war. Ich hätte ihm zuhören sollen. Und dann hätte ich ihm gestern schon gesagt, dass das ein blöder Plan war. Jetzt blamierte er sich vor allen.

»Außerdem«, sagte jetzt Phillip, »was passiert dann? Nix! Der hat sich verletzt und das war's.«

»Na ja, wir könnten ja auch seine Webcam am Laptop hacken und das dann filmen«, versuchte Lennert es noch mal.

»Kannst du einen Laptop hacken, Lennert?«, fragte Martin jetzt.

»Nee«, gab Lennert zu.

»Gibt es denn jemanden hier im Raum, der das kann?«

Keiner meldete sich.

»Das ist ein richtig beschissener Plan«, sagte Kai dann, »und weißt du, warum der beschissen ist? Das ist nicht mal, weil der nicht funktioniert. Das alleine wär schon ziemlich beschissen für so 'nen Plan. Nee, der ist vor allem deswegen beschissen, weil das die Billigversion von Martins und Victors Aktion ist. Was kommt dann nach der Rattenfalle? Eine Mausefalle? Oder gibt es auch Fallen für Flöhe? Das wird Hammer! Nee, wirklich, Lennert! Wir brauchen was Größeres. Mindestens eine ... eine ... ich hab's! Eine Elefantenfalle!« Jetzt lachten alle.

»Und außerdem wär das immer noch das Gleiche«, sagte Phillip, »selbst wenn es Elefantenfallen gäbe und wenn du das hinkriegen würdest, so 'ne riesige Elefantenfalle in das Bett vom Röger zu stopfen.«

Das war jetzt alles so lustig, dass ich dachte, für das richtig große Verbrechen waren wir auch nicht wirklich gemacht. Vielleicht war das ja auch gerade das Gute. Als wir genug gelacht hatten, überlegte jeder wieder, so gut er eben konnte, ob uns nicht doch noch etwas Besseres einfallen würde.

Und dann war es wieder Martin, dem etwas Besseres einfiel: »Wir geben in einer Schwulenzeitung eine Sexkontaktanzeige für den Röger auf. Mit seiner Handynummer. Und dann rufen den ständig Schwule an und wollen mit dem ficken. Das kann der nicht vor seinen Leuten geheim halten. Das kriegen die mit!«

»Aber wir haben doch gar nichts gegen Schwule«, sagte Lennert, »also ... haben wir doch nicht, oder?« Alle schüttelten den Kopf.

»Es geht doch nicht darum«, sagte Martin, »dass wir nichts gegen Schwule haben, sondern darum, dass das für den Röger und seine Leute ein Problem ist. Was ist die schlimmste Beleidigung für die?«

Alle nickten und murmelten »schwuuul« vor sich hin.

»Eben«, sagte Martin, »und deswegen wär der Röger sofort geliefert, wenn die alle denken würden, er wär ... na ...? Was ...?«

Und jetzt riefen alle: »Schwuuul!«

»Eben!«

Ich hatte jetzt genau das gleiche miese Gefühl wie letzten Freitag im Wald, als Martin die Bärenfalle ausgepackt hatte. Nur war das mittlerweile schon irgendwie Gewohnheit – das war fast noch schlimmer. Die anderen waren aber sofort begeistert und klatschten sich ab oder reckten eine Faust in die Luft. Dabei war das Problem doch nicht, dass so Jussems uns für Versager hielten, sondern dass wir denen das glaubten. Und dass uns das überhaupt wichtig war, dass die das von uns dachten. Aber jetzt saßen wir zusammen und taten so, als könnten wir mit denen mithalten, als würden wir deren Sprache sprechen ... oder wenigstens lernen. Tyrannisch für Anfänger – Lektion 3: »Erniedrigen und Vernichten«. Das war doch auch alles scheiße, dachte ich. Wozu sollte das denn gut sein?

»Sagt mal«, fragte ich nach einer Weile, »warum machen wir das alles eigentlich?«

»Na ja, Victor ...«, sagte Kai, »... warum lecken Hunde sich selbst am Sack?«

16
There is my mind

Fünf Minuten zu spät kommen, das ist genau richtig, hatte Jan mir erklärt:»Wenn man zehn Minuten zu früh kommt, wirkt man wie ein kleiner Hund, der darauf wartet, dass endlich jemand mit ihm Gassi geht. Und eine Viertelstunde zu spät zu kommen ist auch nicht gut – das ist zu viel. Da wird dann aus ›Ui, hoffentlich kommt er gleich!‹ mal ganz schnell ›Wo bleibt der denn, der Arsch?‹. Deswegen: Fünf Minuten zu spät kommen.« Warum ich nicht einfach um sieben da sein könnte, wo wir doch auch um sieben verabredet sind, fragte ich ihn dann, aber er schüttelte bloß den Kopf und meinte:»Pünktlich auf die Minute? Das ist nicht lässig. Außerdem denkt sie dann, du hättest die letzten fünf Minuten noch vor der Tür herumgestanden, bis es wirklich genau Punkt sieben ist. Glaub mir, Victor, fünf Minuten zu spät. Das ist es!«

Um Viertel nach sechs hatten die Jungs mir viel Glück gewünscht, mir zugezwinkert, und Kai Klammert, der Depp, hatte noch mit seinem Daumen und der Zunge, die er in seinem Mund gegen die Wange drückte, eine fiese Blas-Geste gemacht. Dann waren sie gegangen – wir hatten ja jetzt einen Plan. Mehr als einen Plan brauchte man für den Anfang sowieso nicht, und das war immerhin einer mehr als noch heute Morgen. Dann hatte ich noch eine Weile in meinem Zimmer herumgesessen und gewartet, dass es Zeit wurde zu fahren. Das war aber gar nicht so leicht, das Warten. Und schlecht war mir auch. Außerdem hatte ich dann überlegt, was wohl wäre, wenn ich um zehn vor sieben losfahren würde und mir dann auf dem Weg die Fahrradkette abspringen würde oder wenn ich einen Platten hätte. Da wäre ich dann doch viel zu spät dran, nur weil ich jetzt hier noch in meinem Zimmer rumsitzen und die Faust in meinen Magen drücken musste. Das wär doch auch Mist. Also schwang ich mich auf mein Fahrrad und fuhr schon mal los – ganz gemütlich natürlich, bloß nicht zu schnell.

Und jetzt war es Viertel vor sieben, ich stand mit meinem Fahrrad an der Mozartstraße, Ecke Händelweg. Kacke, dachte ich, das sind ja noch zwanzig Minuten bis fünf nach sieben. Jan hätte mir auch mal erklären sollen, wie man das macht, dass man fünf Minuten zu spät da ist. Konnte man denn so lange einfach an dieser Hundewiese herumstehen und nichts machen? Jetzt wünschte ich mir, ich würde rauchen. Leute, die rumstehen und rauchen, die machen wenigstens was. Da wundert sich keiner, warum die da stehen und rauchen. Aber wenn einer einfach nur so dasteht und ... na ja ... da steht, dann sieht das komisch aus. Also tat ich eine Weile so, als hätte ich Nachrichten auf dem Handy, dann so, als würde ich die Bremszüge an meinem Fahrrad kontrollieren. Ich zog ein bisschen hier, schob ein bisschen da, guckte mal, ob die Reflektoren zwischen den Speichen auch richtig festsaßen. Aber es war alles in Ordnung an meinem Fahrrad. Ich tippte noch ein bisschen auf meinem Handy herum, doch dann stand ich wieder da und guckte. Als eine alte Frau mit ihrem Hund an mir vorbeiging, mich anstarrte wie einen Kriminellen und extrafreundlich »Guten Tag« sagte, war mir das schon wieder furchtbar unangenehm, hier so herumzustehen. Sie war bald bestimmt schon hundert Meter weit weg und drehte sich aber immer noch zu mir um, um zu gucken, was ich da wohl vorhatte an der Hundewiese – hatte die etwa Angst, ich würde hier gleich die ganze Wiese ausrauben und zwanzig Kilo Hundescheiße mitgehen lassen? Oder dass ich darauf warten würde, dass da ein ganz winzig kleiner Hund vorbeikam, den ich dann entführen oder erschlagen oder vergiften könnte? Ich hielt das nicht mehr aus, so verdächtig zu sein.

So war es dann eben doch drei Minuten vor sieben, als ich bei Lizzy vor der Tür stand und langsam, ganz langsam, auf den Klingelknopf drückte, so als könnte ich noch ein bisschen Zeit rumkriegen, indem ich einfach langsam klingelte.

»Du bist aber pünktlich«, sagte Lizzy, als sie die Tür aufmachte, und ich dachte: Verdammt, hätte ich bloß auf Jan gehört.

Wir kamen in ihr Zimmer, und es war das gleiche Chaos wie beim letzten Mal. Sie hätte ein bisschen aufräumen können, dachte ich, aber dann wieder dachte ich, ich war jetzt auch nicht der Prinz von Wales, für den man alles schön herrichtet, wenn er zu Besuch kommt. Und ehrlicher war es sowieso, alles so zu lassen, wie es immer war. Außerdem liebte ich ja das Chaos in ihrem Zimmer. Also beschloss ich, mich nicht so anzustellen, als wäre ich meine eigene Mutter, und hockte mich zu ihr auf das Bett.

Jetzt war alles gar nicht mehr so einfach, so entspannt und lässig wie auf dem Spielplatz. Ich meine, dass ich heute lässig sein würde, das konnte ich sowieso vergessen, das war mir schon klar. Ich musste mich schlimm zusammenreißen, jetzt nicht mit dem Nägelkauen anzufangen oder mir aus Panik ins Gesicht zu schlagen. Aber Lizzy war doch sonst immer – also gestern – so gut in solchen Sachen. Die konnte irgendwas Kluges oder Lustiges sagen, und dann konnte ich mitmachen und auch was Kluges oder Lustiges sagen. Das war so einfach gewesen. Jetzt saßen wir da, ab und zu guckten wir uns mal an und dann lächelten wir kurz – also Lizzy lächelte. Ich glaube, ich grinste wohl eher dumm. Aber ich versuchte zu lächeln. Jeder, wie er kann. Und dann saßen wir wieder so da. Draußen flog ein Propellerflugzeug vorbei, jemand mähte seinen Rasen und unten wurde Staub gesaugt.

»Guck mal, das ist der Film«, sagte Lizzy und drückte mir die DVD-Hülle in die Hand. Gott sei Dank, dachte ich, Lizzy ist gut! Die rettet die ganze Sache hier.

»Oh, super«, sagte ich und guckte mir die DVD-Hülle an. Hier gab es also noch DVDs. Auch lustig, dachte ich. Dann wusste ich schon wieder nicht, was ich jetzt sagen sollte. Also schaute ich mir auch die Rückseite der DVD-Hülle ganz genau an und versuchte, das groß und klein Geschriebene auf der Rückseite sehr, sehr gründlich zu lesen. Aha, FSK 16 ... und hier unten ... Produktionsjahr: 2008 ... Spieldauer: 110 Minuten ... Darsteller: Kåre Hedebrant, Lina Leandersson, Per Ragnar, Henrik Dahl, Karin Bergquist ...

Ich setzte wieder auf Lizzy.

»Soll'n wir den denn einfach mal anmachen?«, fragte sie dann. Darauf hätte ich auch kommen können. Ich war ein Volltrottel. Und das war ich ziemlich oft in letzter Zeit – ich gewöhnte mich, glaube ich, sogar langsam daran.

»Klar«, sagte ich.

»Also ... wenn du willst.«

»Doch, doch, gerne ... voll gerne! Ich will!«

Der Film lief, und wir konnten endlich einfach nebeneinandersitzen. Ich glaube, darauf hatte ich mich die ganze Zeit am meisten gefreut. In dem Film war alles voller Schnee, und gruselig war es. Aber hier im echten Leben ist Hochsommer, dachte ich, und Lizzy sitzt gefühlte zehn Meter von dir weg. Verdammt, ich hätte meine rechte Niere der Organspende gegeben, dafür dass jetzt Winter wäre. Dann wäre es draußen schon dunkel gewesen und hier drinnen auch. Wir hätten nur das Licht des Fernsehers gehabt, und es wäre gemütlich warm gewesen. Vielleicht hätten wir uns sogar zusammen unter Lizzys Decke verkrochen und einen warmen Kakao getrunken. Aber nööö, es waren immer noch mindestens 30 Grad im Schatten. Und überhaupt, es gab Schatten! Weil es nämlich Licht gab, weil diese blöde Sonne von draußen ins Zimmer ballerte wie ein Flutlicht. So geht das nicht mit der Romantik. Die gibt's nur im Dunklen ... oder wenigstens im Bisschendunklen.

Aber dann beugte Lizzy sich kurz nach vorn, nahm ihr Glas vom Tisch, und als sie sich wieder zurücklehnte, saß sie viel näher bei mir als vorher. Ich bewunderte sie für diese tolle Idee. Lizzy war eine Füchsin. Also nahm auch ich jetzt mein Glas vom Tisch. Und als ich mich wieder zurückgelehnt hatte, berührten wir uns schon. Ich fühlte Lizzys Arm an meinem Arm und Lizzys Knie an meinem Knie, und kein Mensch, kein Erdbeben, kein verdammter Atomkrieg hätte mich dazu gekriegt, mich auch nur einen Zentimeter zu bewegen.

Der Film war toll – es war gruselig, aber nichts mit Erschrecken und Schreienmüssen oder so was. Und während vorne auf dem Fernseher Vampir, Blut, Hochhäuser und Schnee zu sehen waren, saß ich volle 110 Minuten lang im Himmel. Unsere Hände berührten sich, als klar wurde, dass Oskar Elis Geheimnis bewahren würde, und ich streichelte vorsichtig Lizzys Zeigefinger. Und als Eli später Oskar dabei half, die Tyrannen in seinem Leben zu bestrafen, hatte ich mich schon mit meinem kleinen Finger in ihren kleinen Finger gehakt.

»Du bist auch ein super Vampir, Lizzy«, sagte ich zu ihr, als der Abspann lief. Sie lächelte, und dann gab sie mir einen Kuss. Mir! Einen Kuss! Ich war völlig durch den Wind. War das toll, war das toll, WAR DAS TOLL! Mehr davon! Aber gerade, als ich dann ihre Hand richtig nehmen wollte, um sie zu mir zu ziehen und das mit dem Kuss noch einmal zu machen, sagte sie: »Aber nur so ein Kleinstadtvampir, eher so einer vom Dorf.« Und sie lachte. Ich lachte ein bisschen mit, aber eigentlich wollte ich jetzt gar nicht lachen. Das hätte man doch später auch noch machen können. Lizzy sprang auf, sagte »Ich muss mal«, zwinkerte mir zu und war weg.

Was war das denn jetzt? Mir war ganz duselig im Kopf. Aber dass ich auch mal musste, eigentlich schon vor einer Stunde dringend gemusst hätte, fiel mir jetzt auch auf. Also ging ich los, als sie zurück war. Auf dem Klo sitzend fragte ich mich noch mal, was das denn jetzt war. Seltsam ist das, dachte ich, dass Lizzy mich küsst und dann so einen Quatsch macht und geht. Was soll das? Ich hätte sie gern noch einmal geküsst. Und dann noch mal und dann noch mal. Aber immerhin hatte sie mich geküsst! Mich geküsst! Wahnsinn!

Es war wieder kurz vor elf, als ich wie ein Besoffener mit dem Fahrrad nach Hause fuhr und laut »There is my mind!« von den Pixies vor mich her sang. Das war vorhin bei Lizzy gelaufen, als ich vom Klo zurückgekommen war. Das Thema ›Noch mal küssen‹ war erst mal vom Tisch gewesen, aber wir hatten geredet und Musik gehört. Dabei konnte ich aber eigentlich nur an den Kuss denken. War das nur ein Ausrutscher von ihr gewesen oder so was? Vielleicht hatte sie das einfach mal probiert und fand es nicht so gut. Als ich dann doch langsam mal nach Hause musste, war ich mir nicht einmal mehr sicher, ob das mit dem Kuss wirklich passiert war. Hatte ich mir das am Ende nur eingebildet? Aber dann, draußen vor ihrer Tür, als sie sagte, dass sie wirklich gern mal mit zu unseren Treffen kommen würde, und dass das heute ein sehr schöner Abend war, und als wir dann so voreinanderstanden und ich nicht gehen wollte und Lizzy auch nicht, da war mir plötzlich klar, dass ich mir den Kuss ganz sicher nicht eingebildet hatte und dass ich unmöglich nach Hause fahren konnte, ohne sie noch einmal zu küssen. Hier war jetzt mal etwas mehr von mir gefordert als herumstehen und gucken, was passiert. Hier musste gehandelt werden. Also küsste ich sie, und dann noch mal, und dann noch mal. Und sie machte mit.

»Na, endlich! Das wurde aber auch Zeit«, sagte sie und lächelte mich an. »Dachte schon, du küsst mich nie. Schlaf schön.«

»Hehe«, machte ich verlegen und sagte dann auch »Schlaf schön!«. Ich fuhr mit meinem Fahrrad sehr, sehr knapp am Vorgartenzaun vorbei und dann den Händelweg hinunter.

Als ich zu Hause ankam, war es das gleiche Durcheinander mit meiner Mutter wie schon gestern Abend. Victor, darüber haben wir doch gestern Abend schon ... was soll nur mit den Noten ... morgen doch wieder früh raus ... und so weiter. Aber das war mir alles schon wieder so wunderbar egal, was meine Mutter da erzählte. Ach, meine Mum, dachte ich, die macht sich ja auch nur Sorgen. Doch um mich musste man sich keine Sorgen machen – ich hatte jetzt eine Freundin! Und nicht nur irgendeine Freundin, nein! Ich hatte Lizzy als meine Freundin!

Heilige Scheiße, dachte ich dann auf dem Weg in mein Zimmer. Hatte ich denn jetzt wirklich eine Freundin? Waren Lizzy und ich wirklich wirklich zusammen? Morgen würde Lizzy wieder in die Schule kommen – sie hatte wegen der Scheiße mit dem Video eine Sommererkältung vorgetäuscht, weil sie unmöglich und auf gar keinen Fall mit all diesen Leuten in einem Raum sein wollte. Aber ihre Eltern hatten sich geweigert, sie länger als drei Tage zu entschuldigen. Morgen musste sie also wieder hin. Und ich auch. Und dann wären wir ja beide zusammen da. Scheiße, das hatten wir ja gar nicht geklärt – wie sollte das denn gehen morgen? »Hallo Lizzy«, und sie dann etwa küssen? Das konnte ich nicht bringen. Denn was, wenn sie jetzt nicht fand, dass sie meine Freundin war? Verdammt. Aber andersrum: Lässig zu ihr rüberwinken und »Hey Lizzy« sagen – das ging doch auch nicht!

Ich legte mich auf mein Bett, setzte die Kopfhörer auf und suchte nach dem Pixies-Song. Ah, da, Nummer 14 war es, und ich fand heraus, dass der dann doch eher »Where is my mind?« hieß. Passt auch viel besser, dachte ich, und hörte den Song wahrscheinlich zwanzig Mal, bevor ich endlich einschlief.

17
KÄSEHOBEL

Das Gute ist, dass sich manche Sachen einfach von alleine regeln. Bis ich endlich eingeschlafen war und seit ich am nächsten Morgen noch mit geschlossenen Augen wach im Bett gelegen hatte, überlegte ich hin und her und wieder hin und wieder her, wie das heute nur gehen sollte. Dann stieg ich aus dem Bus, und Lizzy war schon da. Sie stand da. Einfach so. Vor der Bushaltestelle stand sie und wartete auf mich. Irre. Und als ich ausstieg, sagten wir »Hey« und »Hallo«, dann standen wir ein bisschen näher beieinander und dann noch ein bisschen, dann nahm ich ihre Hände und wir küssten uns. So kann's ja auch gehen, dachte ich, und ich hielt das jetzt schon um zwanzig vor acht für den zweiten besten Tag meines Lebens.

Lizzys Hand war in meiner Hand, und so gingen wir rüber zur Schule. Es gab im Hintergrund das eine oder andere »Ooh« oder »Aah« oder »Krass, diiie?«, die Leute guckten und redeten über uns. Das war extrasuper. Klar, kann man jetzt auch blöd finden, dass ich stolz war, so mit Lizzy an der Hand hier über den Schulhof zu gehen. Aber das war jetzt »meine« Lizzy, dachte ich, und das darf man schon auch mal ein bisschen gut finden.

Im Klassenraum trennten sich unsere Wege aber erst mal wieder. Lizzy saß ganz hinten rechts, ich saß vorne rechts bei Martin, und das ja auch erst seit Montag. Da konnte ich mich jetzt nicht schon wieder ungefragt umsetzen. Martin boxte mir gleich stolz auf die Schulter und sagte: »Meine Hochachtung!«

»Jaja«, sagte ich, »danke!« Dabei hätte ich mich jetzt am liebsten unauffällig zu Lizzy umgedreht. Aber unauffällig ging das nicht, und auffällig wollte ich nicht.

Dann gab es gleich in der ersten Stunde Vertretung beim Harbeck – das war gut, weil das bei dem hieß: »Macht mal, was ihr wollt«. Und weil der schon nicht mehr so gut hörte, mussten wir nicht einmal leise machen, was wir wollten. Da dachte ich dann, ich könnte ja einfach mal zu Lizzy nach hinten gehen – das fällt auch nicht auf. Aber als ich mich zu ihr umdrehte, sah ich, dass Nina und Erza sie schon belagert hatten. Und so, wie sie redeten, war mir klar, dass sie über uns sprachen. Doch das fand ich dann auch in Ordnung, weil Lizzy sah, dass ich mich zu ihr umgedreht hatte, und sie mich so lange anlächelte, bis Nina und Erza merkten, dass sie gar nicht zuhörte. Sie stupsten sie dann an und winkten vor ihrem Gesicht: »Jemand zu Hause?«

Das ist süß, dachte ich, und sie muss die neue Lage ja auch erst mal mit ihren Freundinnen besprechen. Da will ich mich nicht einmischen. Und außerdem könnte ich Martin auch mal erzählen, warum die Welt so super war, wie sie war. Der starrte mich sowieso schon die ganze Zeit an und wartete auf eine Erklärung.

»Ja«, sagte ich, »Lizzy und ich ... na ja ... wir sind jetzt zusammen.«

»Sehr, sehr cool, Victor! Aber das war schon klar«, sagte Martin. Ich sah, dass er sich wirklich freute, aber auch, dass ihm das an Informationen noch nicht reichte. Jetzt wusste ich aber auch nicht, was es da noch so lange zu erzählen gab, und ich drehte mich noch einmal zu Lizzy, Nina und Erza um. Die redeten immer noch. Ich konnte Martin doch nicht hier und jetzt, in der zweiten Reihe in Raum 106, alles erzählen, was gestern Abend passiert war. Aber ich glaubte, er erwartete genau das, weil er immer noch so guckte. Das musste wohl sein. Also erzählte ich ihm von dem Film, von den Armen und den Knien und dem Kuss und davon, dass Lizzy einfach die Allergrößte war. Während ich so erzählte, merkte ich, dass das doch ganz gut ging, das mit dem Erzählen in der zweiten Reihe in Raum 106.

Dann ging der Jussem an uns vorbei. Der wollte wohl zum Mülleimer – ich hatte das erst gar nicht mitgekriegt. Erst als er sich mit seinen Krücken an der ersten Reihe vorbeischob, sah ich, wie der andere Lukas das Bein rausstreckte. Der Jussem fiel, die eine Krücke flog durch den Raum und er knallte voll auf die Erde. Das gab einen riesigen Schlag, wie er da auf dem Boden ankam. Er blieb erst mal liegen und bewegte sich kein bisschen. Doch sein Gesicht guckte in meine Richtung, und ich konnte sehen, wie sehr der Sturz ihm wehgetan hatte. Das ging jetzt wieder wie ein Schlag von meinem Rücken bis runter ins Bein und tat mir selbst bis in den Fuß weh. Genau wie Freitag im Wald, als ich den Schrei gehört hatte.

»Mann, Jussem! Schon wieder? Du sollst doch aufpassen, wo du hintrittst«, rief Kai Klammert, und dann war da Lachen und Geschrei im ganzen Raum. Irgendwer machte »Roaarrr!« – das sollte wohl ein Bär sein. Es flog eine Papierkugel nach vorne und traf Bastian am Kopf. Ich sah, dass er versuchte, nicht zu heulen und dass er sein Bein festhielt. Das reichte jetzt, fand ich. Ich sprang auf und war sofort bei ihm. Ob er in Ordnung wäre, wollte ich wissen, und er nickte. Ich packte ihn unter den Armen und half ihm wieder hoch. Er stützte sich auf den Tisch, und als ich losging, um ihm die Krücke wiederzuholen, traf auch mich eine Papierkugel am Rücken.

Jetzt merkte auch der Harbeck, dass hier mit dem Jussem etwas passiert war. Er stand auf und guckte rüber zu ihm: »Bist du verletzt?«

Bastian schüttelte den Kopf und murmelte: »Ausgerutscht, geht schon.«

»Geht echt gar nicht! Das reicht doch nicht, dass der Jussem am Arsch ist – der muss da auch bleiben, da am Arsch! Und dann geht der zu dem hin, hilft dem hoch und holt dem sogar noch ...« Und dann hörte Kai Klammert auf zu reden, als ich in der großen Pause dazukam. Alle waren still und guckten mich an. ›Alle‹, das waren mittlerweile nicht nur Kai, Lennert, Phillip und Martin, sondern auch noch vier andere Jungs und zwei Mädchen aus der Neunten – die meisten von denen kannte ich kaum.

»Was'n los?«, fragte ich, als ich mich in den Kreis geschubst hatte, in dem sie da jetzt auf dem Schulhof standen.

»Na ja, das ist schon bisschen komisch, dass du dem Jussem jetzt so hilfst«, sagte Martin.

»Was heißt hier ›komisch‹?«, machte Kai weiter. »Das ist voll gegen ... na ja ... unsere Regeln!«

»Was denn für Regeln?«, fragte ich. Ich verstand das alles nicht. Hatte ich etwas Verbotenes getan? Ich hatte mich doch gerade darüber aufregen wollen, dass ich auch mit einer Papierkugel beworfen worden war, so als ob ich selbst der Jussem wär. Und jetzt kamen die mir mit so was. Überhaupt, was denn für Regeln? Wo kamen die denn plötzlich her? Ich konnte mich nicht erinnern, dass wir welche aufgestellt hätten.

»Wann haben wir denn Regeln aufgestellt?«, fragte ich also nach.

»Na, Victor, das ist schon komisch, dass du nach all dem, was jetzt so war, aufspringst und dich um den Jussem kümmerst«, meinte Martin jetzt. »Was sollte das denn?«

»Ja, habt ihr das denn nicht gesehen? Der hat sich voll wehgetan!«

Der ganze Kreis machte eine Runde Mitleid für den Jussem und sagte: »Oooooh!«

»Ne, ehrlich, find ich scheiße von euch«, sagte ich, »ich meine, der hat doch seine Packung bekommen. Und da knallt der direkt vor mir auf die Erde mit seinem Gips und all dem. Soll ich da laut lachen, oder was?«

»Victor, was ist denn mit dir los?«, sagte Lennert jetzt, »du warst bei unserem letzten Treffen auch schon so komisch. Von wegen ›Warum machen wir das denn alles?‹ und so. Und jetzt hilfst du dem Jussem. Ist doch klar, was wir uns da denken. Oder nicht?«

»Wie? Was denkt ihr euch denn?«

Alle guckten sich gegenseitig an und dann mich.

»Na, dass du nicht so ganz bei der Sache bist«, sagte Martin jetzt. »Ich weiß ja nicht, ob das was mit Lizzy zu tun hat oder so. Aber ...« Er machte eine Pause, weil Luise Heimann gerade an uns vorbeiging und guckte, was wir da redeten.

Als sie weg war, flüsterte Kai Klammert in die Runde: »Scheiße, zieht die fette Luise Heimann sich echt schon in der ersten großen Pause 'nen Döner rein!«

Alle lachten, nur Martin guckte wieder zu mir und zuckte mit den Schultern: »Na ja, du ziehst halt gerade nicht so richtig mit.«

»Was soll ich denn mitziehen?« Ich war jetzt wirklich sauer. »Ich meine, soll ich auch so was Geiles vorschlagen wie du? Damit ich dann auch so richtig mitziehe? Hier ... wir könnten ja zum Beispiel heute Nacht auch zum Beckfeld rüberfahren und seinen Hund erschlagen. So vielleicht? Zieh ich dann wieder so richtig mit?«

Wieder gab es eine kurze Pause.

»Geile Idee!«, rief Phillip, und die anderen nickten, lachten und redeten durcheinander.

»Das planen wir heute Nachmittag noch mal richtig!«

»Wie erschlägt man denn einen Hund?«

»Und was, wenn der beißt?«

»Mann, wird der Beckfeld gucken!«

»Ach, der Hund vom Beckfeld ist total klein. Das ist kein Problem!«

Es war nicht zu glauben – die nahmen das ernst. Waren die komplett bescheuert? Also versuchte ich es noch zu toppen, damit sie es rafften: »Ja genau, und wisst ihr was? Dann häuten wir den am besten noch mit 'nem Käsehobel, also den Hund, und dann machen wir dem 'nen Zettel auf den Rücken. Auf dem steht dann so was wie ›Sei kein →‹. Und der Pfeil zeigt dann genau auf das Arschloch von dem toten Hund! Das wär's doch!« Jetzt mussten die das doch mal begreifen, dachte ich.

Aber sie waren gar nicht zu halten.

»Krass, geil! Irgendwer muss dann aber einen Stift mitbringen. Wär doof, ohne Stift!«

»Wir haben einen Käsehobel zu Hause!«

»Ohne Käsehobel würd's aber auch geh'n! Wär eh voll ekelig. Nur der Zettel auf dem Hund. Das reicht auch!«

»Hast recht.«

»Besser ausdrucken, den Zettel. Nicht mit der Hand schreiben!«

»Ah ja, stimmt!«

»Ich hab 'nen Baseballschläger ... also ... glaub ich!«

So begeistert waren die von meiner Idee, dass sie gar nicht bemerkten, wie ich in dem ganzen Durcheinander einfach ging. Die spinnen alle, dachte ich, und auch, dass ich den Rest der Pause lieber bei Lizzy sein wollte.

Als ich bei ihr ankam, stand sie da auch mit ein paar Freundinnen, aber als sie mich kommen sahen, drehte Lizzy sich gleich zu mir um und ging auf mich zu.

»Na? Wie läuft's bei deinen Leuten?«

»Geht so«, sagte ich und musste ihr ganz dringend einen Kuss geben.

»Sag mal«, fragte ich dann, »fandest du das irgendwie bescheuert, dass ich dem Jussem da vorhin geholfen hab?«

»Was? Nee, Quatsch! Tut mir auch leid, wie da jetzt alle noch draufhauen, auch wenn er das eigentlich verdient hat.«

»Dann ist gut.«

Jetzt schaute ich kurz zu Erza und den anderen Mädchen rüber und sah, wie sie mich ansahen, so als wär ich ein teures Pferd.

»Und? Bin ich okay für deine Freundinnen? Gab's 'nen Test oder so was? Hab ich bestanden?«

»Mit 'ner Eins!«, sagte Lizzy und blinzelte mich wieder schräg gegen die Sonne an.

»'ne glatte Eins?«

»Eins minus. Aber das reicht.«

18
Terrier

»Nee, Lizzy kann heute nicht«, log ich, als ich um fünf nach vier bei Kai Klammert ins Zimmer kam. Die Aktion »Toter Hund« musste ja geplant werden, hatte mir Martin in der dritten Stunde gesagt, und Kai habe angeboten, dass wir das dann bei ihm machen könnten. Ob ich denn jetzt nicht mehr dabei wäre, wollte er noch wissen. Ich sei in der Pause ja einfach gegangen. Und dass er das schade finden würde, wenn ich da jetzt aussteigen wollte, und dass die anderen ihm ja auch ein bisschen egal wären, aber ich nicht. Und ohne mich wäre das alles gar nicht so gut. Als ich dann nur mit den Schultern gezuckt hatte, musste er mir noch mal erklären, dass das schon in Ordnung wäre, so eine Aktion, wenn man mal überlegte, wie der Beckfeld und der Jussem und der Röger die letzten Jahre lang alle terrorisiert hatten.

Ich mochte Hunde nicht. Ich hatte vor den meisten sogar Angst. Aber der arme Hund vom Beckfeld, der konnte nun wirklich nichts dafür, dass sein Besitzer so ein Arsch war, dachte ich. Doch dann hatte ich es irgendwie nicht hingekriegt, Martin zu sagen, dass ich das nicht wollte. Und später hatte ich mir dann gedacht, ich könnte ja bei dem Treffen heute Nachmittag versuchen, den anderen Jungs den Scheiß mit dem Hund wieder auszureden. Das wär sicher auch besser, als nicht mehr hinzugehen und die einfach mal machen zu lassen.

»Ach was, klar, ich bin dabei, also heute Nachmittag«, hatte ich dann zu Martin gesagt, und der hatte sich dann wirklich darüber gefreut, denn er grinste mich an und sagte: »Dann bring auch Lizzy mal mit!«

»Mach ich«, sagte ich.

»Hee, Lizzy, hast du Lust, heute mit zu unserem Treffen zu kommen? Der Beckfeld ist der Nächste auf der Liste – wir planen, seinen Hund totzuschlagen. Aber das muss ich denen noch ausreden.« Das sagte ich mindestens fünfhundert Mal vor mich hin. Und es klang auch mit jedem Mal ein kleines bisschen weniger bescheuert, so wie ich das immer wieder zu mir sagte. Aber als Lizzy mich dann nach der sechsten Stunde fragte, was ich denn heute noch so vorhätte, merkte ich, dass ich das nicht rausbrachte. Das ging einfach nicht. Und ich wollte auch nicht, dass Lizzy dachte, ich würde mit Leuten rumhängen, denen man wirklich erst ausreden musste, einen Hund umzubringen – es war auch noch einer von diesen niedlichen weißen, wie aus der Werbung für Hundefutter, ein Terrier oder so was, glaub ich.

Also sagte ich ihr, ich müsste meinem Vater bei was helfen. Irgendwas im Keller. Und dann war um halb sieben ja auch noch Gitarrenunterricht. Aber dass ich sie voll gerne morgen sehen würde, sagte ich. Lizzy freute sich darauf und gab mir einen Kuss. Mir – einem Typen, der mit Leuten rumhing, die gerade planten, einen Terrier totzuschlagen.

»Schade, das mit Lizzy«, sagte Martin, »aber vielleicht klappt das ja beim nächsten Mal.«

»Ja, sie muss ihrem Vater bei was helfen. Irgendwas im Keller«, sagte ich und quetschte mich zu den anderen. Die saßen schon alle da, diesmal auch die aus der Neunten.

»Also ...«, sagte Kai, so als hätte ich den Ablauf gestört. Sie hatten wohl schon angefangen. »... der Plan für den Röger steht. Phillip hat die Anzeige auf gayplanet.com aufgegeben.«

»Cool!«, riefen die Ersten und klopften oder boxten Phillip auf die Schulter. Der grinste.

»Jetzt zum Beckfeld und seinem Hund. Nächsten Freitag ist super, da ziehen wir das durch. Da können wir dann auch spät hin, wenn's schon dunkel ist. Ist ja Wochenende. Und morgen, das wär zu knapp – so was muss gut geplant werden.«

»Ich hab auch schon einen Zettel ausgedruckt«, sagte jetzt einer der Jungs aus der Neunten und hielt seinen Zettel mit »Sei kein →« hoch. Der Zettel war sogar in Plastik eingeschweißt oder laminiert oder wie das heißt.

Die hatten wirklich vor, diesen Hund umzubringen, dachte ich. Waren die irre? Das konnte doch nicht sein, dass die das wirklich ernst nahmen. Ich meine, ich hatte gedacht, ich sag mal was richtig Ekelhaftes, damit die merken, dass das doch alles scheiße war. Und was machten die? Die nahmen mich beim Wort! Nicht ein Einziger, nicht einmal Martin, der vielleicht gesagt hätte: »Jungs, ich hab da noch mal drüber nachgedacht – das ist ein Scheißplan. Wir können doch nicht auf so 'nen Hund draufhauen, nur um dem Beckfeld eins mitzugeben.« Irgendwie hatte ich bis jetzt gehofft, dass das alles von alleine aufhören würde. Dann hätte zum Beispiel Martin das mal eingewandt, und wir hätten alle »Stimmt!« sagen können, und ich hätte nicht wieder der Arsch sein müssen, der nicht richtig mitzieht. Das wäre gut gewesen.

Ich wartete noch ein bisschen ab – vielleicht kam ja doch noch einer von den anderen auf die Idee.

»Ich hab geguckt: Mein Vater hat Rattengift im Keller – vielleicht ist das besser.«

»Wieso soll das besser sein?«

»Na, wegen der Sauerei mit dem Blut und all dem.«

»Das wär nicht schlecht. Wie viel muss man denn davon nehmen?«

»Weiß nicht, find ich noch raus.«

»Und ich bring ein Stück Fleisch aus dem Gefrierschrank mit. Zum Anlocken. Das tau ich auch auf vorher.«

»Wie viel Uhr treffen wir uns dann?«

»Ich kann ab halb elf.«

»Kann ich auch. Halb elf ist super.«

»Ich darf so spät nicht mehr raus.«

»Alles klar, wer ist denn dabei?«

Ein paar Finger gingen in die Luft, so wie in der Schule, und ich hatte jetzt genug gewartet. Die wollten das wirklich durchziehen. Das konnte doch alles nicht wahr sein! Waren die komplett bescheuert? Wenn ich jetzt noch länger wartete, müsste ich Lizzy morgen erklären, dass unser zweiter gemeinsamer Freitagabend daraus bestehen würde, einen Terrier zu vergiften. Das ging so nicht. Das musste ein Ende haben.

»Das geht so nicht«, sagte ich laut. Ich hatte mich die ganze Zeit ruhig verhalten, und deswegen schauten mich jetzt alle an – mit offenen Augen, manche auch mit offenem Mund.

»Also ... meinst du das mit dem Gift?«, fragte Lennert jetzt als Erstes. »Wieso soll denn Gift nicht gehen?«

»Nein, ich meine die ganze Sache hier. Das geht so nicht, das muss ein Ende haben.« Alle guckten jetzt, aber ich hatte nicht das Gefühl, dass irgendwer wusste, wovon ich redete.

»Victor, das ist wieder wie im Wald, oder?« Martin hatte jetzt als Erster was begriffen – nur das Falsche: »Das ist wieder dieses ›Das können wir doch nicht bringen‹, ne? Und dass das nicht richtig ist und so. Aber Mensch, Victor, ist dir das immer noch nicht klar? Oder schon wieder nicht? Das mit dem Globalersehen und so? Es geht doch darum, dass wir uns wehren!«

»Nee, Martin«, sagte ich, »darum geht es überhaupt nicht, wenn ich mir das so angucke! Was soll das denn alles? Ich meine ... es ist doch so: Wir stehen da jetzt zusammen auf dem Schulhof rum, und die lassen uns in Ruhe, die Jussems und Beckfelds und wie sie alle heißen. Bastian ist grad bei allen unten durch. Und wir sind jetzt viele – da traut sich auch keiner mehr ran. Ist doch dufte! Dann könnten wir den Scheiß doch jetzt auch mal sein lassen. Wir könnten doch auch einfach zusammen ins Kino oder ... weiß nicht ... Minigolf hab ich auch lang nicht gemacht. So was halt. Aber nööö, wir planen schon wieder den nächsten fiesen Anschlag. Und dann noch ... hier Kai ... so'n Scheiß wie heute in der Pause ...«, jetzt machte ich ihn nach, blies meine Backen auf und machte mich dick: »... schiebt die fette Luise Heimann sich schon in der ersten Pause 'nen Döner rein ... und so! Nicht mal das kriegen wir hin: einfach ›Luise‹ sagen. Ihr heult über den Jussem oder den Röger oder den Beckfeld, und jetzt seid ihr das selbst! Vielleicht sogar noch schlimmer. Das kann doch nicht wahr sein!«

Pause.

»Minigolf!«, lachte dann Kai Klammert, und manche lachten ein bisschen mit, aber das hörte auch gleich wieder auf, als alle merkten, dass ich so überhaupt nicht mitlachte, und ich sagte: »Ja! Minigolf!« Pause. »Zum Beispiel!«

Es war jetzt still, und ich merkte, dass ich plötzlich auch ganz ruhig war. Komisch war das. Vor zwei Minuten hatte ich noch gedacht, gleich würde ich einfach platzen und allen gehörig die Meinung sagen und so, weil das alles nicht auszuhalten war. Und dann würden wir uns alle heftig streiten und anbrüllen. Jetzt hatte ich das auch gemacht, aber keiner sagte mehr etwas. Auch Martin war ganz still und guckte nur vor sich auf den Boden. Und der hatte doch sonst immer was zu sagen – jetzt kam da gar nichts. Er grübelte, das konnte man sehen. Aber das reichte mir jetzt auch nicht.

   Ich war durch mit den Jungs, die zu all dem nichts, aber auch gar nichts zu sagen hatten. Jetzt war das genauso wie am Freitag in der Badewanne. Die Sache war gelaufen. Und zu sagen, gab es auch nichts mehr.

19
Sachschaden

Heute Morgen war das noch der zweite beste Tag meines Lebens gewesen, und jetzt war auf einmal alles mies. Hey, du bist mit Lizzy zusammen, sagte ich laut vor mich hin, das ist doch ein guter Grund für Bestlaune! Gut drauf bist du! Ganz vorne mit dabei, du Glückspilz! Aber es half nichts: Dass Martin nichts zu sagen hatte, als ich ging, zog mich weiter runter, als die Sache mit Lizzy mich hätte raufziehen können. Und die konnte ich jetzt nicht mal sehen, weil ja noch Gitarrenunterricht war.

Wobei, das lief eigentlich ganz gut und lenkte mich ein wenig ab. Hans-Jörg, unser Gitarrenlehrer, war so ein alter Hippie, der mit seiner Band auch nie richtig berühmt geworden war. ›Silver Road Train‹ hießen die – das konnte ja nichts werden. Aber das machte dem gar nichts aus. Der fand das auch voll in Ordnung, dass er jetzt jungen Leuten wie Jan oder mir Gitarre beibringen konnte – ganz anders als zum Beispiel der Gitarrist von so einer Coverband, die ich mal auf der P&O-Fähre nach Schottland gesehen hatte. Der war ein richtig guter Gitarrist – das Gitarrensolo bei diesem »We don't need no education« hatte er mit links runtergespielt, so als wäre es eine Fingerübung für Anfänger. Dabei sah er aber so verzweifelt aus, ein Blick, der zu jedem gespielten Ton sagte: »Ich wollte doch berühmt werden, und jetzt spiel ich hier jeden Abend dieses Scheißsolo«, dass ich richtig Angst um den hatte. Am nächsten Morgen beim Frühstücksbuffet war ich wirklich erleichtert, als ich ihn da sah, weil ich den ganzen Abend gedacht hatte, der hängt sich in seiner Kabine vielleicht heute Nacht auf. Na, egal ... wo war ich? Ach ja, Hans-Jörg. Der war jedenfalls gar nicht so, und der fand das gleich einwandfrei, als ich vorschlug, dass wir doch auch mal was von den Pixies spielen könnten. Jan und die anderen meinten dann: »Hä? Wer?« Und Hans-Jörg sagte: »Kennt ihr nicht! Seid ihr nicht geil genug für!«

Das hatte dann doch alles ein bisschen Spaß gemacht und mich abgelenkt von Martin und dem ganzen Terrierkram. Aber auf dem Heimweg mit Jan kam das doch wieder rauf. Wir hielten an der Ecke Mohnpfad und Brandenburger Allee und redeten noch ein bisschen – das machten wir oft, denn da musste Jan links abbiegen und ich weiter geradeaus. Darum blieben wir da immer noch ein bisschen stehen, manchmal auch ein oder zwei Stunden. Mal wieder mit Jan reden, dachte ich, das hatte irgendwie auch gefehlt in letzter Zeit.

»Und? Wie läuft's?«, fragte Jan.

»Ach, geht so.«

»Oh ... ist was mit Lizzy? Heute in der Schule sah das doch alles noch ganz gut aus!«

Kacke, dachte ich, das stimmte. Heute Morgen sah auch der ganze verdammte Tag noch gut aus. Das ganze schöne Gefühl von heute Morgen war jetzt aber schon so weit weg, als wär das letzte Woche gewesen. Und Jan wusste von nichts so richtig – nichts von gestern Abend mit Lizzy, nichts von gayplanet.com und nichts vom Beckfeldhund. Gar nichts. Also holte ich das alles auf und erzählte ihm erst mal von gestern Abend, von dem Film, von den Armen und den Knien und dem Kuss und davon, dass Lizzy einfach die Allergrößte war. Und während ich so erzählte, merkte ich, dass ich das genauso erzählte, wie ich das heute Morgen schon Martin berichtet hatte. Das war, wie wenn man das fünfte Mal von seinem Urlaub erzählt. Da benutzt man dann irgendwann immer dieselben Wörter und Sätze, dann wird das schon fast Routine und fühlt sich gar nicht mehr so super an wie beim ersten Mal Erzählen. Und erst recht nicht mehr so super wie beim ersten Mal Erleben.

Und dann erzählte ich Jan von dem Treffen bei Kai Klammert und dass der neue, super Freund Martin jetzt wohl auch Geschichte war. Und ich erzählte, wie ich den Jungs klarmachen wollte, dass das eben nicht in Ordnung war, einen Terrier umzubringen und damit dann selbst zu einem Jussem zu werden, nur weil man deren Scheiß satthat.

»Nee, selbst zum größten Arsch unter den Ärschen zu werden, das ist keine Lösung«, fand auch Jan.

»Eben«, sagte ich und war froh, dass der das auch so sah.

»Na ja, und du hast auch absolut recht: Minigolf ist super!« Jan versuchte vorsichtig, mich aufzumuntern, aber das ging noch nicht.

»Das war nur ein Beispiel, verdammt!«, sagte ich und Jan versuchte es noch mal: »Das können die nicht bringen, das mit dem Hund. Wobei ... wusstest du, dass das ... also ... rechtlich gesehen gar kein Mord ist, sondern nur Sachbeschädigung, wenn man so 'nen Hund tothaut?«

»Ach, krass. Echt?«, fragte ich.

»Ja! Hab ich mal wo gelesen. Ihr seid jetzt also nicht gerade Al Quaida oder so eine gewaltige Mördertruppe. Mehr so eine Art ... Terrierorganisation!«

Und auch wenn der Witz schlecht war, konnte ich jetzt doch mal wieder lachen.

Als ich dann nach Hause fuhr, fiel mir auf, dass Jan sich eine Stunde lang wieder nur meinen Kram angehört hatte. Wie es ihm ging, das wusste ich überhaupt nicht. Schon länger nicht. Das geht so nicht weiter, dachte ich, und ich nahm mir fest vor, demnächst auch mal nachzufragen. Und deshalb hielt ich dann kurz an und schickte ihm noch schnell eine Nachricht: »Morgen Abend! Kufentalsperre! Du, ich und die Gitarren« Und er antwortete: »Top! Halb acht!«

Das war gut, dass mit Jan alles auch wieder ein bisschen lustig wurde, dachte ich, als ich mich ins Bett legte. Dass er mich ein bisschen davon ablenken konnte, wie scheiße das heute war. Das war aber auch scheiße gewesen. Ich meine, was hatte ich nach meiner Ansage auch erwartet? Dass sich alle vor die Stirn schlagen und rufen: »Victor, du hast ja so recht. Was haben wir uns nur dabei gedacht?« Gut, genau das hatte ich erwartet, es war aber nicht so. Und bei Kai Klammert war damit auch irgendwie nicht zu rechnen gewesen. Aber wenigstens bei Martin hatte ich doch gehofft, dass er mehr sagt als ... ja ... nichts. Doch der hatte bis zum Schluss nur dagesessen und auf den Boden geguckt. Traurig war das. Ich hatte ja bis vorgestern noch nie eine Freundin gehabt, mit der ich hätte Schluss machen können, aber so ungefähr stellte ich mir das Gefühl vor, wenn man es dann mal macht.

Auf der anderen Seite muss etwas verborgen sein. Ein Elefant? Nein, ein anderer Silberrücken! Jetzt kommt es auf den Clanchef der Gorillas an – stellt er sich dem Gegner und gewinnt, so kann er seinen eigenen Harem vergrößern. Viele der fremden Weibchen werden zu ihm überlaufen. Verliert er den Kampf, droht der Verlust der eigenen Sippe. Es scheint, als würde er abwägen. Dann ruft er seine Familie zurück. King Kong ist alles andere als ein brutaler Killer ... Ich konnte nicht einschlafen, also schaute ich mir im Bett noch ein wenig »Mythos Kongo« auf YouTube an. Affen gucken – das passt heute ganz gut, dachte ich. Das war schon wieder alles ein bisschen viel gewesen. Und vielleicht würde die Doku ja helfen, ein wenig runterzukommen. Ich sah dabei zu, wie der Silberrücken von dem anderen Gorilla jetzt kräftig eins aufs Maul bekam. Ob das wohl auch ein Sachschaden ist, wenn der eine Gorilla den anderen Gorilla totbeißt? Die haben es auch nicht leicht, die Affen, dachte ich, und dann schlief ich doch ein.

20
Acht Minuten

Am nächsten Morgen konnte ich aus dem Seitenfenster des Busses schon von Weitem sehen, dass Lizzy wieder an der Haltestelle stand und auf mich wartete. Mir gefiel das, weil es, auch wenn heute erst das zweite Mal war, trotzdem ein bisschen was von einem Ritual hatte, von etwas, das wir immer machten. Komisch eigentlich, denn ich hatte Rituale immer für bescheuert gehalten – ich konnte in der Kirche schon nicht mit allen gleichzeitig »Amen« sagen. Und überhaupt bin ich da nie gerne hingegangen. Das hatte immer was von Schafherde, wenn da alle gleichzeitig und im selben Rhythmus das »Vaterunser« vor sich hinmurmelten. Haben die nichts Eigenes zu sagen, hab ich mich da immer gefragt. Und als wir vor ein paar Monaten in Geschichte mal Hitlers Rede in diesem Fußballstadion sahen, da dachte ich, das ist irgendwie auch nichts anderes. Also klar, das ist natürlich was ganz anderes, wenn Leute »Sieg Heil!« brüllen und Krieg anfangen, als wenn sie einfach nur friedlich ihr »täglich Brot« haben wollen. Das war mir schon klar. Aber das Ritual eben, dieses »Wir machen jetzt alle schön das Gleiche«, das fand ich schon immer gruselig, egal ob friedlich oder nicht. Fußballstadion, Großdemo, »Guten Morgen, Frau Schaller« – alles irgendwie eins. Oder auch an Weihnachten, dieses Baumschmücken, aber erst, wenn Heiligabend ist. Wir machten immer die gleichen Sachen, aber es waren nie meine. Die gehörten irgendwie nicht mir. Das machte man halt so. Hab ich noch nie verstanden, was man davon hat, wenn man Sachen halt so macht, wie man sie macht.

Aber das jetzt mit Lizzy war was anderes. Das wär toll, dachte ich, wenn wir das jetzt immer so machen würden, das wär dann unser Ding, das wären dann wir. Also eigentlich war das dann eben doch gar nicht so was anderes. Aber es wären dann unsere eigenen Rituale. Die hätten wir dann selbst gemacht. Die gehörten uns.

Ich stieg aus dem Bus, nahm wieder Lizzys Hände in meine, dann kamen wir uns wieder langsam näher, bis wir uns küssten, und das war auch so was, was ich jetzt immer so machen wollte. Auf dem Weg zur Schule erzählte ich ihr gleich, dass wir beim Gitarrenunterricht bald was von den Pixies spielen würden. So wie ich das erzählte, wirkte das ein bisschen, als wäre ich wieder zehn Jahre alt und würde es meiner Mutter erzählen. Aber ich wollte schnell selbst was sagen, bevor Lizzy mich am Ende noch fragte, wie es mit meinem Vater gelaufen war und wobei ich ihm denn geholfen hätte oder so was. Dann hätte ich mir spontan was ausdenken müssen. Und ich war nicht besonders gut im Spontan-was-Ausdenken. Gleichzeitig war es schon scheiße, dachte ich, dass ich jetzt schon anfing, Lizzy Sachen nicht zu erzählen. Das musste aufhören und zwar bald.

Aber erst mal fand Lizzy das super, dass wir was von den Pixies spielen wollten. »Was denn?«, wollte sie wissen. Dass wir das noch nicht genau wüssten, sagte ich ihr, und daraufhin zählte sie gleich fünf oder zehn oder vierzig Stücke auf, die auf jeden Fall am allerbesten gehen würden. Ich konnte nicht damit aufhören, sie von der Seite anzulächeln und ihr beim Aufzählen zuzusehen. »›Debaser‹ ... obwohl, nee, ihr habt ja keine verzerrten Gitarren, und kannst du überhaupt so schreien? Nee, dann besser ›Here comes your man‹ – das müsste voll gut gehen ...«, dabei strich sie sich mit der linken Hand die Haare aus dem Gesicht und hinter die Ohren, »... oder ›Wave of mutilation‹, das müsste auch gehen, das ist was ruhiger. Und da könntet ihr dann auch ... was ist?« Sie schaute mich an, als glaubte sie, sie hätte noch Nutella am Mund.

»Ich glaub, ich liebe dich.«

Als wir über den Schulhof gingen, standen rechts Martin, Kai, Phillip, Lennert und die anderen im Halbkreis aufgebaut. Das war gar nicht mehr, so wie gestern noch, ein geschlossener Kreis – wie ein Haufen Pinguine hatten die da gestern noch hinten in der Ecke zusammengestanden. Die waren kaum aufgefallen, richtig suchen musste man die. Jetzt hatten die sich da mitten auf dem Schulhof aufgebaut, guckten, wer da so langging, wer so guckte und wer zu wem was sagte. Wie absichtlich an den verkehrten Ort hingestellt sahen die aus. Irgendwie unecht. Pinguinkunst.

»Guck mal, da stehen deine Leute«, Lizzy zeigte rüber zu ihnen, »willst du hin?«

»Ach, ich komm einfach mit zu Erza und den anderen ... also, wenn das in Ordnung ist«, schob ich noch schnell nach.

»Klar ist das in Ordnung«, sagte sie, und als wir an Martin und den anderen vorbei waren, schaute sie noch mal zurück, so als gäbe es da was zu sehen.

»Habt ihr Streit?«, fragte sie. »Die gucken uns ganz schön hinterher.«

»Ach, die sind bestimmt nur neidisch. Ich mein, guck dich doch mal an! Du bist ja viel zu hübsch für mich.«

Jetzt wurde Lizzy ein bisschen rot, und ich merkte, das war jetzt wohl auch unser Ding, unser Ritual, dass Lizzy mir in solchen Fällen auf den Arm boxte. Doch so, wie es aussah, war ich wohl raus aus der Gruppe. Es waren noch immer böse Blicke, die

Martin, der Klammert und die anderen mir zuwarfen, als wir uns schon eine Weile zu Erza und Nina gestellt hatten. Sie hielten mich für einen Verräter, dachte ich, nur weil ich der Meinung war, dass man keine Hunde totschlagen sollte. Ging nur »ganz drin« oder »ganz raus«? Was für ein Scheiß. Zum Glück lenkte Erza mich jetzt mit ein wenig Unfug von dem Mist ab. Sie hatte sich neue Chucks gekauft und Nina fand, dass die überhaupt nicht mehr gingen. »Die trägt man doch schon seit bestimmt sieben Jahren nicht mehr!«, sagte Nina, und sie war ein bisschen beleidigt, als ich ihr sagte, dass man die schon seit 25 Jahren mal trägt und mal nicht mehr trägt: »Bei uns im Keller liegen auch noch zwei, drei Paar davon rum. Die haben meine Eltern wohl Mitte der Achtzigerjahre mal getragen.«

»Musst du einfach noch mal 20 Jahre warten, dann gehen die auch wieder«, lachte Lizzy, »aber egal, wann du die trägst – die müssen dreckig sein. Das war schon immer so.«

»Hä? Wieso das denn?«, fragte Erza verwirrt. »Sieht dann doch voll unordentlich aus.«

Doch wir nickten alle, zeigten auf Lizzy, weil wir ihr zustimmten, und dann versuchten wir, auf Erzas Chucks herumzutreten, um sie zu veredeln. Also, alle außer Nina – der war das wohl zu doof.

»Sag mal, was machst'n du am Samstag?«, fragte ich Lizzy, als wir vor dem Physikraum angekommen waren.

»Da bin ich schon mit Erza verabredet. Mädchensachen. Hast du keine Ahnung von«, zwinkerte Lizzy mir zu.

»Oh«, sagte ich, »und heute Abend bin ich schon mit Jan verabredet.« Und weil ich nach ›Mädchensachen‹ jetzt auch nicht blöd dastehen wollte, schob ich noch schnell hinterher: »Jungssachen! Wir haben Jungssachen.«

»Na dann ...«, sagte sie, »... dann grüß Jan mal von mir. Und vielleicht sehen wir uns dann ja am Sonntag wieder ... also, mal sehen.« Damit drehte sie sich um, verschwand im Klassenraum zwischen all den anderen und setzte sich auf ihren Platz.

»Selbst wenn die Sonne ausginge, so würden wir das erst nach acht Minuten erfahren«, schallte es eine Viertelstunde später von vorne aus dem Bayerischen Rundfunk. Was würde Dr. Meyenburg bloß mit seinem Unterricht machen, wenn er den Bayerischen Rundfunk nicht hätte. Acht Minuten also, dachte ich. Die haben wir auf jeden Fall immer noch, selbst wenn die Sonne ausgeht. Das ist gut zu wissen. Aber in diesen acht Minuten konnte auch immer noch viel passieren, dachte ich. Da konnte man einen Song von Pink Floyd hören, oder wenigstens einen halben. Da konnte man aber auch eine Bärenfalle aufstellen. Man konnte Freundschaften beenden oder sich von seiner Freundin verunsichern lassen. ›Vielleicht‹ ... ›mal sehen‹ ... was sollte das denn? Hatte ich was Blödes gesagt? Ich kam nicht drauf. Plötzlich war das komisch mit Lizzy und mir, und ich wusste nicht, warum das so war. Ich hatte es doch geahnt. Das war alles viel zu leicht gegangen – so was konnte mir doch nicht einfach gelingen. Ich drehte mich nach hinten zu ihr um, aber sie schrieb nur irgendwas mit und guckte wieder nach vorne, hin zum Bayerischen Rundfunk. Das gerade vor der Tür, das hatte vielleicht zwanzig Sekunden gedauert, und schon war alles irgendwie scheiße. So schnell geht das, dachte ich. Und da sind dann immer noch sieben Minuten und vierzig Sekunden übrig, bevor das Licht ausgeht.

Seit über zwei Wochen war das jetzt schon so bescheuert heiß, dass ich dachte, das hört nie wieder auf. Ich war auch noch nie einer, der gern schwimmen gegangen wäre, aber jetzt war selbst ich langsam so weit, mal darüber nachzudenken. Als ich die Gitarre und ein paar Getränke eingepackt und auf meinem Fahrrad verstaut hatte, ging ich dann also doch noch mal zurück in mein Zimmer, um mir eine Badehose unter die Hose zu ziehen. Am Ende wäre es vielleicht mal ganz lustig, wenn ich schon mit Jan an der Kufi herumsaß, da auch mal reinzugehen. Und dann hat man keine Badehose mit, da ist man schnell der Dummbeutel, wenn man das, so wie ich, auch noch blöd findet, einfach mit der Unterhose ins Wasser zu gehen. Ich fand das blöd. Denn da sah man immer alles, wenn man aus dem Wasser wieder rauskam, das lag dann immer alles so eng an ... Oder am Ende sogar nackt baden gehen. Das war schon gar nichts für mich. Dann also lieber eine Badehose drunterziehen.

Ich mühte mich mit dem Fahrrad zur Talsperre hinauf und hatte mir fest vorgenommen, Jan gleich als Erstes zu fragen, wie es ihm so ging. Das schuldete ich ihm. Aber dann wollte ich ihn doch auch fragen, was er von der ganzen Sache mit Lizzy heute hielt. Denn das war ja alles noch viel schlimmer geworden: Wir hatten den ganzen Tag eigentlich keine Zeit mehr zusammen gehabt – sie musste irgendwas für die SV organisieren und war dann sofort unterwegs gewesen. Ich wusste gar nicht, dass sie in der SV war. Und am Ende hatte ich ihr nach der Schule einfach eine Nachricht geschrieben, dass das ganz cool wär, also, falls sie Sonntag noch nicht verabredet wäre ... na ja, den Tag mit ihr zu verbringen ... also ich hätte Zeit. Selbst mit dem Handy konnte ich noch stammeln, dachte ich, als ich die Nachricht verschickt hatte.

Sie antwortete: »Geht klar. Halb zwölf bei mir?«

Ich suchte das bisschen Text gründlich nach einem Hinweis darauf ab, dass sie sich vielleicht auch ein bisschen darauf freuen würde, mich zu sehen. Die Nachricht war aber so kurz, da konnte man nichts übersehen. Da gab es auch nichts zwischen den Zeilen, denn das war ja nur eine Zeile. Ich schrieb: »Sag mal, Lizzy, ist was? Irgendwas IST doch?« Aber das löschte ich gleich wieder, weil es bescheuert war, solche Sachen mit einem Handy in der Hand zu klären. Ich schrieb also einfach kurz zurück: »Oki. Bis dann.«

Aber da hatte ich plötzlich das Gefühl ... also irgendwie war mir klar: Lizzy würde am Sonntag um drei Minuten vor halb zwölf, also sobald ich bei ihr war, ganz sicher mit mir Schluss machen. Das lag doch auf der Hand, so komisch, wie sie heute zu mir war. Und überhaupt ging das mit ihr einfach zu schnell und vor allem zu leicht – so gehen Sachen doch nicht. Nie. Jetzt war Panik angesagt, und ich wusste nicht einmal genau, woher die eigentlich kam. Der Einzige, der die Lage noch retten oder mich wenigstens überzeugen konnte, dass ich mir das alles vielleicht doch nur einbildete, war jetzt Jan.

Jan war gut.

»Hee, Victor! Wie ist die Welt?« Jan stand schon an der Talsperre, als ich ankam. Die Sache mit »fünf Minuten zu spät ist das coole pünktlich« nahm er selbst wohl auch nicht so ernst.

»Schlimm ist die Welt, Jan, ganz schlimm!«

Ich hatte Tränen in den Augen und auf den Wangen und auch in den Haaren. Mein guter Plan, erst mal ein bisschen von Jan und seiner Welt zu hören, war jetzt schon bei der Begrüßung gründlich danebengegangen. Denn auf dem Weg zur Talsperre hatte ich mindestens achtunddreißig Varianten in meinem Kopf hin- und hergeschubst, wie das am Sonntag wohl aussehen würde. Und egal, welche Variante von »Es ist aus, Victor!« Lizzy wählen würde, am Ende war ich immer nur noch ein Klumpen Dreck in einer beschissenen Welt. Das hatte sich in meinem Kopf irgendwie selbstständig gemacht. Ich hatte mir acht Kilometer lang auf meinem Fahrrad einen solchen Kreisverkehr in meinem Kopf gebaut, immer derselbe Scheiß, dass ich einfach nicht anders konnte, als ich Jan da so stehen sah und der mich fragte, wie es mir ging. Was hätte ich da auch sagen sollen? »Alles top, und bei dir? Erzähl doch mal!«? Gut, das wäre nett gewesen, wirklich nett, also so, wie man das als Freund wohl machen sollte.

Und Jan, der gute Mann, der drückte mich fest und schob mir ein Bier in die Hand. Davon hätte er ein paar dabei, sagte er. Er fand, das wäre jetzt ein guter Anlass, gleich mal das erste davon zu trinken. Ich hatte davon noch nicht so die Ahnung, ich war noch neu im Bier-Business, also wollte ich ihm das mal so glauben. Auf einer Bank direkt am Parkplatz öffneten wir die Dosen. »Das erste muss schnell gehen«, sagte er, und das ging auch schnell.

»Das ist so: Das mit Lizzy ist heute ...«, wollte ich schon loslegen, aber Jan unterbrach mich und schob mir die Bierdose zurück an den Mund: »Nee, Victor, erst trinken, dann reden!«

Ein Bier zu trinken, das war, wie es aussah, auch in den acht Minuten zu schaffen, bis das Licht der Sonne ausging. Als es aus war, also das Bier – die Sonne war noch da – machten wir uns mit unserem ganzen Geraffel auf den Weg hinunter zum Ufer und suchten uns einen umgestürzten Baumstamm. Der war viel kleiner und dünner als der im Wald mit Martin. Diesmal krallte ich jedenfalls nicht meine Finger in den Stamm, sondern setzte mich einfach drauf. Das musste wohl am Bier gelegen haben – Jan wusste, was er tat.

Ich erzählte ihm alles Wichtige, was heute zwischen Lizzy und mir vorgefallen war. Dass es ihr, wie es aussah, ganz schön egal war, dass ich heute schon was vorhatte, dass sie wegen Sonntag und Wiedersehen nur »mal sehen« gesagt hatte und »vielleicht«, dass sie dann schnell weg war wegen der SV und dass sie dann nur »Geht klar« geschrieben hatte. Und dass ich jetzt eine Scheißangst hatte, dass Lizzy mit mir Schluss machen würde, obwohl sie heute Morgen doch noch an der Haltestelle auf mich gewartet hatte, und dass ich ihr doch nur gesagt hatte, dass ich glaube, dass ich sie liebe, und dass ich mich fragte, was das alles zu bedeuten hatte, was da vorgefallen war, und dass ich jetzt eine Scheißangst hatte, dass sie mit mir Schluss machen würde, weil es ihr so egal war, dass ...

Und während ich Jan das alles so erzählte, machte er sich ein zweites Bier auf und lachte immer lauter. Zuerst war es nur ein Grinsen, dann ein Prusten in sein Bier, bis er sich zum Schluss vor Lachen kaum noch auf dem Baumstamm halten konnte. Das machte mich wahnsinnig. Was gab es denn da zu lachen? Das war doch eine ernste Sache!

»Was gibt's denn da zu lachen?« Richtig wütend war ich. Aber die Frage warf ihn erst so richtig vom Baumstamm, und er krümmte sich auf der Erde, als ich noch nachschob: »Ist das lustig, oder was? Das ist doch nicht lustig!«

Als er sich wieder ein bisschen beruhigt hatte, sah er von da unten, wo er noch immer lag, zu mir herauf und sagte: »Doch, Victor, das ist lustig. Sei nicht böse, aber saukomisch ist das.«

»Aber warum denn nur?«, fragte ich, und da musste er wieder anfangen zu lachen.

»Aber warum denn nur?«, wiederholte er lachend, und weil sein blödes Lachen so mies ansteckend war, musste sogar ich mitlachen. Ich fiel neben ihn auf den Boden und boxte ihn in die Seite, weil ich das immer noch scheiße von ihm fand, so zu lachen, aber jetzt lachten wir beide.

»Also ...«, sagte er in unser Lachen hinein und gab mir noch ein Bier, »... wie sag ich's dir? Du, Victor, du bist ... also ... in echt jetzt ... Prost ...«, er stieß mit mir an,»... du bist Victoria. Und zwar Prinzessin Victoria! Du machst dir einen Kopf um Scheiß! Denn weißt du, was da heute vorgefallen ist? Nichts ist da heute vorgefallen! Gar nichts! Und deine super Freundin Lizzy hat größere Hoden als du!«

Darüber mussten wir beide noch mehr lachen, obwohl das gar nicht komisch war. Er drückte mich und ich boxte ihn wieder. Als das Lachen dann endlich zu Ende war, halfen wir uns umständlich zurück auf den Baumstamm. Wie dicke Käfer, die man auf den Rücken gelegt hatte, zappelten wir dabei mit den Armen und Beinen.»Im Ernst, Victor«, versuchte Jan es jetzt noch mal.»Erstens: Lizzy ist in dich verknallt. Das sieht man. Also ... ich seh das. Und wenn die an der Haltestelle auf dich wartet, ist das Grund genug, mal die Pferde im Stall zu lassen. Zweitens: Hast du denn gar nichts aus den blöden Filmen und Serien gelernt? ›Ich liebe dich‹ zu sagen, zwei Tage nach eurem ersten Date? Mann, Victor, so blöd kannst nicht mal du sein.«

»Mhja, ist mir so rausgerutscht«, sagte ich.

»Na ja gut, das kann ja rausrutschen. Das ist jetzt auch nicht so schlimm. Nur hast du jetzt halt diese ganze Beziehungs-Machtscheiße damit eingekauft. Lizzy so: ›Das ist zwar toll, das mit dem Lieben, aber ich kann auch meine eigenen Sachen machen.‹ Und du dann genauso blöd: ›Jungssachen. Wir haben Jungssachen.‹ Du willst halt nicht dastehen wie'n Depp. Verständlich. Und das könnt ihr jetzt noch für immer so weiter machen. Oder du schreibst Lizzy jetzt einfach noch mal, dass du dich voll auf Sonntag freust und eine Überraschung für sie hast. Raus aus der Deckung, und dann ist gut. Dann freut die sich, du bist beruhigt und wir können mal in Ruhe hier Gitarre spielen – sonst haben wir die Dinger umsonst mitgenommen.«

»Was für 'ne Überraschung hab ich denn am Sonntag für sie?«

»Ich kann dir echt nicht alles sagen. Da fällt dir bestimmt was ein.«

»Sag mal, Jan«, fragte ich nach einer Weile, »hast du eigentlich deshalb keine Freundin? Weil du zu viel weißt über den ganzen Kram?«

»Kann sein. Oder weil die Theorie ein dummes, dickes Pony ist, das der Praxis ewig im Weg herumsteht.«

Er packte seine Gitarre aus und zupfte schon mal ein bisschen daran herum, während ich noch damit beschäftigt war, Lizzy auf eine Überraschung am Sonntag vorzubereiten. Und als das getan war, wollte ich trotzdem erst noch ein bisschen aufs Wasser gucken und mein Bier austrinken. Richtig einen saufen – wär heute eigentlich eine gute Gelegenheit, das endlich mal zu machen.

Langsam wurde es dunkel. Jan und ich hatten schon alles gezupft und geschrummelt, was wir auf der Gitarre so konnten. Das war nicht besonders viel, und ich glaube, wir hatten viele Stücke auch einfach öfter gespielt, aber jetzt war langsam mal gut mit Musik. Außerdem hatte ich mir ja auch noch fest vorgenommen, Jan zu fragen, wie es bei ihm so aussah mit der Welt und allem.

»Im Ernst mal, Jan, warum hast du keine Freundin? Hab dich noch nicht ein einziges Mal davon reden gehört, dass da eine wär, die toll ist oder so. Nix. Bist doch ein dufter Typ, schlau und lustig, und wie ein Waldschrat siehst du jetzt auch nicht aus.«

»Danke für den Waldschrat. Aber ... ›dufter Typ‹? Im Ernst?«

»Das Wort ›dufte‹ ist ... ach, ist egal ... Was ich meine, ist: Kann doch nicht sein!«

»Keine Ahnung«, sagte er und schrubbte dabei ein bisschen auf den Gitarrensaiten herum, »ich glaub, ich wollte das bis jetzt einfach nicht so unbedingt.«

»Wie jetzt ... bist du schwul? Also ... homosexuell, meine ich? Also schwul?«

»Hä? Was? Nee, Quatsch. Aber ich guck mich halt so um und denk immer: Poah, nee, die eine redet Scheiß, und die andere auch. Die redet halt anderen Scheiß. Die eine interessiert sich nur für Judo. Und die andere für Pferde. Die eine ist in der Freikirche, und die andere will nur ficken. Und ich will auch nicht so tun müssen, als fänd ich die neue Frisur total super oder die neue Handtasche oder die neuen Was-weiß-ich, nur damit es bei einer mal klappt. Irgendwie ist das alles zu anstrengend, find ich immer.«

»Mh ... versteh ich ... aber da muss doch auch mal eine dabei sein, bei der das passt ... Ich mein, ich hab ja auch ...«

»Ach, Victor, du hast keine Ahnung, also ganz ehrlich, nicht ein bisschen von einer Ahnung, wie leicht du's hast. Du hast dich vor – weiß nicht – Ewigkeiten in Lizzy verliebt. Die ist grandios. Und mit der bist du jetzt zusammen. Zack – so leicht ist das.«

»Na ja, das war jetzt auch nicht ganz so leicht, wie du jetzt ...«

»Doch, das war so leicht. Das einzig Schwere daran war für dich, dass du mal die Eier zusammenkriegen musstest, das wirklich zu versuchen.«

»Ich fand das schwer ...«

»Ja, das ist auch schwer ... aber eigentlich auch leicht.«

Mein Handy summte, und ich versuchte so zu tun, als könnte ich einfach ignorieren, wer mir da geschrieben hatte ... also genauer, ob Lizzy mir da geschrieben hatte. »Also, Jan, ich bin mir ganz sicher, dass wir für dich ... na ja ... da finden wir bestimmt ...«

»Guck schon nach, was sie geschrieben hat«, sagte Jan, und ich guckte nach: »Überraschung ist toll! Gehe jetzt mal ins Bett und freu mich auf Sonntag. Hab dich lieb. Lizzy«

21
Verschwörung

»Ein Bier hab ich noch«, sagte Jan und winkte damit vor uns in der Luft. »Teilen?«

»Teilen ist gut«, sagte ich. Das waren vier Dosen Bier für jeden gewesen. So richtig saufen, wie das andere aus der Klasse schon oft machten, war das zwar noch nicht, aber ich fand das gut, dass jetzt nur noch eine Dose übrig war. Ich hatte Lizzy auch eine gute Nacht gewünscht, dann hatten Jan und ich uns noch eine Weile über alles Mögliche unterhalten. Manches war wichtiger, manches nicht so, aber egal wie: Das war gut, mit Jan hier zu sein und auch mal wieder was von ihm mitzubekommen.

Irgendwann hörten wir plötzlich aus der Ferne Leute brüllen.

»Ist heute ein Spiel?«, fragte Jan. »Aber heute ist Freitag – da spielt doch keiner.«

Ich dachte auch, dass das, was da von weit weg zu hören war, wie eine Gruppe besoffener Ultras klang. Langsam kam das Rufen näher. Die Stimmen wurden deutlicher, und wir hörten, dass sie viel zu jung klangen für Fußballhooligans. Um uns herum war jetzt kein Mensch mehr, alles war still. Ein bisschen plätscherte das Wasser vor sich hin und ein paar Grillen machten Sommer. Aber sonst war niemand mehr zu hören.

Da – ist – ein – Ver – rä – ter – schwein
Da – ist – ein – Ver – rä – ter – schwein

»Hmm«, sagte Jan, »die kommen auf jeden Fall in unsere Richtung ... das ist schon gruselig ...«

»Meinst du, wir sollten uns hier besser mal verstecken oder so?«

»Weiß nicht ...«

Da – ist – ein – Ver – rä – ter – schwein
Da – ist – ein – Ver – rä – ter – schwein

Da – ist – ein – Ver – rä – ter – schwein
Da – ist – ein – Ver – rä – ter – schwein

»Ist das die Stimme vom Klammert?«, fragte ich leise. »Ich glaub, ich hör die Stimme vom Klammert da raus.«

»Ich kenn den nicht so – wieso sollte der das sein?«

»Weiß nicht, aber wenn die mich meinen ...? Scheiße, lass uns besser hier verschwinden!« Wir packten schnell unsere Gitarren zusammen und rannten den Hang hinauf, wo wir unsere Fahrräder abgestellt hatten. Es war jetzt dunkel, und ich konnte meinen Schlüssel nicht finden.

»Scheiße, Jan, mein Schlüssel ist nicht da! Ich glaub, ich hab den da unten verloren ...«

Da – ist – ein – Ver – rä – ter – schwein
Da – ist – ein – Ver – rä – ter – schwein

Wir rannten noch einmal runter zum Ufer und suchten nach meinem Schlüssel. Auch wenn es kleine Biere gewesen waren, hatte ich schon ganz schön einen sitzen. Trotzdem waren hier jetzt Angst und Panik, und die machten wach, die waren stärker als das Bier. Das konnten die Jungs doch nicht bringen. Der

Klammert nicht, Phillip und Lennert nicht und Martin schon gar nicht. Aber das Geschrei kam immer näher, und je näher es kam, desto sicherer war ich mir, dass der Klammert unter den Stimmen dabei war. Was sollte das? Wollten die mich jetzt fertigmachen, nur weil ich fand, dass man keinen kleinen Hund totschlagen sollte, um es einem Arsch wie dem Beckfeld so richtig zu zeigen? Sollte man es deswegen lieber mir zeigen? Was waren das denn für Bekloppte? Ich wühlte hektisch mit meinen Händen im Gras, Jan buddelte im Sand. »Hab ihn!«, rief er plötzlich, und wir rannten zurück zu den Fahrrädern. Die Stimmen waren schon fast bei uns, so als bräuchten sie nur noch um eine Ecke zu kommen, und dann wären sie da.

»Scheiße, Jan, lass uns hintenrum über das Gelände fahren! Die Stimmen kommen von da links, und da ist auch der Parkplatz!«

»Alles klar«, flüsterte Jan. Wir schwangen uns auf die Räder und fuhren so schnell, wie unsere Beine es irgendwie hergaben, den See entlang. Die Stimmen wurden wieder etwas leiser, und wir fuhren genauso aufgeheizt, wie ich gerannt war, als Martin und ich im Wald vor dem Schrei geflohen waren.

»Irgendwo da links muss doch gleich noch so ein kleiner Weg kommen. Den können wir auch hoch!«, rief ich, und Jan nickte.

Der Weg war so steil, dass wir unsere Räder das letzte Stück bis hoch zur Hauptstraße schieben mussten. Oben angekommen waren da wenigstens schon mal Straßenlaternen. Wir schauten links die Straße hinauf, in die Richtung, aus der das Geschrei kam.

»Ich glaub, die sind da unten am Wasser«, meinte Jan.

»Ich glaub auch ... aber wenn nicht?«

»Scheiße, Victor, aber hier rechts hoch, das ist ein Riesenumweg – da müssen wir hinter Heimersbach dann noch durch den Wald.«

»Ist mir egal«, sagte ich, »das ist es wert. Wenn die uns erwischen ... ich mein ... hör doch mal, was die rufen! Scheiße!«

»Verdammt, hast recht«, sagte Jan und wir wandten uns nach rechts.

Zwanzig Minuten lang fuhren wir an der Landstraße entlang, bevor es links abging, über einen Wanderweg zurück nach Hause. Endlich kamen wir nach einer halben Stunde genau an der Ecke Mohnpfad und Brandenburger Allee raus, wo wir sonst immer noch ein bisschen standen und redeten.

»Heute fahren wir lieber mal direkt nach Hause, was?«, meinte Jan erschöpft, und ich fand auch, das war eine gute Sache.

»Ich schick 'ne Nachricht, wenn ich zu Hause bin«, sagte ich, und Jan nickte.

Wenige Minuten später stellte ich mein Fahrrad hinter unserem Haus ab. Meine Eltern schliefen schon – in den letzten Tagen hatte es immer Stress gegeben, weil ich so spät nach Hause gekommen war. Wir machen uns doch Sorgen, wenn du ... und wo warst du denn so lange ... Jetzt war es schon halb eins, und die schliefen einfach – dabei hätten die sich heute mal Sorgen machen sollen.

Mein ganzer Körper zitterte, und ich fragte mich, was das gerade für eine miese Scheiße gewesen war. Wollten die mir nur Angst machen? Oder waren die echt dazu bereit, mich ... was weiß ich ... zusammenzuschlagen oder abzustechen oder was ...? Mit zitternden Händen kramte ich mein Handy aus der Hosentasche und schrieb Martin: »Was soll der Scheiß?« Und dann schrieb ich noch an Jan: »Bin zu Hause.«

Von Jan kam direkt eine Antwort: »Ich auch. Schlaf trotzdem gut.«

Ich schlich die Treppe rauf, und als ich in mein Zimmer kam, lag auf meinem Schreibtisch ein Päckchen Kondome, auf dem ein Zettel klebte: ›Weil du neuerdings ja öfter mal lange weg bist ... Ist vielleicht besser so. LG, Mutti‹

Ich wurde wirklich richtig rot im Gesicht, dabei war ich doch alleine. Dass ich mich vor meinen Eltern so schämen konnte, obwohl die eine Etage über mir fest schliefen, also eigentlich gar nicht da waren, das war schon peinlich. Nicht auszuhalten, wie punktgenau die sich an den falschen Ecken Sorgen um mich machen konnten.

22
Winken

Ich wachte auf, weil ich einen miesen Traum gehabt hatte und weil meine Beine tierisch wehtaten. Ich war gestern schneller und härter Rad gefahren als jemals vorher in meinem Leben. Als ich meine Beine anguckte, waren die auch von Dornen zerkratzt, und der linke Knöchel unten am Fuß war dick. Krass, dass man das gar nicht merkt, nur weil man gerade fliehen muss, dachte ich. Und dann wurde mir wieder klar, dass ich wohl doch nur wegen der Schmerzen in den Beinen aufgewacht war, und dass der Traum, den ich hatte, das war, was Jan und ich gestern wirklich erlebt hatten.

Komisch, dass man das erst mal zusammenkriegen muss, was Traum ist und was echt, wenn man morgens aufwacht. Dieser Übergang von »Da hört die Nacht auf« und »Da fängt der Tag an« ... den bekam ich nie gleich so richtig hin. Aber meine zerschürften Beine und der dicke Knöchel, das waren klare Beweise. »Da ist ein Verräterschwein« hatten die gerufen. Das hatte ich nicht geträumt. Und ganz bestimmt war das die Stimme vom Klammert gewesen – der hatte so eine knödelige Stimme, ein bisschen wie Kermit der Frosch, nur tiefer. Die hatte ich gestern ganz sicher gehört.

Ich schaute auf mein Handy – zwei Nachrichten waren da: »Ich hoffe, du hattest Spaß bei den Jungssachen. Mache jetzt Mädchensachen.;-) Bis morgen, Lizzy:-*«

Wenn das gestern Jungssachen waren, dachte ich, dann wüsste ich gern, was Mädchensachen waren. Dann würde ich beim nächsten Mal lieber da mitmachen. Das konnte nur besser sein als das, was wir da gestern gehabt hatten. Aber das konnte ich ihr jetzt nicht schreiben, denn Lizzy wusste von dem ganzen Scheiß ja noch gar nichts. Das bringt ja nichts, das alles zu verschweigen, dachte ich. Am Anfang war es nur das blöde Treffen mit den Jungs, aber jetzt wurde das Unerklärte immer mehr: Warum die so guckten und warum jetzt mein Knöchel dick war. Morgen würde ich ihr alles dringend mal erzählen müssen, so viel stand fest.

Ich wünschte Lizzy einen schönen Tag mit Mädchensachen und sagte, sie solle auch Erza mal von mir grüßen. Dann tippte ich das erste Mal in meinem Leben einen Kuss-Emoji in eine Nachricht. Das war jetzt also mein erster virtueller Kuss – super. Aber ich war froh, dass ich ihn Lizzy schicken konnte. Und froh war ich auch, meinen ersten richtigen Kuss dann doch schon vor dem ersten getippten Kuss geküsst zu haben. Da wusste man wenigstens, was das bedeutet, was man da tippt.

Die zweite Nachricht war von Martin: »Wie meinen? Was für ein Scheiß? Schlauch.«

Jetzt tat der so, als wüsste er nicht, was ich meinte. Oder wusste der es wirklich nicht? Mittlerweile war das alles ganz schön kompliziert geworden. Ich wusste jedenfalls gerade nicht mehr, was ich wem noch zutrauen würde, wer was wirklich fertigbringen konnte oder eher nicht. Das war scheiße. Vor der ganzen Sache mit der Bärenfalle war ich einfach irgendwie aus all dem draußen geblieben. Ich hatte Jan und Gitarrenunterricht, und dann waren ab und zu auch andere Leute da, und der ganze Rest war halt der ganze Rest. Der kam auch ohne mich ganz gut klar. Jetzt war ich mittendrin im ganzen Rest und blickte da nicht mehr durch. Ich wollte da auch nicht durchblicken müssen. Das war gerade so, als wäre ich mitten in einer Big-Band aufgewacht und irgendjemand hätte mir so ein scheiß Saxophon in die Hand gedrückt. Vorne zählt jemand »eins – zwei – drei – vier«, und los geht's. Aber das war nicht mein Spiel. Das war auch nicht meine Band. Nicht meine Lieder und nicht mein Instrument, gar nichts.

Es hatte jetzt auch keinen Zweck, Martin zu antworten, dass er ja wohl wissen müsste, was ich meinte, damit der dann wieder antworten konnte, dass er es eben gar nicht wusste – das bringt nichts, dachte ich. Also schrieb ich: »Bist du zu Hause? Ich komm vorbei.« An Essen war jetzt nicht zu denken, also zog ich mir schnell ein paar Sachen an, sobald Martin geantwortet hatte, dass er da war. Ich schrieb Jan noch kurz »Danke für gestern!«, humpelte runter zu meinem Fahrrad und rief von der Haustür aus noch schnell »Bin weg!« ins Haus.

Mein Fahrrad war voll von Dreck, Blättern und Stöckchen, die in den Speichen und in der Kette festhingen. Aber erst mal musste ich hier losfahren, sonst würde meine Mutter mir noch hinterhergelaufen kommen, um mich auszufragen. Oder sie erwartete im Ernst, dass ich was zu den Kondomen sagte, die sie mir gestern auf den Schreibtisch gelegt hatte. Wie stellte die sich das nur vor? »Danke für die Kondome, Mutti, die werde ich beim Sex sicher gut brauchen können«? Schrecklich! Das Wort »Mutti« hatte nichts mit dem Wort »Sex« zusammen in einem Satz zu suchen, das ging einfach nicht. Da müssen mindestens ... ich sag mal ... fünf Minuten Gespräch dazwischen sein. Ich war mir nicht sicher, ob ich meinen Eltern jemals wieder in die Augen gucken konnte.

Aber das war ein ganz anderes Problem, das konnte ich jetzt nicht brauchen. Ich musste erst mal mit Martin klären, was das gestern sollte. Also fuhr ich schnell los, und das Rad quietschte und schabte an allen Ecken. Egal, das musste jetzt gehen. Erst drei Straßen weiter hielt ich an einer Wiese an, um das Fahrrad in Ruhe von dem ganzen Kram zu befreien, der sich darin verfangen hatte. Während ich das tat, konnte ich endlich mal einen Plan für heute machen – das war jetzt alles ziemlich schnell gegangen.

Plan:
1. Die Sache mit Martin klären
2. Um jeden Preis Kontakt zu meinen Eltern vermeiden
3. Eine Überraschung für Lizzy vorbereiten

Das sollte für einen Samstag erst mal reichen.

Ich sah Martin schon von Weitem vor dem Häuserblock stehen, in dem er mit seiner Mutter wohnte. Er hatte die Hände in den Hosentaschen und schob auf der Wiese mit dem Fuß einen Gartenschlauch ein bisschen von links nach rechts und dann wieder nach links und so weiter. Wie ein kleiner Junge stand er da. Er schaute nach unten auf seine Füße und sah dem Gras dabei zu, wie es sich von links nach rechts bog und wieder nach links. Also, wie ein neuer Jussem sieht der überhaupt nicht aus, dachte ich, als ich langsam näher kam. Er bemerkte mich gar nicht, selbst als ich schon direkt hinter ihm stand.

»Na, Martin, ist das der Schlauch, auf dem du stehst?«

Martin zuckte zusammen und drehte sich zu mir um. Ich war wohl nicht der einzige Mensch auf der Welt, der sich erschrecken konnte. »He, Victor! Jetzt sag schon, was für ein Scheiß denn?«

»Ich stelle hier die Fragen, Martin.«

»Du stellst hier die Fragen? Hast du gestern so'n Action-Polizeidrama auf RTL2 oder so geguckt? Also wenn du das mit ›Scheiß‹ meinst, dafür kann ich nichts. Da musst du bei RTL anrufen. Da sind die schuld. Aber was das soll, das kann ich dir auch nicht ...«

»Hör auf, Martin! Ja, das war ein blöder Spruch gerade, das hab ich selbst gemerkt. Aber darum geht's nicht. Im Ernst, ich hab da ein paar Fragen an dich.«

»Okay ... tut mir leid ...«, er winkte mit den Händen in der Luft, »... dann frag.«

»Wir können ja ein Stück gehen ... Moment, ich schließ grad noch mein Fahrrad ab.« Ich fummelte das Schloss durch die Speichen und um den Pfosten einer Laterne.

»Alles klar«, sagte ich, und wir gingen die Straße rauf.

»Was ist denn jetzt?«, fragte Martin.

»Also gut, wo fang ich an ... habt ihr euch noch mal getroffen mit der Gruppe? Also, seit dem letzten Mal, bei dem ich dabei war?«

»Ja, gestern Abend waren wir bei Lennert ...«

»Und wusstest du, dass ich gestern Abend an der Kufi war?«

»Du warst an der Kufi? Mit Lizzy? Läuft das denn gut mit dir und Lizzy?«

»Ich war da mit Jan. Und mit Lizzy ist alles ... aber darum geht's jetzt nicht. Also: Wusstest du das oder wusstest du das nicht?«

»Nee, wir haben doch gar nicht mehr geredet seit dem letzten Treffen.«

»Und wusste das vielleicht sonst wer? Der Klammert vielleicht?«

»Kai? Was weiß ich denn? Nee, ich glaub nicht ... woher auch?«

»Wie fanden die anderen das denn jetzt, dass ich gestern nicht dabei war? Also, ich meine, dass du mich nach dem letzten Mal gar nicht erst gefragt hast, ist ja irgendwie klar. Aber ist den Jungs das denn auch so klar?«

»Nee, denen ist gar nichts klar. Die fanden das irgendwie komisch, dass du nicht dabei bist ... wieso?«

»Wer fand das komisch?«

»Na, Lennert fragte, wo du denn wärst ... und Phillip auch, aber der sagte gleich was von ›neue Freundin‹ ... und Kai fand das auch nicht so gut, dass du gestern nicht da warst, weil du ja eigentlich von Anfang an ...«

»Wie hat der das denn gesagt, dass er das nicht so gut fand? War der sauer oder so?«

»Mensch, was fragst du das denn alles? Weiß ich nicht mehr genau ... ich glaub, der wollte wissen, ob du für uns bist oder gegen uns. Doch ...«, Martin überlegte, »... genau ... weil ich dann nämlich noch gesagt hab ...«

»Hat er das Wort ›Verräter‹ benutzt?«

»Was? Nee ... ich hab ihm dann nämlich noch gesagt, dass das voll okay ist, dass du das gerade noch ein bisschen anders siehst und dass du uns auch ganz sicher nicht verraten würdest – dafür würde ich meine Hand ins Feuer legen. Das hab ich gesagt.«

Martin steckte nicht hinter dieser Hooligansache von gestern, da war ich mir mittlerweile schon sicher. Und weil er jetzt noch mal wissen wollte, warum ich ihm all diese komischen Fragen stellte, erzählte ich ihm also von dem Gebrüll gestern und davon, wie Jan und ich echt eine Scheißangst gehabt hatten und dass ich mir ziemlich sicher war, da auch die Stimme vom Klammert gehört zu haben.

»Scheiße!«, sagte Martin. »Aber nee, das bringt der nicht ... also, der ist zwar schon auch bisschen hohl, da brauchen wir uns nichts vorzumachen. Aber so was bringt der nicht.«

»Und woher weißt du das so genau?«

»Weil der ... ach, weil die alle irgendwie nichts auf die Reihe kriegen. Das ist scheiße ohne dich ... so, jetzt ist es raus ... das taugt nichts. Klar, die haben jetzt die Anzeige für den Röger zum Laufen gebracht. Aber alles andere läuft gar nicht. Die quatschen einfach durcheinander und kriegen nichts zusammen.«

»Fragst du mich gerade im Ernst, ob ich wieder mitmache? Du weißt schon, warum ich das ganz sicher nicht will?«

»Jajaaa«, gab Martin nach, »du hast ja beim letzten Mal ziemlich klar gemacht, wie scheiße du das alles findest. Und da hab ich zu den Jungs auch gesagt, du bräuchtest einfach mal ein bisschen Zeit ... so 'ne Auszeit quasi ... um das alles klarzukriegen.«

»Ich brauch 'ne ... was? Eine Auszeit, um was zu tun?«

»Na ja, das war alles ganz schön viel jetzt, und du denkst ja auch gern länger über Sachen nach ... da hab ich dich mal ein bisschen in Ruhe gelassen. Ich halt dir da den Rücken frei!«

»Danke, Martin, das ist wirklich nett.« Ihm war immer noch nicht klar, dass ich gerade nicht einfach zögerte oder wieder nur ein paar blöde Fragen hatte, so wie im Wald. »Aber du kannst mir glauben, dass ich schon vorher über die ganze Sache nachgedacht hab. Bevor ich gesagt hab, dass ich das mies finde, was wir da ... was ihr da vorhabt. Und es hätte euch allen nicht wehgetan, das auch mal zu versuchen, das mit dem Nachdenken. Wenigstens du kannst das doch! Und Lennert und Phillip, die könnten das eigentlich auch können ...«

»Mann, Victor, ich sehe das einfach anders als du. Punkt. Und denk ich darüber nach? Natürlich denk ich darüber nach! Ich bin ja nicht doof! Aber ich glaub eben nicht, dass wir neue Jussems werden, ganz ehrlich, Victor. Das siehst du zu schwarz.«

»Das werden wir wohl sehen«, sagte ich. »Ich würde jedenfalls mal den Klammert im Auge behalten, Martin. Also ... wenn ich du wäre.«

Wir gingen zurück zu meinem Fahrrad, und schon wieder liefen Martin und ich nebeneinanderher, ohne etwas zu sagen. Beim letzten Mal, im Wald, da hatte ich noch gedacht, dass Martin echt ein guter Freund werden könnte. Und irgendwie dachte ich das jetzt auch noch. Aber der ganze Scheiß hier, der hing einfach dazwischen. So einfach Freunde sein, das ging jetzt nicht, wenn gleichzeitig Sachen liefen, die ich mies fand ... Da musste ich erst mal ein bisschen gucken, was daraus so werden würde.

»Lasst das einfach, das mit dem Hund vom Beckfeld«, sagte ich zu Martin, als ich mich wieder auf mein Fahrrad schwang.

»Ach ... kriegen die eh nicht hin«, sagte Martin.

Ich zuckte mit den Schultern und setzte mich auf mein Rad. Aus den Augenwinkeln sah ich noch, dass Martin mir tatsächlich hinterherwinkte, als ich losfuhr. Traurig sah das aus.

23
Ein cooler Rockmusiker

Eine Überraschung für Lizzy also ... das war eine Scheißidee, die Jan gestern Abend gehabt hatte. Um ihr eine Freude zu machen, um ihr zu zeigen, dass ich sie mochte. Ich solle mir keine blöden Sorgen machen, es sei alles gut, das könnte man doch sehen. Also einfach eine schöne Überraschung für sie vorbereiten, und gut ist's. Das hatte er gesagt, und es war wirklich eine Scheißidee, dachte ich jetzt, als ich in meinem Zimmer saß und mir wünschte, ich hätte auch so einen Drehstuhl wie Lizzy an meinem Schreibtisch. Denn jetzt wäre ich zum Überlegen gerne ein bisschen durch mein Zimmer gerollt oder hätte mich ein wenig von links nach rechts gedreht. Vielleicht würde mir etwas einfallen, wenn ich auch so einen Hebel hätte, mit dem ich den Sitz hydraulisch hoch- und runterfahren konnte, einen Stuhl mit Hebel eben, einen Hubstuhl ... das hätte es gebracht. Ich hatte aber nur einen Holzstuhl mit einem Kissen drauf. Den hatte Jan mir letztes Jahr zum Geburtstag geschenkt, weil ich es cool fand, dass die im Rathauscafé so alte Holzstühle hatten. Ich glaub, Jan hatte den auch von da geklaut ... egal. Das war ein schöner Stuhl, echt! Na ja, aber rollen, drehen oder rauf und runter – das ging damit nicht. Und so konnte ich keinen klaren Gedanken fassen. Eine Überraschung ... also irgendeine Überraschung, dachte ich, und dann war ich auch gleich wieder bei Freitagabend. Die würden das ohne Martin nicht hinbekommen? Wie konnte Martin sich nur so sicher sein? Ich war mir da gar nicht so sicher. Nächste Woche um diese Zeit war der Hund vom Beckfeld vielleicht schon Geschichte. Das war ja nicht auszuhalten. Aber gut, ich musste jetzt etwas basteln. Konzentrier dich, ermahnte ich mich, und versuchte wieder, mit dem Stuhl ein wenig hin- und herzurollen.

Ich schrieb Jan eine Nachricht: »Eine Überraschung für Lizzy ... das war eine Scheißidee von dir! Ich weiß überhaupt nicht, was für eine Überraschung das sein soll!«

Und Jan schrieb zurück: »Tut mir leid. Bastel ihr doch einfach was.«

Was sollte ich ihr denn basteln? Basteln ... das machte man für Oma und Opa, und selbst für die hatte ich das schon ewig nicht mehr gemacht. Ich meine, bis ich sechs oder sieben war, hatte das gereicht, Oma und Opa zum Geburtstag oder zu Weihnachten was zu malen. Das haben die dann immer hochgehalten und super gefunden. Bis ich dreizehn war, reichte dann Basteln. Wieder: Hochhalten und super finden. Aber seit meine Oma tot war, kaufte ich meinem Opa immer etwas – meistens eine Zigarre. Der mochte Zigarren gerne, aber meine Eltern und auch mein Onkel schimpften immer mit ihm wegen der Raucherei. Ich dachte, der freut sich bestimmt darüber. Und so war das dann auch. Er hat sie halt nur nicht mehr hochgehalten und super gefunden, sondern hat mir zugezwinkert und das Ding schnell in seine Jackentasche gestopft. Das war mir auch ganz recht, denn so richtig legal war das nie, wie ich an die Zigarre gekommen war.

Basteln fühlte sich gerade jedenfalls eher wie ein Rückschritt an ... und Google gab mir recht. Denn als ich »bastelideen für freundin« eingeben wollte und gerade »bastelideen für« getippt hatte, bot Google mir das hier in der Auto-Vervollständigung an:

bastelideen für kinder
bastelideen für weihnachten
bastelideen für ostern
bastelideen für kleinkinder
bastelideen für den herbst
bastelideen für schwule
bastelideen für senioren
bastelideen für muttertag

Das war der Beweis! Von »bastelideen für die neue Freundin, um sie so richtig zu beeindrucken« stand da jedenfalls nichts. Dann kam wieder eine Nachricht von Jan: »Guck hier. Ein cooler Rockmusiker! Das haut sie um! Garantiert!« Darunter war der Link zu einer Bastelseite im Internet.

Was soll's, dachte ich, bedankte mich bei Jan und versuchte jetzt, aus einer leeren Klopapierrolle, einem Haufen Konfetti, das ich mit dem Locher erst selbst zusammenlochern musste, zwei Kronkorken, einer Sicherheitsnadel und einem Stück Kabel einen coolen Rockmusiker zu basteln, der vielleicht auch ein bisschen wie Frank Black aussehen würde. Ich schnippelte und klebte und malte aus. Ich muss zugeben ... also, das ist mir jetzt ein bisschen peinlich, aber ... das hat schon auch Spaß gemacht.

Zwei Stunden später schaute ich mir das Gebastelte an, und ich war mir nicht sicher, ob es scheiße aussah, weil noch die Haare fehlten – dafür brauchte man ein Stück Teppich, und ich hatte keine Ahnung, wo ich den jetzt herkriegen sollte – oder ob es scheiße aussah, weil es scheiße aussah. Vielleicht konnte ich einfach nicht basteln, und auch die Teppichhaare hätten das jetzt nicht mehr rausgehauen. Der Unterschied zwischen der Abbildung im Internet und meinem Bastelrocker war jedenfalls enorm, noch viel größer als bei Burger King oder McDonalds der zwischen den Burgerbildern auf der Speisekarte und den Burgern selbst. Nee, ich musste jetzt einsehen: Das hatte ich nicht gut gemacht. Das sah nicht aus.

Gut, eine Überraschung wäre das schon. Und die größte Überraschung bei der ganzen Sache wäre wohl, wenn Lizzy dann herausfinden würde, was es eigentlich sein sollte, das ich da gebastelt hatte. Da musste man schon ein Schild dazulegen, auf dem das erklärt war. Ich schrieb: »Jan, ich hasse dich!«, und war wirklich am Ende. Denn ich war noch genau so weit weg von einer Überraschung für Lizzy wie heute Morgen. Alles für den Hund, das ganze schöne Geklebe.

»Nee, Victor, du hasst dich selbst, weil du nicht basteln kannst«, antwortete Jan, und ich schrieb: »Kann sein, aber dann hasse ich dich eben, weil du recht hast.«

Ich war wirklich verzweifelt.

Jetzt fiel mir ein, dass wir im Keller doch noch irgendwo solche Teppichbodenplatten rumliegen hatten. Also eigentlich war es jetzt auch wurst – viel schöner würde der Klorollenrocker durch ein bisschen Teppich auch nicht mehr werden. Aber ich wollte meinen neuen, haarlosen Freund jetzt auch nicht so halbfertig in der Welt herumstehen lassen. Also ging ich in den Keller und fräste mir einen Weg durch das ganze Gerümpel auf der Suche nach diesen Teppichplatten. Nur gut, dass mein »Wer weiß, wofür wir das noch brauchen können«-Vater sich in dieser Sache mal durchgesetzt hatte, wobei ihm das, wie es aussah, wirklich nicht nur bei den Teppichplatten gelungen war: Das sah schlimm aus hier unten.

Ich wühlte mich durch den ganzen Schrott, und als ich wieder auftauchte, hielt ich kein Stück Teppichboden hoch. Was ich da jetzt in der Hand hielt, war besser! Viel, viel besser! Es waren – Achtung, Achtung – die alten Chucks von meinen Eltern!

Die hatte ich gefunden. Diese Chucks, mit Löchern drin und abgewetzten Sohlen, die hier so wunderbar siffgrau im Kellerlicht leuchteten, dass ich gar nicht genau erkennen konnte, ob die ursprünglich mal weiß, grau oder schwarz gewesen waren. Diese Chucks hatten schon bei den Smiths und bei New Model Army und My Bloody Valentine und eben auch bei den Pixies im Konzertmatsch herumgestanden und dort ihr grandioses Asche-Kotze-Kippen-Dreck-Bier-Grau bekommen!

Ich hielt mir einen der größeren Chucks mal an den Fuß – doch, der passte garantiert. Ich hoffte jetzt, dass die kleineren Chucks auch Lizzy passen würden. Kam irgendwie hin, dachte ich, als ich die so anguckte und versuchte, mich an Lizzys Füße zu erinnern. Jetzt könnten wir Chucks tragen, die älter waren als wir selbst, die das ganze coole Zeug schon gesehen hatten, das für uns genauso neu war wie unsere Beziehung ... autsch, fieses Wort ... unsere Liebe ... ach, scheiße, ihr wisst schon, was ich meine. Jedenfalls waren das nicht bloß alte Schuhe, das waren Zeitmaschinenchucks!

Ich musste Jan gleich von diesem Sensationsfund berichten. Das war eine Superüberraschung, fand ich. Von mir aus konnte der coole Rockmusiker jetzt auch haarlos bleiben – das war mir egal. Ich rief Jan gleich an, denn ich wollte seine Begeisterung mit echter Stimme hören.

»Du verschenkst olle Schluppen von deiner Mutter?«, fragte er fassungslos, als ich ihm die große Sache mit den Zeitmaschinenchucks erzählt hatte.

»Mach das jetzt nicht kaputt, Jan«, sagte ich. »So wie du das sagst, machst du das kaputt! Lass das!«

»Aber ist doch so. Das ist Zeug von deiner Mutter! Du willst doch deiner Freundin kein Zeug von deiner Mutter schenken!«

»Was ist denn daran jetzt so ... ach, Mann ... ehrlich jetzt!« Ich überlegte und sagte: »Also ... ›Das ist der Ring meiner Mutter‹, das hab ich schon oft gehört in Filmen! Und da ist das immer voll in Ordnung!«

»Ja«, sagte Jan, »aber ›Das ist die Unterhose meiner Mutter‹ – das hab ich noch nie gehört! Nicht in Filmen, und auch nicht im echten Leben.«

»Ooh warte ... das kannst du nicht ... Chucks sind so viel näher dran am Ringsein als am Unterwäschesein!«

»Na ja ...« Pause. »... es ist Kleidung ...« Pause. »... von deiner Mutter!«

»Jan, die Frau, die diese Chucks trug, das war nicht meine Mutter! Das war eine coole junge Frau, die irgendwann später mal zu meiner Mutter geworden ist! Diese coole junge Frau von damals, die gibt es heute gar nicht mehr. Ausgestorben ist die ... irgendwann in den Neunzigern. Jan, im Ernst, das ist Archäologie, wovon ich hier rede. Ein Urzeitfund! Wertvoll!«

»Also, wenn die coole junge Frau ausgestorben ist, dann ist das aber eher Paläontologie«, sagte er, und ich wusste: Ich hatte ihn! Wenn er schon bei solchem Kleinkram recht haben wollte, dann blieb ihm für die große Sache selbst nichts mehr übrig. Und diesen kleinen Sieg konnte ich ihm gönnen. Ich meine, Archäologie? Paläontologie? Was soll's, dachte ich, bei beiden gräbt man mit Schippen im Dreck und findet alte Sachen wieder. Wie unterschiedlich lang die da schon lagen, das war doch jetzt auch egal.

»Von mir aus auch das«, sagte ich also. »Was meinst du?«

»Na, richtig cool wäre natürlich«, ich wusste, da kam noch was nach, »wenn man sich die Chucks auch anhören könnte.«

»Ich Trottel!«, rief ich. »Danke! Warum bin ich darauf nicht selbst gekommen? Das mach ich! Ich drück dich jetzt weg. Tschöö, Jan!«

»Tschöö, Victor.«

Natürlich musste ich zu den Chucks noch einen Mix machen, und natürlich auf einer CD mit einem gebastelten Cover und mit der ganzen Musik, die diese Schuhe schon gehört hatten. Und das war jetzt gar nicht so leicht, da was auszuwählen. Dazu musste ich, wie es aussah, in den sauersten aller sauren Äpfel beißen, den Granny Smith unter den sauren Äpfeln: Ich musste meine Eltern fragen ... also ... mit ihnen reden! Über ihre Jugend! Denn diese Chucks hatten nicht nur Geschichten zu erzählen, die hatten auch Lieder zu singen. Und da musste ich schon auch wissen, welche das waren.

24
Würstchen und Kartoffelsalat

»Hallo, Frau Strack, ich bin wegen Lizzy hier«, sagte ich zu Lizzys Mutter, als ich pünktlich um halb zwölf bei ihr vor der Tür stand. Ich wurde langsam besser im Pünktlichsein.

»Das glaube ich.« Sie lachte. Natürlich lachte sie. *Ich bin wegen Lizzy hier!* Das war mir jetzt so rausgerutscht, weil ich dachte, als Frau Strack mir die Tür aufmachte, dass die Frage, ob Lizzy zu Hause war, ja überhaupt gar keinen Sinn ergab. Wir waren doch verabredet. Natürlich war sie da zu Hause. Das kam also dabei rum, wenn ich gezwungen war zu improvisieren.

»Lisbeth, dein Freund ist da!«, rief Frau Strack nach oben.

›Lisbeth?‹, dachte ich. Das war grandios! Nach Altenheim im Sommer klang das, und ich freute mich schon auf mindestens zehn Situationen, in denen ich Lizzy damit das Leben zur Hölle machen könnte ... also, wenn ich mal wieder geboxt werden wollte. Außerdem war ich noch nie als »der Freund« bezeichnet worden. Das war auch neu. Und schön war das sowieso. Ich war jetzt »der Freund«. Aber noch viel besser eigentlich: Lizzy war Lisbeth ... verrückt!

Frau Strack stand in der Tür, während wir auf Lizzy warteten. Die ging nicht weg. Was wollte die da? Musste ich mich gleich an ihr vorbeidrücken, um zu meiner Freundin zu kommen? Oder musste Lizzy sich an ihr vorbeidrücken, um zu ihrem Freund zu gelangen? Sollte das etwa eine Gruppenumarmung werden?

»Mutter! Geh weg!«, hörte ich Lizzy jetzt hinter Frau Strack sagen. So hätte ich mich das nicht getraut, dachte ich, aber Lizzy und Frau Strack kannten sich ja schon länger. Jetzt verschwand Frau Strack, und dahinter kam Lizzy zum Vorschein. Das war wie ein Vorher-Nachher-Bild, dachte ich, oder eher wie ein Nachher-Vorher-Bild ... Ob Frau Strack früher auch mal so schön gewesen war wie Lizzy? Konnte ich mir kaum vorstellen, so wie die jetzt aussah.

Das war allein Jans Schuld, dass ich mich jetzt solche Sachen fragte. Weil der angefangen hatte mit dem ganzen Mutter-Ding, musste ich jetzt darüber nachdenken, ob Frau Strack irgendwann auch mal nicht Frau Strack gewesen war. So wie ich mich gestern auch schon gefragt hatte, wann mein Vater aufgehört hatte, der coole Jochen mit dem Bass und den Karten für New Model Army zu sein. Wachte man da einfach mal an einem Morgen auf, und dann war man plötzlich nicht mehr Jochen, sondern Herr Salentin? Das war alles ziemlich gruselig. Wobei, noch viel gruseliger als die Frage, ob Frau Strack einmal so schön wie Lizzy gewesen war, war ja die, ob Lizzy wohl irgendwann so aussehen würde wie Frau Strack? Das wollte ich mir gar nicht vorstellen. Und was ich mir auch nicht vorstellen wollte, aber das lag ja auf der Hand: Würde ich dann auch mal so aussehen wie mein Vater? Nicht auszudenken war das! Ich meine, ich hatte super Haare, und die wollte ich auch in 40 Jahren noch haben.

»Komm rein«, sagte Lizzy und zog mich an der linken Hand in den Flur an sich heran, sodass ich ihr direkt mal einen Kuss geben konnte. Sie umarmte mich und griff dabei sofort nach dem Rucksack, den ich auf dem Rücken trug.

»Wo ist die Überraschung? Ist die da drin?«

Ich war gerade schnell genug, den Rucksack noch festzuhalten, bevor sie ihn sich greifen konnte.

»Ganz ruhig, Amadeus«, sagte ich und machte eine tiefe Stimme. »Lass uns erst mal raufgehen, dann machen wir das so richtig mit Augen zu und allem.« Ich hatte den Satz noch gar nicht zu Ende gesagt, da war Lizzy schon halb die Treppe hinaufgelaufen und drehte sich zu mir um: »Ja, komm schon!«

Als ich oben in ihrem Zimmer ankam, saß sie schon auf ihrem Hubstuhl, diesem Stuhl mit Hebel, und drehte sich von links nach rechts.

»Sag mal«, fragte sie mit geschlossenen Augen, »Amadeus? Wieso kennst du dich mit Bibi und Tina aus? Was stimmt denn nicht mit dir?« Obwohl sie ihre Augen immer noch geschlossen hatte, konnte ich sehen, wie sie funkelten. So funkelten sie immer, wenn sie etwas Gemeines sagte.

»Lisbeth!«, sagte ich.

»Hey!« Sie schaute mich böse an. Dass ich dieses schöne Wissen einmal nutzen konnte, ging jetzt viel schneller, als ich gedacht hatte.

»Schön die Augen zumachen, sonst gibt's gar nichts!«, sagte ich streng. Lizzy schmollte und schloss die Augen.

Jetzt kramte ich hektisch die Chucks und die CD aus dem Rucksack. Dabei sah ich immer wieder zu Lizzy herüber – nicht, dass sie jetzt guckte.

»Nicht, dass du jetzt guckst!«, sagte ich noch einmal zur Vorsicht, aber Lizzy schüttelte den Kopf und hielt die Augen fest geschlossen. Ich hatte gerade alles schön vor ihrem Bett hingestellt, da bemerkte ich den gewaltigen Haufen Klamotten und Schuhe, der wie frische Lava bei einem Vulkanausbruch aus ihrem Kleiderschrank quoll. Da konnte ich doch schnell mal gucken, ob die Chucks auch passten, dachte ich. Ich schnappte mir aus dem großen Haufen einen ihrer Schuhe und hielt ihn mal an.

»Passt!«, murmelte ich.

»Was passt? Und dauert das noch lange?«

»Bin gleich so weit«, sagte ich dann und fand es noch viel besser, die Chucks und die CD einfach mit auf den Haufen zu legen. Ein Suchspiel! Ich ging in die andere Ecke das Zimmers und schob da zur Ablenkung noch ein bisschen was hin und her, bevor ich ihr dann einen Kuss gab: »So, fertig. Kannst die Augen wieder aufmachen.«

Lizzy schaute sich im ganzen Zimmer um. »Da ist nichts. Das war doch jetzt nicht nur der Kuss? Die Überraschung?«

»War der nicht so schön?«

»Doch. Aber keine Überraschung.« Sie guckte weiter durch den Raum, scannte jede Ecke – das war ganz klar: Obwohl hier überall Vulkanausbruch war, wusste sie sehr genau, was wo sein musste. Und es dauerte jetzt auch keine halbe Minute, da hatte sie die Chucks und die CD schon entdeckt.

Was jetzt folgte, war fantastisch. Ich durfte Jan demnächst ganz dringend mal sagen, dass er so was von falschgelegen hatte, also, noch falscher konnte man gar nicht liegen. Von wegen »die Unterhose meiner Mutter«. Es wurde gequiekt vor Freude, gehüpft, umarmt und geküsst. Dann erklärte ich Lizzy, woher die Chucks kamen und dass ich gestern noch mal mit meinen Eltern geredet hatte, um zu erfahren, auf welchen Konzerten die denn so in den Achtzigern und Neunzigern waren, damit ich auch die richtigen Stücke auf die CD brennen konnte. Na ja, als Lizzy also wusste, dass das hier verdammte Zeitmaschinenchucks waren, da wurde gleich wieder und noch ein bisschen mehr gequiekt und gehüpft und umarmt und geküsst. So, Jan, dachte ich, so geht das mit der Romantik.

»Du, jetzt weiß ich nicht, ob das nicht gleich ein bisschen wie – na ja – Heiraten und Kinderkriegen ist ...«, sagte ich und kramte jetzt noch die Chucks von meinem Vater aus dem Rucksack.

Ein bisschen Schiss hatte ich schon, dass das vielleicht zu weit ging, wenn ich hier auf Pärchen-Look machte. »Also, ich meine, wenn wir beide die gleichen Chucks aus den Achtzigern ... also ... die hier sind von meinem Pa ... oder ist das jetzt doof?« Aber wieder ganz umsonst Sorgen gemacht, dachte ich, als jetzt noch viel mehr als beim zweiten Mal gequiekt und gehüpft und umarmt und geküsst wurde. Klimax, heißt das, hätte Frau Schaller jetzt gesagt. Die war bestimmt auch einmal nicht Frau Schaller gewesen, sondern eine junge und hübsche Gaby. Frau Schaller! Oh Mann ... und dann dachte ich: Jan, ich hasse dich so!

Lizzy zog sofort die Chucks an und fand wohl, dass ich meine auch gleich anziehen sollte. Denn während sie da so rumschnürte, guckte sie hoch zu mir, nickte rüber zu den Chucks in meinen Händen und sagte: »Na, mach schon!«

Als ich meine dann auch anhatte und wir so voreinander standen und nach unten guckten, war alles richtig super, das muss ich schon sagen. Und gerade in dem Moment, in dem alles so richtig super war, krähte es von unten: »Lisbeth! Mittagessen! Will dein Freund auch was? Wir haben genug!«

»Ich glaube, deine Mutter hat vergessen, dass ich Victor heiße.« Ich zuckte mit den Schultern. Essen wollte ich jetzt eigentlich gar nichts – das hier war romantisch, verdammt! Da sollten jetzt auch romantische Sachen passieren. Aber weil ich höflich sein wollte, und weil ich gerade erst so gemeine Sachen über Frau Strack gedacht hatte, war ich einverstanden. Schon saßen wir um den Familientisch herum und aßen Würstchen mit Kartoffelsalat. Jetzt also doch.

Zu erzählen gab es wohl nicht viel bei den Stracks. Das war schon wieder wie bei der Beerdigung meiner Oma letztes Jahr, dachte ich, als wir da alle um den Strack-Familientisch herumsaßen und still die Wurst und den Kartoffel-Majo-Pampf in uns reinschoben. Draußen flog ein Propellerflugzeug vorbei, jemand mähte seinen Rasen und nebenan wurde Staub gesaugt.

»Und du gehst jetzt also mit unserer Lisbeth aus, ja?«, fragte sie eine halbe Wurst später. Frau Strack gab sich jetzt doch ein bisschen Mühe.

»Mutter!«, schnaubte Lizzy mit vollem Mund – sie war offenbar so entsetzt über diese Frage, dass das sofort gesagt werden musste.

»Nicht mit vollem Mund!«, sagte ihr Vater jetzt streng. Und das war überhaupt das Erste, was ich ihn heute sagen hörte.

Lizzy kaute zu Ende und schaute ihre Eltern an: »Also, echt mal! Das war schon peinlich, als wir hier alle einfach nichts gesagt haben. Ihr seid schlimm, echt!«, und dann zu mir: »Tut mir leid, Victor, ich würd ja gern sagen, die sind nicht immer so. Aber die sind immer so.«

Ich kaute schnell auf und schluckte runter. Jetzt bloß nichts falsch machen, dachte ich, und dann winkte ich lässig ab, um die Lage zu beruhigen und ein bisschen für gute Laune zu sorgen: »Ach was, das ist alles gar nicht so schlimm. Immerhin legen dir deine Eltern nicht gleich Kondome auf den Schreibtisch. Echt, meine haben das wirklich gemacht.«

Ich muss es eigentlich nicht extra sagen, aber: Das kam nicht gut an, und mir war das beim Reden auch schon selbst aufgefallen. Na ja, um es kurz zu machen, Herr Strack ließ sein Besteck fallen und murmelte »Kondome?« vor sich hin. Frau Strack guckte mich an, als hätte ich mir eben die Maske vom Gesicht gezogen und mein wahres Ich, der Teufel höchstpersönlich, hätte gerade gesagt: »Guten Tag, Frau Strack, ich nehme mir nun Ihre Tochter!« Und während Helen sich nicht halten konnte vor Lachen, entschied Lizzy, es wäre wohl das Beste, wenn wir jetzt hier verschwinden würden. Sie nahm meine Hand und zog mich zur

Haustür raus. Selbst als sie die Tür zugeworfen hatte, ein bisschen feste, wie ich fand, hörten wir noch durch die geschlossene Tür Helen lachen und ihren Vater brüllen: »Kondome! Der kommt mir nicht mehr ins Haus! Und du, hör auf so zu lachen!«

Ich musste an den ersten Kontakt mit Lizzy denken – wie es aussah, hatte ich kein Talent für erste Kontakte. Vielleicht sollte ich beim nächsten Mal einfach von Star Trek lernen und den Vulkaniergruß versuchen. Guten Tag, Frau Strack, leben Sie lang und in Frieden.

25
Nichts als die halbe Wahrheit

Lizzy tobte und fluchte wie ein Rohrspatz oder wie ein Kesselflicker oder wie das heißt. Ich wusste zwar noch nie genau, was Kesselflicker sind und warum die so fluchen, aber so, wie Lizzy tobte und schimpfte, kam das jedenfalls ganz gut hin. Eigentlich wollte ich ihr ja heute endlich mal die ganze Geschichte von gayplanet, dem Abend an der Kufi, dem geplanten Terriermord und all dem erzählen, aber jetzt gerade musste sie sich wohl erst mal beruhigen. Also, ich fand das schon auch irgendwie fies da gerade bei den Stracks, aber auch nicht so richtig schlimm – na ja, es waren ja auch nicht meine Eltern. Bei den eigenen ist das immer am schlimmsten. Ich schämte mich jedenfalls viel mehr für meine Blödheit bei Tisch als für die Stracks.

»Das tut mir leid, Lizzy«, sagte ich darum, als wir aus der Neubausiedlung raus waren und über die leeren Felder und Äcker gingen, die in ein paar Jahren bestimmt auch mal Neubausiedlungen sein würden. Ich hatte fest damit gerechnet, dass Lizzy mir meine Blödheit jetzt um die Ohren hauen würde. »Sollte es auch!« oder »Denk doch mal nach, bevor du die Klappe aufreißt!«. So was in die Richtung hatte ich erwartet. Aber meine Entschuldigung machte sie nur noch wütender auf ihre Mutter, die sie ab jetzt nur noch »die dumme Sau« nannte, und auf ihren Vater, den sie ab jetzt nur noch ... nee, das kann ich hier gar nicht sagen, wie sie den nannte. Sie konnte jedenfalls ganz wunderbar fluchen.

Sie schimpfte noch eine ganze Weile lang weiter und erzählte, wozu die zwei bislang schon fähig gewesen waren – Helen hatte das immer ertragen und gleichzeitig irgendwie drübergestanden, die war da keine große Hilfe, aber was das alles überhaupt sollte? Mit sechzehn musste Helen zum Beispiel immer noch um neun Uhr zu Hause sein. Mit sechzehn! Und den ersten Freund hatte ihr Vater am Ohrläppchen gepackt und aus dem Haus geschleift. Ungelogen. Und deswegen hatte die jetzt auch so gelacht – sie war wohl froh, dass es mal nicht ihre Schuld war. Aber da hätte sie sich ja auch mal für ihre kleine Schwester ... Ich hörte ihr zu, dann drückte ich sie zwischendurch oder hielt ihre Hand noch etwas fester, als ich es eh schon tat. Es war schön, für sie da sein zu können. Aber es war auch sehr schön, dass ich nicht Helens erster Freund war, dachte ich dann und fasste mir ans Ohr ... nicht zu fassen war das. Die haben ihr dann echt verboten, auf das Konzert zu gehen. Dabei hatte sie die Karten schon, und die waren sauteuer, und als sie sich dann rausgeschlichen hat und um halb zwei nachts total besoffen nach Hause gekommen ist ... *Ob das am Ende wirklich nur irgendwelche Hooligans waren gestern? Ich meine, hatte ich jetzt wegen der ganzen Sache schon Verfolgungswahn? Martin hätte das doch auch gewusst, wenn der Klammert so was vorgehabt hätte, ich meine, der Klammert – der hätte das doch niemals durchgezogen, ohne Martin vorher zu fragen, ob das in Ordnung geht ...* das geht überhaupt nicht in Ordnung! Zwei Wochen Stubenarrest gab es dafür! Mit sechzehn! Leben wir denn hier in Bayern im 17. Jahrhundert oder was? »Stubenarrest« – allein das Wort schon! Haben die aber wirklich so gesagt. Und »Fräulein«. Und dann, als ich zwei Wochen später mal mit Erza zu Umsonst-und-draußen wollte, und zwar am Nachmittag, gar nicht mal abends zu den Bands, das war vielleicht eine Scheiße ... *Das konnte man wohl sagen – auch die Sache mit dem Hund vom*

Beckfeld, das war auch eine Scheiße! Martin war sich jetzt ganz schön sicher gewesen, dass die Pfeifen da eh nichts hinkriegen. Was blieb denn da noch? Das bisschen gayplanet.com für den Röger und dass die Jungs sich gerade auf dem Pausenhof ein wenig wichtigmachten. Also, weiter hingehen zu den Treffen wollte ich jetzt auch nicht mehr, das war klar. Das konnte ich gerade nicht brauchen, die Jungs und ihr komisches Zeug. Und auch Martin nicht ... das war schon alles ganz schön krass ... und deswegen hab ich dann zu denen gesagt, sie sollen erst mal ihre eigene bescheuerte Ehe in den Griff kriegen. Helen und ich, hab ich dann gesagt, wir haben euch noch nie beim Sex überrascht, weil das nämlich auch gar nicht geht. Weil ihr euch ja nicht mal mehr zum Abschied einen Kuss gebt. Daran solltet ihr mal was tun, bevor ihr anfangt, in meinem Leben rumzupfuschen! Und dann hat sie mir eine gehauen ... aber immerhin, ich hab's gesagt ... *den Klammert mal im Auge behalten – deutlicher ging das ja gar nicht. Auch wenn der jetzt am Ende doch keine Hooligantruppe zur Hetzjagd an die Kufi organisiert hatte. Dem traute ich nicht. Wenn das Meiste davon jetzt doch nur Spinnerei war, die Jungs nur groß redeten und am Ende doch nichts tun würden, was sollte ich Lizzy dann überhaupt noch erzählen ... ich glaub, die spinnen einfach ...* und da sagt Helen dann: »Klar spinnen die. Das sind unsere Eltern.« Das war alles! Ein bisschen aufregen, ein bisschen reden, und damit ist's dann gut für die ... *und ansonsten machen die ja gar nichts, nur ein bisschen aufregen und ein bisschen reden ...* das verändert nichts ... *das verändert doch nichts ...*

»Mann, Lizzy! Nur gut, dass wir zwei uns haben.«

»Wie kommst'n du jetzt darauf?« Damit hatte sie nicht gerechnet, aber plötzlich war ihr ganzer Zorn einfach weg. Sie blieb kurz stehen, wie wenn man auf Pause drückt, und als es weiterging, funkelten ihre Augen schon wieder, das war aber nicht das gemeine Funkeln, sondern das gute, und es galt mir.

»Ja, das ist gigantisch, dass wir uns haben«, sagte sie dann. Wir umarmten uns, und ich hielt sie so lange so fest, wie ich konnte, denn das war ein Supermoment. Durch ihre Haare hindurch schaute ich in die Sonne und auf diesen Acker vor uns – na ja, eigentlich war diese Ackerfläche schon lange gar kein richtiges Feld mehr – da war Matsch und bisschen Gras hier, und Blumen dort. In der Mitte rechts lag ein halb verrosteter Kühlschrank auf dem Rücken mit offener Tür und daneben vier Autoreifen. Das Zeug musste irgendwer einfach mal hier hingeworfen haben. Aber weil ich das alles durch Lizzys Haare sehen konnte, und dabei roch das auch nach der Erde und nach dem Gras, aber auch nach Sonne und ihren Haaren – süß rochen sie und warm, ein bisschen wie Haferflocken – also deswegen war selbst dieser blöde Acker der beste Ort der Welt, und der Moment war ein Supermoment.

»Das ist gar kein Kühlschrank«, sagte Lizzy, als wir uns wieder losgelassen hatten und ich dann »Guck mal, der Kühlschrank da!« gesagt hatte.

»Was denn sonst?«

»Ein Pflanzkübel ist das jetzt!«

»Wieso soll das denn jetzt ein Pflanzkübel sein?«

»Na, wenn der in der Küche steht, ist er ein Kühlschrank. Aber hier kann der nichts anderes, als ein Pflanzkübel zu sein.«

»Aber ... sind ja gar keine Blumen drin. Nicht mal Erde.«

»Na dann«, sagte Lizzy und schon hockten wir neben dem Kühlschrank und warfen mit unseren Händen Erde in diesen Kühlschrank – also, in den Pflanzkübel. Als der voll war bis oben hin und wir die Hände, Arme, Haare und eigentlich alles voll Erdmatsch hatten, sah das schon ganz gut aus. Das war jetzt seit dem Wald schon das zweite Mal, dachte ich, dass ich mit meinen Händen Dreck von links nach rechts schaufelte. Aber heute war es friedlicher.

»Da sind jetzt aber noch keine Blumen drin«, meinte ich dann, als wir uns unser Werk eine Weile angeguckt hatten.

»Das ist wahr«, sagte Lizzy, »aber zum Glück wachsen hier ja genug davon.«

Wir gingen in verschiedene Richtungen los, um unterschiedliche Blumen auszugraben und in ihr neues Heim zu bringen – rechts rüber, da gab es eher gelbe, auf der linken Feldseite waren eher lilafarbene und weiße, und bunt soll's ja schon auch werden, fand Lizzy. Also ging ich nach links und Lizzy nach rechts, um viele bunte Blumen zu sammeln. Dagegen hatte ich nichts, auch wenn ich gern mit ihr zusammen gebuddelt hätte.

Als ich zurückkam, hatte ich einen Haufen gelber und auch roter Blumen unter dem Arm. Lizzy saß schon neben dem Kühlkübel, vor sich auf dem Boden auch einen Haufen Blumen in Orange, Weiß und Lila.

»So, das war's«, sagte sie, als ich bei ihr ankam. Dann zog sie die Kühlschranktür aus den Angeln und warf sie neben die Reifen. »Die Tür hab ich mal abgemacht – wär ja blöd, wenn wir die ganzen schönen Blumen da einpflanzen, und dann klappt in der Nacht die Tür drauf. Vom Wind oder was weiß ich.«

Wir buddelten und gruben eine ganze Weile die Blumen in die Erde, dann setzten wir uns vor den Kühlkübel auf die Autoreifen und schauten uns an, was wir da so gepflanzt hatten und wie das Gepflanzte jetzt im Wind ein bisschen hin und her wippte. Dann sah ich noch mal nach unten auf unsere neuen, alten Chucks.

»Werden wir das vermeiden können, mal so zu werden wie unsere Eltern? Ich meine ... wo wir jetzt schon ihre Chucks tragen?«, fragte ich dann.

»Klar! So bescheuert werden wir niemals! Wir werden ganz anders bescheuert. Das wird großartig! Und ich werde meine Tochter, wenn ich mal eine habe, garantiert nicht Lisbeth nennen!

Astrid wird sie heißen. Dann kann ich sie mit Asi abkürzen, nur um sie vor ihren Freunden richtig fertigzumachen.«

»Das klingt dufte!«, sagte ich. »Und ihre Freunde können sie dann immer ›Arschtritt‹ nennen. Also ich bin dabei.«

Wir schauten noch eine Weile in die Blumen, bevor ich dann dachte, jetzt müsste ich doch mal langsam zu reden anfangen. Damit ruinierte ich jetzt wohl die Stimmung, das war mir klar, aber den ganzen Tag über war alles irgendwie anders gewesen, das hatte nicht gepasst. Und wenn ich jetzt nichts sagte, dann würde ich wieder nach Hause fahren, und Lizzy wüsste dann immer noch von nichts.

»Du, Lizzy, ich hab am Donnerstag meinem Vater gar nicht helfen müssen.«

»Wolltest mich nicht bei den Jungs dabeihaben, oder? Hab ich mir schon ein bisschen gedacht«, sagte sie und schaute ein wenig traurig in die Blumen. Dann sah sie mich an und sagte: »Ich meine ... ›meinem Vater helfen‹? Ehrlich, Victor, das mit dem Lügen ist echt nicht so deine Sache.«

»Ach, scheiße, Lizzy, tut mir leid. Aber das ist nicht so, wie du denkst.«

»Das war's am Dienstag auch schon nicht ... sagst du das immer?«

»Nein, das sag ich nicht immer. Nur wenn's halt so ist ... also ... anders als du denkst ... denn am Dienstag war es ja auch nicht so, wie du gedacht hast. Und jetzt ist es das auch nicht.«

»Wie ist es denn?«

»Ach, bescheuert ist's. Die Jungs drehen ein bisschen am Rad. Die hatten große Weltherrschaftspläne und ... na ja ... da war's mir einfach peinlich.«

»Was war dir peinlich? Ich?«

»Nee ... Quatsch! Die Jungs waren mir peinlich.«

Ich weiß, eigentlich war das die Sache mit dem Beckfeldhund, die mir peinlich war. Aber ich wollte Lizzy jetzt nicht erklären müssen, was die geplant und mittlerweile wohl eh schon wieder abgeblasen hatten, denn am Ende würde sie sich darüber noch aufregen und sagen: »Wer kommt denn auf so eine kranke Idee?« Und dann hätte ich noch sagen müssen, dass ich das war, aber dass ich das doch gar nicht wirklich machen wollte, sondern denen nur damit beweisen, wie blöd das alles war ... also, am Ende wär das doch alles zu kompliziert gewesen.

»Na ja«, machte ich weiter, »ich wollte das eben erst mal irgendwie mit denen klären.«

»Und?«

»Was und?«

»Na, hast du's geklärt?«

»Ja, hab ich.«

»Dann ist ja gut.«

Wieder war da eine Pause, und ich glaubte, das lag daran, dass Lizzy jetzt schon noch wissen wollte, was das war, das ich da geklärt hatte. Also erzählte ich ihr von der Sache mit dem Röger, aber dass die das auf der anderen Seite nicht einmal hinbekamen, die fette Lui... also Luise Heimann ... nicht mehr ›die fette Luise Heimann‹ zu nennen, und dass wir deswegen dann Streit hatten, nur weil ich vorgeschlagen hatte, wir könnten doch auch mal Minigolf spielen gehen, und dass ich deswegen jetzt wohl eher nicht mehr zu den Treffen gehe.

»Minigolf also«, sagte Lizzy dann. »Du bist ja einer von den ganz Harten, was?«

Jetzt auch noch Lizzy. Das war doch nur ein Beispiel!

»Das war doch nur ein Beisp...«, und weiter kam ich nicht, denn jetzt waren Lizzys Lippen schon auf meinem Mund, da konnte ich nicht mehr reden. Und ich wollte auch gar nicht mehr. Ist schon klar, das war nicht die ganze und absolute und reine Wahrheit, die ich Lizzy jetzt gesagt hatte. Aber das mit dem Beckfeldhund, das war ja nur Käse. Und auch der Klammert, der Schlägertrupp, das war ja auch nur Einbildung gewesen. Selbst mein Knöchel war heute schon wieder so gut wie neu. Was hätte das denn noch gebracht? Ich meine, es ging doch vor allem darum, dass Lizzy nicht denken sollte, es hätte was mit ihr zu tun gehabt, dass ich da alleine zu dem Treffen gehen wollte. Und das hatte es ja auch nicht.

»Nächstes Wochenende schwingen wir dann wohl mal den Golfschläger? Also ... ganz männlich natürlich?«, sagte Lizzy zum Abschied und machte dabei eine tiefe Stimme. Es war schon wieder kurz nach zehn, als ich mich jetzt auf mein Fahrrad setzte.

»Aber so was von männlich!«, sagte ich, trommelte mir kurz mit beiden Fäusten auf die Brust und gab ihr noch einen Kuss.

Die beste denkbare Freundin hatte ich da, dachte ich, als ich in Bestlaune auf dem Fahrrad nach Hause fuhr. Die hätte ich mir selbst nicht besser ausdenken können. Und das war das Verrückteste an der Sache: Eigentlich hatte ich das Martin zu verdanken, dass ich jetzt hier so glücklich mit dem Rad unterwegs war. Denn ohne Bärenfalle kein Video, ohne Video kein Gespräch mit Lizzy und am Ende dann eben auch keine Lizzy. Ich hätte ohne die Bärenfalle jetzt wahrscheinlich immer in Raum 106 und in der Welt herumgesessen, auffällig zu ihr hinübergestarrt, bis dann halt irgendwer anders gekommen wäre, mit dem Lizzy dann ... das wollte ich mir gar nicht vorstellen. Na ja, aber gerecht war es jedenfalls nicht. Ich hatte da mit Martin im Wald etwas richtig Mieses gemacht, und dafür wurde ich jetzt mit Lizzy belohnt. Da konnte mir doch keiner sagen: »Das hast du dir aber auch echt mal verdient, Victor!« Karma geht anders, wollte ich meinen. Gut, ich hatte irgendwie unverdienterweise Lizzy, aber auf der anderen Seite war die Sache mit der Bärenfalle ja auch ein Fluch, dachte ich. Denn damit kamen auch der Klammert und die anderen ins Spiel, und der ganze Mist nahm einfach kein Ende. Der hing an mir dran, als wäre ich auf der Straße in Kaugummi getreten. Das war doch auch scheiße, dachte ich, dass ich gerade eigentlich nur für mich selbst und für sonst niemanden richtig da sein konnte. Für Jan nicht, und für Lizzy schon gar nicht. Da hatte ich mir vorhin auch gewaltig was vorgemacht. Denn ich hatte ihr ja überhaupt nicht richtig zuhören können, weil sich Martin und der Klammert, gayplanet.com, der Beckfeldhund und die Ultras von der Kufentalsperre immer wieder in mein Hirn geschoben hatten.

»Hier habt ihr euer scheiß Saxophon zurück«, brüllte ich wütend. »Ich kann eure Lieder nicht mehr hören, und ich spiel die jetzt auch nicht mehr!« Das war gut.

Am Montagmorgen war wieder Haltestelle mit Lizzy, und ich hatte seit über einer Woche das erste Mal wieder gut geschlafen, ohne absurden Kram zu träumen und ohne am Morgen mit dem Gefühl aufzuwachen, jemand hätte über Nacht zwanzig Kleintransporter auf mir geparkt.

Wie es gestern noch mit ihren Eltern gelaufen war, wollte ich von Lizzy wissen, aber die winkte nur ab und nannte es ›den üblichen Vortrag‹. Etwas lauter vielleicht als sonst, und viel öfter das Wort ›Kondome‹.

Als wir am Schultor ankamen, standen da schon Martin und die anderen. »Hi!«, sagte ich freundlich und wollte dann einfach weitergehen – das war für den Moment eine ganz gute Strategie, hatte ich mir überlegt. Aber Martin kam hinter mir her.

»Mach jetzt keinen Mist«, flüsterte er mir ins Ohr, als er rechts hinter mir stand.

»Wobei?«, fragte ich, und Martin sagte: »Was im Wald ist, bleibt im Wald – ich hoffe, das gilt noch!« Dabei deutete er mit einem Nicken zum Haupteingang.

»Das ist schon lange nicht mehr im Wald, Martin. Das ist aus dem Wald mit uns hierhergekommen. Da können wir gar nichts ...«, sagte ich, aber dann schaute ich zum Haupteingang unserer Schule und sah, dass sich davor Herr Meinelt mit einer Kollegin aufgestellt hatte.

Herr Meinelt war unser Dorfpolizist. Lacht nicht – bei uns in der Kleinstadt hatten wir so was halt noch. Der war für unsere Schule zuständig, und letztes Jahr hatte der uns mal in der Klasse besucht, wegen Gewaltprävention. Da hatte er uns dann lange erklärt, welche Arten von Mobbing es gibt, welche Straftatbestände damit erfüllt sind und was für Strafen die Gerichte dafür vorgesehen haben. Am Ende hatte der Jussem dann aber gesagt, sein Vater sei Anwalt, und deswegen wisse er, dass wir ja alle noch gar nicht strafmündig seien.

»Das ist zwar richtig ...«, wollte Herr Meinelt dann erklären, aber die ganze schöne Erklärung von »Eltern können belangt werden« bis hin zu Jugendstrafen und Sozialstunden hatte da schon keiner mehr gehört, weil das im Gelächter der Klasse verschwunden war. Herr Meinelt hatte damals, glaube ich, den Jussem, die Lukasse und die anderen erst auf eine Reihe guter Ideen gebracht.

Jedenfalls war er der einzige Polizist unserer Stadt, der nicht in einem Streifenwagen fuhr, sondern immer mit dem Fahrrad zu unserer Schule kam, wenn es da etwas aufzuklären gab.

Heute war er aber nicht alleine da, und als ich zurückschaute, stand auch ein Streifenwagen auf dem Parkplatz. Richtig übel wurde mir, denn warum sonst sollte der hier sein, wenn nicht wegen der Sache mit der Bärenfalle?

»Oh, scheiße ...«, sagte ich, »... alles klar, Martin.«

Das war es jetzt also. Jetzt musste ich in ein Verhör! Und die Kollegin hatte er bestimmt dabei, weil irgendwer ja den bösen Bullen spielen musste – und das konnte auf gar keinen Fall Herr Meinelt sein. Dass die jetzt hier schon zu zweit auftauchten ... scheiße.

Martin und ich hatten damals auf dem Rückweg, während wir auf den Bus warteten, überlegt, was wir sagen würden und was nicht, falls wir wirklich befragt werden sollten: Wir hatten nichts gesehen, wir hatten einfach diesen Orientierungslauf mitgemacht, uns wohl gleich am Anfang übel verlaufen und waren dann in Niederkirch herausgekommen.

»Wir müssen uns dumm stellen«, hatte Martin gesagt, »dann kann nichts passieren.«

Ganz einfach, eigentlich. Aber jetzt fühlte ich mich gar nicht darauf vorbereitet. Und wenn sie mir gleich mit ihrer Lampe ins Gesicht leuchten und streng fragen würden: »Was wissen Sie über diese Bärenfalle?«, und dann würden sie dieses rostige Ding auf den Tisch werfen ... oder wenn sie mir verbieten würden, aufs Klo zu gehen, bis ich mir dann in die Hosen pissen müsste, und dann würden die mich da sitzen lassen mit nasser Hose, so lange, bis ich dann gestehen würde ... das würde ich nicht aushalten, dachte ich, und hatte jetzt eine Scheißangst.

Wir waren noch gar nicht bis zum Haupteingang gekommen, da rannte uns schon Frau Schaller entgegen. »Du musst jetzt gleich mal mit Herrn Meinelt und Frau ... also ... seiner Kollegin mitgehen, Lizzy«, sagte sie hektisch.

Verdammt – Lizzy also. Wegen des Videos machten sie ihr jetzt die Hölle heiß?

»Darf ich mit ihr mitgehen?«, fragte ich schnell. »Ich meine,

Lizzy braucht doch einen ... Dings ... einen Rechtsbeistand, den braucht sie doch.«

»Worum geht es denn überhaupt?«, stellte Lizzy sich dumm und kniff mir in die Hand, was wohl bedeuten sollte, dass jetzt ein guter Zeitpunkt wäre, einfach mal die Klappe zu halten. Das war eigentlich eine gute Strategie, dachte ich. Das war Martins Strategie. Und Dummstellen müsste ich ja eigentlich können.

»Um was wird es wohl gehen, Elisabeth«, sagte Frau Schaller. Sie sagte »Elisabeth«, das war nicht gut, und als wir bei den Polizisten angekommen waren, sagte sie gleich: »Das hier ist die Schülerin, das ist Elisabeth Strack!«

Sie kam sich enorm wichtig vor, und schlimmer noch: Sie machte sich wichtig. Das war ekelig. Ich meine, es war jetzt nicht so, dass Frau Schaller schon immer meine Lieblingslehrerin gewesen wäre, aber bislang konnte ich sie wenigstens respektieren. So, wie sie da jetzt hektisch mit den Armen fuchtelte und stolz auf ihre Mitarbeit mit der Polizei war, wie so ein kleiner Scheißhund, der das Stöckchen bringt ... das war ganz furchtbar schwach. Sie lieferte meine Lizzy ans Messer und fühlte sich dabei wie Captain America – dafür musste ich sie ab jetzt für immer verachten.

»Ist schon in Ordnung, Victor«, sagte Lizzy dann zu mir, »ich kann das auch alleine.« Sie gab mir einen Kuss und wollte gerade mit den beiden Polizisten mitgehen, als Herr Meinelt dann fragte: »Victor? Victor Salentin?«

»Ja«, sagte ich, »der bin ich.«

»Mit dir müssen wir gleich auch noch mal kurz sprechen. Bleib einfach hier unten in der Pausenhalle, bis wir dich holen.« Und dann nahm er Lizzy mit.

»Wieso lassen die uns hier zusammen warten, Martin?«, fragte ich, als alle in den Unterricht gegangen waren und nur noch

Martin neben mir in der Pausenhalle sitzen geblieben war. »Ich meine, theoretisch könnten wir uns doch jetzt absprechen.«

»Das ist ein gutes Zeichen. Dann werden wir nicht verdächtigt, wie es aussieht«, sagte Martin.

»Stimmt ... das ist ein gutes Zeichen.«

»Das ist ein schlechtes Zeichen«, sagte Martin nach einer Weile.

»Was? Wieso das denn? Gerade war es noch ein gutes Zeichen!«

»Lizzy!«

»Was ist mit Lizzy?«

»Na, sie werden zuerst versuchen, sie zu brechen. Die weiß doch Bescheid. Und wenn sie uns verrät ...«

»Lizzy verrät uns nicht!«, unterbrach ich ihn. Ich war mir gerade über so viele Sachen unsicher, dass ich mich fragte, ob ich mir überhaupt noch irgendeiner Sache sicher sein konnte. Aber dass Lizzy uns nicht verraten würde, das stand für mich fest.

»Wenn du's sagst ...«, meinte Martin jetzt.

»Du brauchst gar nicht glauben ...«, aber dann hörte ich auf zu reden. Es war immer die gleiche Scheiße. Hier versuchte schon wieder jemand, mir ein Saxophon in die Hand zu drücken. Da drin, im Elternsprechzimmer, da saß Lizzy gerade. Meine Lizzy. Und um die sollte ich mir jetzt Sorgen machen, weil das ganz sicher furchtbar für sie war. Herr Meinelt sagte bestimmt gerade irgendetwas von Cybermobbing, Straftatbeständen, Sozialstunden und all dem Zeug. Der machte ihr bestimmt eine Scheißangst. Und ich saß hier und hatte wieder nichts anderes im Kopf als Martin und seine beschissene Bärenfalle.

Martin fing schon wieder an, von »Verrat« und »Problem« und »undichte Stelle« zu reden, aber ich konnte ihn davon überzeugen, dass wir bestimmt beobachtet würden und dass wir deswegen besser nicht mehr reden sollten.

Eine halbe Stunde dauerte es, bis Lizzy zurück in die Pausenhalle kam. Ich konnte nicht genau erkennen, ob sie erleichtert oder einfach fertig aussah. Müde irgendwie, das sah ich sofort. Aber noch bevor ich sie fragen konnte, wie es gewesen war, wurden Martin und ich schon von Herrn Meinelt in das Elternsprechzimmer geführt.

26
Runde 2

»Es geht um die Bärenfalle im Wald«, begann Frau Westphal, nachdem sie sich mit »Ich bin die Frau Westphal – die Kollegin von Herrn Meinelt« vorgestellt hatte. »Da hattet ihr aber ganz schönes Glück, dass keiner von euch beiden da reingetreten ist.«
War das jetzt guter oder böser Bulle? Wenn die das ernst meinte und wirklich froh für uns war, dann war sie der gute Bulle. Dann würde uns Herr Meinelt gleich zeigen, was er wirklich draufhatte. Aber vielleicht war das auch eine Falle und sie meinte mit der Frage in Wirklichkeit: »Das kann ja gar nicht sein, dass ihr da so ein Glück hattet, wenn ihr doch denselben Weg gegangen seid. Ihr habt die Bärenfalle aufgestellt. Gesteht schon!« Dann wäre sie ganz sicher doch der böse Bulle.
»Poah, ja, das kann man wohl sagen«, antwortete ich, weil ich dachte, Dummstellen war der Plan, also sollte man das jetzt auch tun.
»Ja, das war so«, legte Martin aber los, »wir sind da gar nicht langgelaufen. Wir haben eine Abkürzung genommen. Das hatte ich mir alles vorher schon angeguckt. Ich war doch noch nie im Phantasialand. Da wollte ich schon immer mal hin. Und deswegen wollte ich das unbedingt gewinnen. Und dann sind wir da gar nicht langgelaufen. Wir haben eine Abkürzung genommen.«
Was erzählte er denn da? Das war ja alles gar nicht gefragt. Wo war denn jetzt das ganze »Wir müssen uns einfach dumm stellen,

Victor, dann kann gar nichts passieren« geblieben? Martin war nicht mehr Herr der Lage. Da musste ich jetzt eingreifen.

»Ja, Martin, du und deine tolle Abkürzung!«, sagte ich zu ihm und dann drehte ich mich wieder zu Frau Westphal um: »Von wegen Abkürzung! Verlaufen haben wir uns. Im Knipprather Wald. Muss man sich mal vorstellen – so groß ist der doch gar nicht. Bestimmt zwei Stunden lang sind wir da herumgelaufen, weil Martin eine ›Abkürzung‹ kannte.« Ich machte mit den Fingern Anführungszeichen in die Luft. »Eine Abkürzung nach Niederkirch«, fügte ich hinzu.

Mit etwas Glück, dachte ich, würden die jetzt denken, wir hätten Streit deswegen, und das würde dann auch Martins absurdes Verhalten erklären.

»Na ja«, sagte Herr Meinelt jetzt, »ich nenn das Glück. Da brauchst du dir gar keine Vorwürfe machen, Martin. Und du solltest ihm auch keine machen, Victor. Ich meine, besser in Niederkirch landen als in einer Bärenfalle, oder nicht?«

Jetzt lachte er und Frau Westphal lachte mit. Auch Martin und ich lachten jetzt ein bisschen mit, so wie man halt mitlacht, wenn Erwachsene, von denen man irgendwie abhängig ist, einen Witz machen. Aber klar war jetzt auch, dass wir heute vor allem deswegen Glück hatten, weil die mir den Streit wegen der Abkürzung abgekauft hatten. Das war das wirkliche Glück. Und klar war auch, dass ich halt der Arsch in unserer Geschichte war, weil ich Martin noch immer vorwerfen musste, dass wir uns verlaufen hatten, nur um auszubügeln, dass Martin da gerade ein wenig die Nerven verloren hatte. Egal, dachte ich, man muss auch Opfer bringen.

»Ja, Herr Meinelt, Sie haben recht«, sagte ich also zu Herrn Meinelt, und »es tut mir leid, Martin« zu Martin, und ich hielt ihm zur Versöhnung die Hand hin. Für Martin ging das alles irgendwie zu schnell. Er schaute mich verdutzt an, aber dann gab er mir auch die Hand. Wir vertrugen uns wieder, und Frau Westphal schaute gerührt Herrn Meinelt an. »So nette Jungs sind das«, musste sie jetzt gedacht haben, und »echt lieb, wie sie sich da wieder vertragen«.

»Wir möchten, dass ihr euch jetzt mal ganz ganz doll konzentriert«, sagte Frau Westphal jetzt, und Herr Meinelt, der schräg hinter ihr stand, schaute mich an und verdrehte die Augen, so als wollte er sagen: »Frau Westphal arbeitet noch nicht so lange mit Jugendlichen – die kann Vierjährige und Vierzehnjährige noch immer nicht auseinanderhalten.« Ich musste sogar ein bisschen lachen. Aber Frau Westphal ließ sich nicht aus dem Konzept bringen und machte weiter: »Habt ihr etwas Ungewöhnliches im Wald bemerkt? Irgendwas?«

»Ungewöhnlich ... hm ... viele Kohlmeisen gab es dort, dafür dass das mitten im Wald war und Kohlmeisen eher freie Ackerflächen bevorzugen«, wollte ich gerade sagen, aber dann dachte ich, das wäre ein Fehler. Es lief gerade gut für uns. Wir waren Zeugen und keine Verdächtigen. Da sollte man es sich jetzt nicht mit einem blöden Witz versauen. Also schauten Martin und ich uns gegenseitig an, dann wieder Frau Westphal und zuckten mit den Schultern.

»Nichts?«, bohrte sie nach. »Habt ihr vielleicht ein Fahrzeug gesehen? Oder habt ihr gesehen, wie jemand weggelaufen ist?«

Da merkte selbst ich, dass Frau Westphal kein Talent für ihren Beruf mitgebracht hatte, und das beruhigte mich auch, was Lizzy anging. Ich meine, hatte ich mitten im Wald jemanden gesehen, der weggelaufen ist? Stimmt! Jetzt, wo Sie es sagen ... Da war so ein großer Mann mit einer Schürze, auf der »Chefkoch« stand, und der hatte eine Maske aus Schweinemett im Gesicht und blutige Arme und Hände. Den meinen Sie? Ja, den habe ich gesehen ...

Martin und ich schüttelten also die Köpfe, und Martin sagte: »Nein, so etwas haben wir nicht gesehen.« Er hatte sich offenbar wieder im Griff.

»Na gut, danke euch trotzdem«, sagte Herr Meinelt jetzt, »und wenn euch noch etwas einfällt, dann ruft ihr mich an, okay? Meine Nummer hängt ja bei euch im Klassenraum.«

»Das machen wir«, sagte ich, und wir nickten beide heftig.

Dann durften wir wieder gehen.

Als wir in den Klassenraum kamen, war die erste Stunde schon fast vorbei, und alle packten ihre Taschen. Auf dem Weg dahin hatte Martin sich bedankt, dass ich den Karren aus dem Dreck gezogen hatte, wie er sagte. Es war mir jetzt aber gar nicht so wichtig, dass Martin sich bei mir bedankte – ich wollte wissen, wie es Lizzy mit Herrn Meinelt und Frau Westphal ergangen war.

Martin und ich brauchten auch gar nicht mehr auf unsere Plätze zu gehen, die anderen kamen schon alle zur Tür. Und weil wir die gerade eh schon aufgemacht hatten, wartete auch keiner mehr, bis es klingelte. Da wurde hemmungslos in den Flur geströmt, und Dr. Meyenburg konnte noch so hektisch im Hintergrund winken und »Wer hat denn was von Gehen gesagt?« rufen – die Masse war nicht mehr aufzuhalten.

»Erzähl ich dir später in Ruhe ... und bei euch?«, meinte Lizzy, als ich sie fragte, ob sie in Ordnung sei und wie es mit Frau Westphal gelaufen war.

»Ja, bei uns war alles gut«, sagte ich, »aber ... bist du in Ordnung?«, wiederholte ich meine Frage – das war ja jetzt erst mal das Wichtigste.

»Denke schon«, sagte sie, und ich gab ihr einen Kuss auf die Wange, bevor wir uns zu fünfundvierzig Minuten Nationalsozialismus aufmachten.

In der großen Pause schnappte ich mir Lizzy gleich, um mal in Ruhe mit ihr reden zu können, und aus den Augenwinkeln sah ich, wie Martin vom Klammert abgefangen wurde, damit auch die mal in Ruhe reden konnten.

»War's schlimm?«, fragte ich Lizzy, als wir eine ruhige Ecke auf dem Pausenhof gefunden hatten.

»Ja, also ... war schon scheiße«, sagte sie. Und als ich sie auffordernd anguckte: »Also ... der Jussem und sein Scheiß-Anwalts-Vater überlegen sich, mich wegen ... ich weiß gar nicht mehr ... Rufschädigung oder Cybermobbing oder beidem anzuzeigen. Die wollten da jetzt von mir wissen, was ich mir dabei gedacht hätte und ob sie dem Jussem und seinem Scheiß-Anwalts-Vater wegen Reue oder so was vielleicht auch einfach empfehlen könnten, die Anzeige nicht zu erstatten.«

»Scheiße ...«, sagte ich und drückte sie fest an mich, obwohl sie das gerade gar nicht so wollte. »Und dann? Hast du dann gesagt, dass dir das alles furchtbar leidtut?«

»Was? Nee, ausgerastet bin ich da. Ich meine, der Jussem hatte nichts Besseres zu tun, als mich im Wald und im Rettungswagen überall anzupacken, wo seine beschissenen Hände nur drangekommen sind, und jetzt will der mich verklagen? Und mir soll das dann auch noch alles leidtun? Das kann doch nicht sein!«

»Hast du denen das erzählt?«

»Ja, klar hab ich das ... und dann hab ich gesagt, die können denen gern von mir ausrichten, dass ich mir dann auch einen Anwalt besorge und den Jussem verklage, weil der mich angefasst hat! Das ist doch sexuelle Nötigung oder so was. Und im Rettungswagen war ja auch der Sani – der hat das mitgekriegt, als ich da so aufgesprungen bin und den Jussem angeschrien hab, er soll endlich seine Scheißfinger von mir lassen. Also ... ich hab sogar 'nen Zeugen dafür. Das hätt' ich am besten gleich machen sollen, den anzeigen, als ich nach dieser dämlichen Aktion im Wald dann zu Hause war.«

»Cool!«, sagte ich, weil ich das wirklich gut fand von Lizzy, dass die so kämpfen konnte.

»Gar nicht cool!«, sagte sie dann und drehte ihren Kopf weg, als ich ihr über das Gesicht streichen wollte. »Das ist alles gar nicht cool! Ich hab gedacht, ich könnt den ganzen Scheiß jetzt einfach vergessen, und dass der Jussem und ich auch irgendwie quitt wären mit dem Video. Und jetzt kommt das zurück. Meine Eltern wissen doch gar nichts davon, und wenn das jetzt die ganz große Sache wird ... das halt ich nicht aus, Victor, echt!«

Jetzt drückte sie sich doch an mich, und ich hielt sie fest. Aber richtig was sagen konnte ich da gar nicht – ich hatte ja selbst keine Ahnung, ob das noch eine große Sache werden könnte oder wie das alles so laufen würde. Wer weiß so was schon? Aber nach einer Weile dachte ich, dass ich ja jetzt auch nicht gleich Experte sein musste. Ich war doch erst mal nur dafür da, Lizzy zu trösten und ihr Mut zu machen. Also sagte ich: »Wart erst mal ab ... die wollen da bestimmt auch nicht die große Sache draus machen und ihren Supersohn als den ›Grabscher vom KHG‹ in die Schulgeschichte eingehen lassen.«

Jetzt musste Lizzy wenigstens ein bisschen lachen, auch wenn sie noch ganz tränenverschmiert war.

»Ich meine, der soll dich bloß in Ruhe lassen«, drohte ich dann noch und war froh, dass ich Lizzy wenigstens ein bisschen helfen konnte.

Als wir zurückgingen, kamen wir an Jan und seinen Freunden vorbei. Es hatte sich in der Schule natürlich schon herumgesprochen, dass Lizzy heute mit der Polizei zu tun hatte, und Jan wollte wissen, wie es ihr denn ginge und ob sie in Ordnung wäre. Als Lizzy ihm die Kurzversion gegeben hatte, meinte er, dass sie sich von dem blöden Jussem bloß keine Angst einjagen lassen sollte. Dabei knuffte er sie mit der Faust ein bisschen in die Seite. Das war lieb von ihm, dachte ich, aber trotzdem war das scheiße, dass sofort alle irgendwie Bescheid wussten.

»Man sollte besser nicht in der Kleinstadt wohnen«, sagte ich.

»Na ja«, meinte Jan dann, »das würde jetzt auch nichts helfen, in der Großstadt zu wohnen. Seit es das Internet gibt, haben wir ja überall Kleinstadt.«

Nach der Schule war Lizzy schnell verschwunden. Ich hätte sie gerne noch getroffen, so wie gestern schon und morgen hoffentlich auch wieder, aber sie sagte, sie müsste jetzt schnell nach Hause, weil heute der Geburtstag ihrer Patentante Christine war und sie den ganz vergessen hatte, und überhaupt, ein Geschenk hatte sie auch noch nicht und um halb drei ging es ja schon los. Lizzy bekam in den letzten Tagen wohl auch nicht mehr viel geregelt – es beruhigte mich ein bisschen, dass es mir nicht alleine so ging, und ich nahm mir vor, heute auch mal wieder Hausaufgaben zu machen. Ich hatte das ständig verbummelt, seit ich das erste Mal zu ihr gefahren war. Das wurde mal wieder Zeit. Aber eigentlich war das kaum auszuhalten ohne sie.

Wenn einer sein Bein oder seinen Arm amputiert bekommt, hatte ich mal irgendwo gelesen, dann hat er noch Schmerzen, da, wo das Bein mal war. ›Phantomschmerzen‹ heißt das. Da kann ihm zum Beispiel der Fuß wehtun, obwohl der ja schon längst irgendwo im Krankenhaus in einer Mülltonne liegt. Der fasst sich dann an den Fuß, der nicht mehr da ist, und greift ins Leere. Und so war das bei mir ohne Lizzy jetzt auch irgendwie. Also, nicht mit Schmerzen natürlich. Aber ich konnte ihren Kuss noch auf meiner Wange fühlen und ihre Hand in meiner Hand. Und ihr Bein fühlte ich noch an meinem Bein, obwohl das ja jetzt auch weg war von mir. Ich hatte Phantomfreundin, dachte ich, und griff ins Leere, dahin, wo Lizzy vorhin noch war.

Als ich an der Bushaltestelle stand, fuhr Martin mit seinem Klappfahrrad an mir vorbei.
»Tschöö, Victor!«, rief er und zwinkerte mir zu.
»Tschöö, Martin!«, rief ich schnell zurück, bevor er zu weit weg war, und im Fahren winkte er noch einmal. Ich hatte das erst gar nicht begriffen, dass das Martin war, der mir hier zurief. Martin und ich hatten nach der Befragung nicht viel miteinander geredet, und jetzt rief er mir hier ein ›Tschöö‹ zu. Aber andererseits freute ich mich ein bisschen darüber, weil ich dachte, vielleicht ist das jetzt nach Herrn Meinelt und Frau Westphal auch mal gelaufen, die Sache mit der Bärenfalle. Und vielleicht war jetzt einfach mal alles klar – er konnte schön weiter mit den Jungs die Weltherrschaft planen, ich war da raus und das war jetzt auch gut so, aber wir könnten trotzdem langsam mal wieder Freunde werden. Geklärt, abgehakt, erledigt, »Tschöö, Victor!« und winken – so wäre das in Ordnung.

27
REGÖR

Als wir am nächsten Morgen in den Klassenraum kamen, hatte schon jemand einen riesigen Pimmel an die Tafel gemalt. Also ... wie ein Pimmel sah das zwar gar nicht aus, eher wie drei Berge. Und der höchste Berg in der Mitte hatte einen Strich oben an der Spitze. Darüber hatte sich Herr Burkard, unser Englischlehrer, auch schon mal lustig gemacht. Solange er denken könnte, hatte er gesagt, würden Schüler immer genau so Penisse malen. Und dass wir dringend zum Arzt gehen sollten, falls einer von unseren mal wirklich so aussehen würde.

Neben dem Pimmelgebirge stand jedenfalls noch ›REGÖR ist andersrum‹ und einer aus der B war gerade dabei, ein haariges Poloch über den Pimmel zu malen. Die ganze Klasse grölte und lachte, irgendwo brüllte einer laut mit einer übertriebenen Schwulenstimme »Aua, ja! Hinten rein, Regör!«, und dann gab es noch mehr Grölen und Lachen.

»Du musst zugeben, Victor, das ist brillant, oder?«, stieß mich Martin von der Seite an und grinste wie ein Gewinner.

»Ich weiß nicht«, sagte ich.

»Was weißt'n du nicht?«

»Ich find's grad eher traurig. Ihr solltet das alles echt langsam mal sein lassen.«

»Mann, Victor! Das muss doch mal gut sein mit deinem ewigen ›Das können wir nicht bringen‹! Heute Nachmittag treffen wir uns wieder. Der Röger ist jetzt offiziell schwul! Ich meine, das muss doch gefeiert werden. Und da musst du auch endlich mal wieder dabei sein!« Martin knuffte mir in die Seite: »Es gibt auch Limo und Butterkekskringel!«

Gar nichts war geklärt, erledigt oder abgehakt, merkte ich. Er wollte mich einfach wieder dabeihaben, und unser Teamwork von gestern war für ihn nur der blöde Startschuss, mich schon wieder da reinzuziehen. Er hätte es doch einfach mal gut sein lassen können. Aber so ging der ganze Scheiß immer wieder von vorne los, wenn ich für ihn nur als Teil seiner großen Sache was wert war. Scheiße war das.

Ich reagierte nicht und starrte bloß auf das Pimmelgebirge an der Tafel, also knuffte er mich noch mal und bohrte nach: »Hm? Was meinst du? Du gehörst doch zu uns!«

»Nee, heute Nachmittag ist schlecht«, sagte ich, »da muss ich meinem Vater bei was helfen.« Ich musste mir wirklich dringend mal eine neue Ausrede einfallen lassen, vielleicht eine, die auch funktionierte. Ich war heute Nachmittag mit Lizzy verabredet – das hätte ich ihm ja auch einfach sagen können. Trotzdem kam ich ihm mit der alten, schlechten Ausrede. Na ja, aber andererseits wollte ich wohl gerade auch ein bisschen, dass Martin das merkte. Und Martin merkte es auch.

»Echt mal, Victor, so langsam nervt das gewaltig.« Er war enttäuscht und traurig und sauer ... irgendwie alles gleichzeitig. Ich zuckte mit den Schultern und konnte gar nichts mehr dazu sagen. Dann guckte Martin mich an und sagte: »Na ja, vielleicht hat Kai ja doch recht.«

»Was? Womit?«, fragte ich noch, aber da hatte Martin sich schon umgedreht und auf den Weg rüber zum Klammert und den anderen gemacht.

»Womit hat der Klammert recht?«, fragte ich Martin noch mal, als es geklingelt hatte und Martin wieder zu mir herüberkam.

»Der Klammert heißt Kai«, sagte er nur und nahm seine Tasche. Damit ging er zurück zum Klammert und setzte sich neben ihn. Ich schaute ihm hinterher, so wie man einem Zug hinterherguckt, der gerade am Bahnsteig losgefahren ist und hinten im Wald verschwindet.

Frau Schaller: »Guten Morgen zusammen«, und wir: »Guten Morgen, Frau Schaller«. Dann schaute sie in den Raum, sah mich und meinen leeren Platz und suchte Martin im Klassenraum. Als sie ihn gefunden und offenbar verstanden hatte, wie die neue Situation aussah, sagte sie aber nichts. Gar nichts. Das wäre jetzt natürlich auch übel gewesen, dachte ich, wenn Martin gezwungenermaßen wieder neben mir hätte sitzen müssen – da wären wir uns beide ziemlich bescheuert vorgekommen. Aber irgendwie hatte ich trotzdem gehofft, sie würde Martin erklären, dass das so nicht ginge, sich einfach woanders hinzusetzen, und dass sie ihn zurück zu mir schicken würde. So machte sie das doch sonst immer. Aber heute nicht. War wohl nicht ihr Tag. Lehrer hielten sich auch immer nur dann an ihre eigenen Regeln, wenn es ihnen gut ging. Jetzt schaute Frau Schaller nur von links nach rechts, von Martin zu mir, und dann noch mal zu Martin, dann setzte sie sich wortlos an ihr Pult und trug Sachen ins Klassenbuch ein.

Ich saß also alleine in Raum 106. Das war neu für mich – ich meine, ich hatte ja noch nie viel mit irgendwem aus der Klasse zu tun gehabt. Aber neben irgendwem gesessen hatte ich immer. Und zum Schluss hatte ich sogar noch neben jemandem gesessen, von dem ich dachte, er könnte ein Freund sein. Oder gewesen sein. Oder vielleicht doch noch wieder werden. Oder was weiß ich. Jedenfalls legte ich also meinen Rucksack auf den leeren Stuhl neben mir und packte meine Deutschsachen aus. So ist das also, dachte ich, wenn man alleine wo unterwegs ist.

Zum Glück musste ich nicht lange alleine wo unterwegs sein, denn Lizzy hatte sofort bemerkt, was da los gewesen war mit Martin und mir, und dann hatte sie das schon in der Deutschstunde mit allen anderen geklärt. Nachdem Frau Schaller den Pimmel und den andersrummen Regör an der Tafel entdeckt, weggewischt und uns einen langen Vortrag darüber gehalten hatte, dass schwul ... also ... homosexuell zu sein etwas ganz Natürliches wäre, nachdem sie fragte, warum wir da jetzt alle so lachen würden, obwohl sie uns natürlich nicht wirklich fragte, weil sie gleich darauf sagte, dass wir uns schämen sollten, da hatte Lizzy schon klar gemacht, wer wohin aufrutschen musste und wer mit wem die Plätze tauschen sollte. Das ging nach dem Klingeln ganz automatisch und ich saß dann zwischen Erza und Nina – also sehr viel näher dran an Lizzy als jemals vorher. Ich hätte natürlich noch lieber direkt neben ihr gesessen, aber dann wäre meine Konzentration im Unterricht wohl endgültig mit dem Fahrrad die Straße runter gewesen. Und ich denke, das wusste Lizzy auch, als sie sich ihren, unseren und meinen neuen Sitzplan so ausgedacht hatte.

In der großen Pause standen Erza, Lizzy und ich bei Jan und seinen Leuten – seine Leute, das waren Hagen, Isa und Nils. Mir war es jetzt wenigstens mal gelungen, zwei Grüppchen, zwischen denen ich immer hin- und hergesprungen war, zu einer ansehnlichen Gruppe zu vereinigen.

»Denk nicht weiter darüber nach«, sagte Erza dann gleich, als ich die Frage in die Runde warf, was Martin wohl damit gemeint haben könnte, der Klammert hätte vielleicht doch recht. Was das sollte, hatte ich mich gefragt. Und da brauchte ich jetzt mal eine vernünftige Einschätzung der anderen.

»Der ist einfach beleidigt«, machte Erza weiter, während alle dazu nickten, »weil du nicht wieder bei seinem Team mitmachen willst!«

»Seh ich genauso! Martin ist mit seinem Ego wo angestoßen, sonst nichts«, nickte Jan jetzt heftig dazu.

Erza kicherte, rief »Autsch!« und hielt sich mit einer Pantomime den Ellenbogen, der wohl Martins Ego sein sollte.

Dann ergänzte Jan: »Der will dir jetzt halt was zum Nachdenken mitgeben. Das hat gar nichts zu bedeuten.«

Jan war doch auch an der Kufi gewesen, dachte ich, und er wusste doch auch davon, dass ich schon ein wenig Panik wegen der Verräterschweinsache hatte, weil ich ja so sicher war, dass der Klammert sich auch unter den Brüllenden befunden hatte. Wenn also selbst Jan überzeugt war, dass das gar nichts zu bedeuten hatte, dann war das wohl wieder ein Kreisverkehr in meinem Kopf.

»Der beruhigt sich schon wieder«, sagte jetzt auch Lizzy und strich mir über den Rücken.

Nach der Schule drückte ich Lizzy noch eine ganze Weile, bis sie dann auf ihr Fahrrad stieg und nach Hause fuhr. Um halb vier wollten wir uns wiedersehen, und sie erklärte, diesmal hätte sie eine kleine Überraschung für mich. Die wäre zwar kein bisschen so super wie die Chucks – dabei guckten wir an uns herunter, als wollten wir sichergehen, dass die noch da waren – aber trotzdem auch ein bisschen super.

Als ich an die Bushaltestelle kam, sah ich von Weitem schon, dass da der Röger stand und auf den Bus wartete. Der war doch sonst nie hier, dachte ich. Seltsam war das, und es fühlte sich ziemlich ähnlich seltsam an wie vor zwei Wochen, als ich Martin hier das erste Mal traf.

»Schwuuuuul!«, brüllte es von der anderen Straßenseite zum Röger herüber, kurz bevor ich an die Haltestelle kam. Auch daran hatte sich nichts geändert. Es waren Lukas und der andere Lukas, und die taten, was sie eben tun konnten. Das Schlimme war: Es war genau das, was Martin sich von ihnen erhofft hatte. Er hatte sich das überlegt, Phillip hatte es in die Welt geschubst, und jetzt führten die Lukasse den Plan genauso aus, wie es Martins Wille gewesen war. Ich fragte mich, was an der Sache eigentlich das Gruseligste war – dass jemand solche Pläne machte oder dass solche Pläne dann so irre genau aufgingen. Was war schlimmer? Dass so Deppen wie der Lukas oder der andere Lukas so billig und so berechenbar waren oder dass jemand wie Martin sie dann auch so berechnete? Also, Martin war ja ein schlauer Typ. Klar konnte der sich auch solche Sachen ausdenken. Aber irgendwie fand ich es bitter, dass das alles wirklich so einfach war.

»Na? Auf den Bus umgestiegen?«, fragte ich den Röger, als ich an die Bushaltestelle gekommen war und jetzt neben ihm in dem Häuschen im Schatten stand. Vor zwei Wochen noch hatte ich hier genauso mit Martin gestanden, und vor zwei Wochen noch hätte ich nicht im Traum daran gedacht, jetzt hier mit dem Röger zu stehen und ein Gespräch mit ihm anzufangen. Ich hätte mich fünf Meter weiter weg in die pralle Sonne gestellt, bei 38 Grad – das wär mir egal gewesen, solange ich nicht mit dem reden musste. Und jetzt machte ich Small-Talk.

»Was willst du?«, fragte er und guckte mich an, als erwartete er, dass ich ihn auslachen, mit Papierkugeln bewerfen oder ihm einen Zettel mit ›Fick mich hinten rein‹ auf den Rücken kleben würde, so wie es ihm schon den ganzen Tag ergangen war. Das war eine Mischung aus Misstrauen und Ekel, so guckte der.

Er stand da an der Haltestelle und schaute in die Welt wie einer, der jetzt von allen Seiten nur das Schlimmste zu befürchten hatte. Es quälte ihn, und ich meine, gut – er hatte jetzt auch jahrelang dafür gesorgt, dass es anderen immer genau so ging wie ihm jetzt. Irgendwie korrekt war das schon, da hatte Martin schon recht. Das war der Teil der Geschichte, den ich verstehen konnte. Aber trotzdem tat mir der Röger leid. Da war das jetzt auch egal, dass er in den letzten Jahren so ein mieser Arsch gewesen war. Martin hatte mir was Wichtiges, was Erschreckendes gezeigt. Das wollte er mir gar nicht zeigen, hatte er aber. Und ich konnte das jetzt ganz genau sehen: Wie extrem leicht das war, jemanden fertigzumachen. Das war noch viel leichter, als ich mir das in meinen wildesten Träumen vorgestellt hatte, wenn ich mal wieder dachte, der Jussem hätte es verdient, dass ihn der Blitz beim Scheißen erschlägt. So sagte mein Opa das immer. Im Ernst, man musste sich nur mal ein bisschen hinsetzen und sich was ausdenken, dann gehörte da gar nicht viel zu, jemanden so richtig in den Dreck zu tauchen. Und gerade weil das so leicht war, gab es überhaupt keinen Grund, sich darüber zu freuen, wenn es dann klappte, dachte ich. Das war nicht triumphal. Das war auch nicht groß. Arm war das, und genau so mies wie damals, als sie den Klammert in der Umkleidekabine eingesperrt hatten. Das machte gar keinen Unterschied. Und so war es auch kaum auszuhalten, dass die am Freitag den Hund vom Beckfeld totschlagen wollten. Das war ja schon in drei Tagen.

Klar, Martin spielte das alles herunter, und ich konnte mir das auch gut einreden, dass Martin richtiglag. Trotzdem hatte ich die finstere Ahnung, dass es doch passieren würde, so eine Dauerbedrohung in meinem Kopf, wie Kopfschmerzen, die nicht weggehen. Aber genau das konnte Martin nicht verstehen, obwohl der doch sonst so ein schlauer Typ war.

Ich schaute den Röger jetzt an, als er da so stand wie ein getretenes Eichhörnchen, und ich hätte mich am liebsten bei ihm für die ganze Scheiße entschuldigt.

Dann drehte er sich zu mir, nachdem er eine Weile auf den Boden geguckt hatte, und sagte: »Was glotzt'n du mich so an? Bist du schwul oder was? Ich bin's jedenfalls nicht. Brauchst nicht glauben, dass da noch was geht.« Ich entschuldigte mich nicht beim Röger für die ganze Scheiße und stellte mich fünf Meter weiter weg in die pralle Sonne bei 38 Grad. Aus dem Häuschen hörte ich ihn noch sagen: »Schwule Sau.«

28
WOHNZIMMER

»Du darfst nicht schummeln«, sagte Lizzy, nachdem sie mich mit verbundenen Augen von ihrem Haus die ganze Straße runter bis zu unserem Acker geführt hatte.

»Ich schummel nicht«, sagte ich, »aber wir gehen zu unserem Blumenkübel. Das war jetzt nicht so schwer. Da hätte ich doch auch die ganze Straße runter bis zur Ecke noch mit unverbundenen Augen gehen können!«

»Das stimmt. Aber so ist's schöner. Und ich musste auch ewig mit geschlossenen Augen in meinem Zimmer sitzen, bis du mit der Überraschung endlich fertig warst. Außerdem siehst du süß aus, wie du mir mit verbundenen Augen hinterherstolperst.«

Ich sah also ›süß‹ aus. Bislang war das immer das Todesurteil gewesen. Erdmännchen waren süß. Koalas, Präriehunde und Katzenbabys. Wenn man auf diese Art süß gefunden wurde, dann hieß das immer und grundsätzlich: Du wirst mich niemals nackt sehen! Mit Lizzy fühlte sich das aber zum ersten Mal nicht scheiße an, süß gefunden zu werden. Das war wohl etwas ganz anderes, wenn eine das sagte, mit der man schon zusammen war, und nicht die, zu der man schon seit einem Vierteljahr nett war, weil man hoffte, das würde irgendetwas bringen.

»Ist's denn noch weit?«, fragte ich. »Wir müssten doch jetzt langsam mal da sein.«

Sie packte mich an den Schultern, schob mich in die richtige Position und sagte: »Ja, sind da. Kannst stehen bleiben.«

Ich blieb stehen und Lizzy nahm mir die Augenbinde ab.

»Und?«, fragte sie.

»Weiß nicht – ich seh nichts«, sagte ich. »Scheiße, ist das hell. Ich seh nur Licht.«

Als meine Augen sich wieder an die ganze Sonne gewöhnt hatten, sah ich aber, was Lizzy aus unserem Kühlschrank und den vier Autoreifen gemacht hatte.

»Krass!«, sagte ich. Mehr ging nicht.

Vor dem Blumenkübelkühlschrank, dort, wo bis jetzt die Autoreifen gelegen hatten, stand ein Sofa. Die Autoreifen lagen rechts und links vor dem Kühlschrank auf dem Boden und waren auch voll von Erde und Blumen. Vor dem Sofa lag ein alter Teppich, und rechts neben dem Sofa stand eine alte Stehlampe, eine braune mit Blumen auf dem Lampenschirm und Fusseln unten dran, so wie mein Opa sie in seinem Wohnzimmer stehen hatte. Links neben dem Sofa stand ein alter, grauer Fernseher, der ziemlich zerstört aussah – an einer Seite hingen schon die Kabel raus.

»Krass«, sagte ich noch mal, »wie hast du denn das ganze Zeug hierher bekommen?«

»Och, das war nicht so schwer.« Sie war stolz auf das kleine Wohnzimmer, das sie uns hier eingerichtet hatte, und das völlig zu Recht.

»Das ist grandios!«, sagte ich und konnte mich keinen Schritt bewegen, so sehr staunte ich.

»Das ganze Zeug«, sagte sie, »stand gestern Abend bei unseren Nachbarn für den Sperrmüll vor der Haustür rum. Das war doch viel zu schade, um weggeworfen zu werden. Also komm rein und setz dich!«

Ich machte eine Tür-auf-durchgeh-Tür-zu-Pantomime, aber

so schlecht, dass Lizzy lachen musste. Ich konnte das nicht so gut – irgendwie machte ich die Tür so auf, dass sie mir quasi mitten durch den Körper ging. Dann setzte ich mich auf das Sofa und Lizzy setzte sich zu mir. Ich konnte nicht quieken oder hüpfen oder all das, was Lizzy gemacht hatte, als ich ihr die Chucks geschenkt hatte. Aber ich freute mich wirklich sehr, ehrlich! Das tat mir jetzt auch leid, weil ich dachte, Lizzy hätte das total verdient, dass ich auch mal ein bisschen ausrastete, weil das so super war. Und ich merkte auch, dass ich mich wohl ein bisschen doller hätte freuen sollen, als Lizzy jetzt fragte, ob es mir denn gefallen würde.

»Klar gefällt mir das!«, versuchte ich dann doch ein bisschen zu quieken, aber dann dachte ich, das bringt ja nichts, wenn ich das mache. Es wäre wohl ehrlicher, sie dafür einfach fest in die Arme zu nehmen und zu küssen. Ich konnte das nur so.

»Danke, Lizzy, das ist gigantisch!«

»Uh, stimmt ... gigantisch«, sagte Lizzy jetzt, sprang auf und kniete sich vor den Fernseher.

»Willst du fernsehen?«, fragte ich. »Sag nicht, du hast auch noch Strom hierhin gelegt.« Ich war wirklich gespannt, was sie da jetzt machte. Sie bastelte ein wenig an den Kabeln herum, die aus dem Fernseher herauskamen, und kurz darauf dröhnte »Gigantic« von den Pixies aus dem Lautsprecher des Fernsehers.

»Fernsehen! So ein Quatsch!« Lizzy stand auf und rieb sich freudig die Hände, so als wäre da Seife zwischen ihren Fingern. »Aber Musik hören müssen wir hier doch. Und da hab ich gestern noch so einen Adapter für mein Handy auf den Fernsehlautsprecher gebastelt – das hat länger gedauert, als das ganze Zeug hierherzuschaffen, kann ich dir sagen.« Sie lächelte verlegen und hob die Schultern.

»So was kannst du?« Ich wusste jetzt, mit Lizzy müsste ich

mir in meinem ganzen Leben um nichts mehr Sorgen machen. Meine Freundin war McGuyver, Catwoman und Kleinstadtvampir, alles zusammen in einer Person. Ich zog sie zu mir auf das Sofa und drückte sie an mich. Dieses Wohnzimmer hier mit Lizzy, das war viel mehr zu Hause, als mein eigenes Zuhause es je war. Ich weiß, das klingt jetzt ein bisschen übertrieben, aber so fühlte sich das an, als Lizzys Haare in meinem Gesicht waren, als ich fühlte, wie ihre Hände auf meinem Rücken lagen und wir zusammen in der Sonne auf diesem Sofa saßen, das sie für uns gestern alleine die halbe Straße raufgezerrt hatte. Und auch wenn mich ihre Brüste, die sich jetzt an mich drückten, richtig fertigmachten und ich Lizzy am liebsten hier und jetzt ausgezogen hätte – da muss man ja auch nicht drumrum reden – das wirklich Wichtige war das Gefühl, dass hier mit Lizzy alles gut war.

»Weißt du, warum du extrasuper bist, Victor?«, fragte sie genau jetzt und rutschte ein bisschen von mir weg.

»Was? Wieso?«, fragte ich. Mit Reden hatte ich jetzt wieder nicht gerechnet.

»Weil wir jetzt zwei Wochen zusammen sind und du noch nicht ein einziges beschissenes Mal versucht hast, deine Hand unter mein T-Shirt zu stecken.«

Ich wurde rot, und jetzt wurde sie auch rot.

»Also ... wär schon okay ...«, sagte sie dann, »nicht dass du denkst, das wär nicht okay. Also, ich mein nur ... ich muss mich halt nicht wehren bei dir. Weil ... du fragst dich wenigstens mal, was ich gut oder eben gerade nicht so gut finden könnte. Und selbst wenn du dann vor lauter Denken und Nichtwissen, was jetzt ist, zu gar nichts kommst, ist das auch extrasuper an dir.«

»Uh, was ist denn aus der Sache mit dem Jussem geworden?«, fragte ich. Ich weiß, das war komplett bescheuert, aber das kam mir jetzt gerade in den Kopf, weil das bei dem ja genau das Problem gewesen war. Ich hatte echt ein Talent, alles zu ruinieren.

Lizzy schaute mich an und schüttelte ein bisschen freundlich genervt den Kopf, so als hätte ich ein Marmeladenbrot fallen gelassen. »Genau das meine ich. Küss mich, du Trottel«, sagte sie und dann gab es den ersten richtigen Kuss meines Lebens, also mit Zunge und allem. Mann, hatte ich ein Glück, dass Lizzy zwar wusste, was für ein Trottel ich manchmal war, aber dass sie mich trotzdem lieb hatte. Wir küssten uns lange und ich strich ihr mit der Hand über ihr Bein, hoch über ihren Bauch. Dann berührte ich ihre Brüste und ... da zuckten wir plötzlich zusammen, weil wir merkten, dass jemand hinter uns stand und uns beobachtete.

»'tschuldigung«, murmelte es da, und als wir uns über die Sofalehne herumdrehten, stand vor uns der Jussem auf dem Acker und sagte noch mal: »'tschuldigung.«

»Was willst du denn hier?«, fuhr Lizzy ihn gleich an, während ich noch ein bisschen brauchte, um zu verstehen, dass das wirklich der Jussem war, der da vor uns stand. Ich meine ... gerade hatte ich noch seinen Namen gesagt, und jetzt stand er da. Gruselig war das, und ich nahm mir vor, seinen Namen nie wieder zu sagen.

»Noch mal: Was willst du hier?«, wiederholte Lizzy, während der Jussem da stand mit seinem Gips und seinen Krücken.

»Ich soll ... also ... ich wollt mal mit dir reden, Lizzy«, sagte er jetzt, »darf ich rein ... also ... zu euch kommen?«

»Nee«, Lizzy schüttelte den Kopf, »hier hast du nichts zu suchen! Du kannst mal schön da bleiben, wo du stehst. Wie hast du uns überhaupt gefunden?«

»Deine Mum hat gesagt ...«

»Ja, hätte ich mir denken können«, unterbrach sie ihn. »Also gut – du willst reden? Was gibt's?«

»Also ... das ist so ... Herr Meinelt war heute noch mal bei uns zu Hause. Und der hat gesagt, dass du gesagt hast, du könntest mich auch anzeigen wegen sexueller ...«

»Das mach ich auch! Darauf kannst du einen lassen, Jussem, das mach ich auch!« Lizzy war jetzt ganz schön in Fahrt, also streichelte ich ihr über den Rücken. Ich fand, jetzt war ich mal an der Reihe, sie ein bisschen zu beruhigen, denn der Jussem stand da wie ein Fünfjähriger, der seinem Papa erzählen musste, dass er einen Ball in das Wohnzimmerfenster der Nachbarn geschossen hatte oder dass er sein Meerschweinchen in eine Plastiklokomotive gesteckt hatte und es da nicht mehr herausbekam. Da konnte man auch erst mal ruhig bleiben und hören, was er zu sagen hatte.

Lizzy beruhigte sich auch wieder ein bisschen und sagte: »Also gut ... Herr Meinelt war da. Und?«

»Na ja ... ich wollte fragen, ob wir die Sache nicht einfach vergessen können. Wir unternehmen nichts gegen dich, also ... mein Pa und ich ... weil du ja das Video und so ... und dafür zeigst du mich auch nicht an ...«

Ich fand das eine gute Sache. Ich meine, damit wären doch alle Probleme vom Tisch. Lizzy bräuchte ihren Eltern nichts von dem Video zu sagen und die beiden, also sie und der Jussem, wären quitt. Genau so, wie Lizzy das gesagt hatte.

»Ich find das eine gute Sache«, sagte ich. Ich schaute Lizzy dabei an und nickte, und sie schaute mich an. Aber sie sah nicht zufrieden aus. Irgendetwas störte sie noch. Also drehte sie sich wieder zurück zum Jussem.

»Moment«, sagte sie, »das geht mir jetzt ein bisschen schnell. Wie soll ich mir das denn vorstellen? Der Meinelt hat mit dir und deinem Pa geredet, und dann hast du ... also der Mein-Vater-ist-Anwalt-Jussem ... du hast dann gleich gesagt, dass alles klar ist.

Ihr vergesst die Sache einfach. Und dein Pa hat dann einfach mit den Schultern gezuckt und gesagt: ›Dann wär das ja geklärt‹ oder was? So etwa?«

»Nee ... also erst mal ist mein Pa voll ausgerastet und hat den Meinelt angebrüllt. Dass das ja nicht sein könnte, dass die kleine Schl... also ... dass du mir jetzt solche Sachen vorwerfen könntest, nur um aus der Nummer mit dem Video rauszukommen ... Aber da ist der Meinelt ganz ruhig geblieben und hat uns dann gesagt, dass er da wohl auch schon mit dem Typen aus dem Krankenwagen gesprochen hätte. Und dass der schon auch erklärt hat, dass ich da ... na ja ...« Und dann guckte der Jussem nach unten in den Dreck und sagte erst mal nichts mehr.

»Und dann hat er sich ein bisschen beruhigt, dein Pa?«, fragte ich nach einer Weile, weil ich schon dachte, jetzt würde gar keiner mehr irgendetwas sagen.

»Von wegen beruhigt«, sagte der Jussem, »als der Meinelt weg war, ging's erst richtig los.« Und er erzählte noch ein bisschen von dem, was sein Vater ihm alles um die Ohren gehauen hatte. Da war die rechte Hand wohl erst der Anfang gewesen, bevor dann noch »Schande für die Familie« und »Du ruinierst meinen guten Ruf als Anwalt« und so Sachen kamen. Regeln sollte er das mit der kleinen Schl... also mit Lizzy, hatte sein Vater gemeint. Und als er zu Ende erzählt hatte, hob er die Schultern und wartete auf eine Reaktion.

Der Jussem war jetzt definitiv und so was von unten, dachte ich. Richtig harmlos wirkte der. Das war ein ganz anderer und neuer Jussem, der da vor uns stand ... so, einmal Gehirnwäsche und zurück. Ich konnte mir auch gar nicht mehr richtig vorstellen, wie das gewesen war, als er noch oben war. Das war schon so weit weg, und der Jussem aus meiner Erinnerung hatte jetzt so gar nichts mehr mit dem vor uns auf die Erde guckenden Jussem zu tun, so als hätten seine Eltern den alten im Laden gegen einen neuen umgetauscht, mit dem Kassenbon in der Hand, weil der alte irgendwie kaputt war. »Lerne Demut, du Arsch«. Hatte der Jussem am Ende wirklich den Zettel neben der Bärenfalle gefunden und aus der ganzen Scheiße was gelernt? Oder kannte der einfach nur unten oder oben, und der unten liegende Jussem war völlig in Ordnung, aber würde sofort wieder zum Arsch der Extraklasse werden, sobald er wieder der oben stehende Jussem werden würde? Hatte Martin da recht, und man musste jetzt dafür sorgen, dass der Jussem da unten blieb, wo er hingehörte, weil der da, und nur da als Mensch zu ertragen war?

»Ja«, sagte Lizzy, »das ist alles sehr rührend.« Sie glaubte wohl auch nicht so richtig an einen neuen und verbesserten Jussem, und Mitleid wollte sie jetzt keins haben. Erst als sie gesagt hatte, dass sie einverstanden wäre und als der Jussem dann gegangen war, merkte ich, dass sie sich die ganze Zeit über einfach zusammengerissen hatte. Denn sie fiel zurück in das Sofa, zitterte am ganzen Körper, hatte Tränen im Gesicht und ich wusste gar nicht genau, warum das jetzt so war. Das war doch ganz gut gelaufen, dachte ich. Eigentlich hätten wir das doch feiern müssen.

Ich nahm sie in die Arme und hielt sie eine ganze Weile fest. Und weil ich nicht wusste, was ich sagen sollte, wartete ich einfach so lange, bis sie selbst reden wollte. Das ist manchmal sogar klug, einfach mal die Klappe zu halten, fiel mir auf. Das war jedenfalls viel besser, als sie zwei, drei Mal zu fragen »Was hast'n du?« und »Was is'n?« und »Du hast doch was.«

»Es ist nur ...«, fing sie irgendwann an und wischte sich die Tränen aus dem Gesicht, »... das hat mich alles doch ganz schön fertiggemacht. Da steht der jetzt hier wie ein Haufen Dreck und erzählt von seinem Arschlochvater. Der ist das erste Mal wirklich ehrlich, wo es schon lange zu spät ist. Das kann mich doch jetzt nicht mehr interessieren. Ich meine, da wehrt man sich gegen den Arsch, dann hängt das noch ewig nach und dann soll man ihm das einfach verzeihen, oder was? Erst die Leute in der Schule, die dich angucken, als wärst du das größte Schwein auf der Welt – die gab's ja auch. Waren ja nicht alle froh, dass der Jussem jetzt eins mitgekriegt hat. Und stell dir mal vor, die hätten Anzeige erstattet. Dann wäre ich angezeigt! Und ich hätte meinen Eltern die ganze Scheiße auch noch erzählen müssen ... ich meine, du hast meinen Pa ja kennengelernt ... Das hat alles einfach gar nicht mehr aufgehört. Das kam immer noch mal mit 'ner Extrarunde Scheiße zurück. Und jetzt, wo das irgendwie doch gut gegangen ist, da müsste ich ja eigentlich froh sein. Aber jetzt haut das erst so richtig rein.«

»Das kenn ich«, sagte ich und küsste Lizzy auf die Stirn. Dabei kannte ich das eigentlich gar nicht so richtig. Also ... dass das immer alles zurückkam und nicht aufhören wollte, das kannte ich schon. Aber dass das so richtig reinhaute, wenn es vorbei war, das kannte ich nicht. Vielleicht, dachte ich jetzt, war es bei mir einfach noch nicht vorbei.

Der Mittwoch lief eigentlich wie geschmiert. Mit Martin redete ich zwar überhaupt nicht mehr – völlig bescheuert war das jetzt, weil wir ab und zu mal zum anderen herüberschauten, auf dem Schulhof oder im Klassenraum. Das war genauso wie letztes Jahr, als der Jussem dann mit Nina Kleffner Schluss gemacht hatte. Auf dem Pausenhof hatten die sich dann immer von Weitem angeguckt, so als wüssten die nicht, was das jetzt alles sollte und was man da jetzt machen konnte. Gar nichts konnte man da machen, und so war das bei Martin und mir jetzt auch irgendwie. Aber dass das so richtig reinhaute wie bei Lizzy gestern ... also ... das war bei mir nicht. Irgendwie ging einfach alles weiter.

Am Nachmittag, als Lizzy und ich auf unserem Sofa saßen, in die Sonne und in die Blumen schauten und Musik hörten, war endlich einfach alles gut. Viel leichter war alles plötzlich. Das war, als hätten wir die letzten Wochen ständig einen Eisbären auf dem Rücken herumgetragen, und jetzt war der weg – Pinguine jagen oder was Eisbären eben so machten.

Dann schlug Lizzy vor, dass wir doch auch mal unsere Freunde in unser Wohnzimmer einladen könnten. Und weil ich gleich so völlig begeistert von dieser Idee war, beschloss ich, dass wir das ja am besten sofort tun könnten.

Ich schrieb Jan eine Nachricht, und auch er war begeistert. Er brachte Nils mit, und auch Erza und Nina waren sofort dabei. So saßen wir schon eine Stunde später auf dem Sofa und auf dem Teppich vor dem Sofa herum, ich schön im Schatten unter einem Langnese-Sonnenschirm, den Erza beim Kiosk hatte mitgehen lassen. Wir tranken das Bier, das Jan und Nils mitgebracht hatten, und fanden, dass David Bowie eine super Stimme hatte. Scary Monsters! Das war Geschichte. Der Drops war gelutscht, die Kuh war vom Eis, der Karren aus dem Dreck. Jetzt war Sommer, so wie ich schon immer gedacht hatte, dass ein Sommer sein sollte. So wie hier könnte es für immer bleiben.

»Was macht ihr denn in den Ferien?«, fragte Nina jetzt in die Runde. Daran hatte ich ja noch gar nicht gedacht! Ich war so ein Trottel. In meinem Kopf war ich überhaupt nicht zwei Wochen in Brighton auf einer Sprachreise, weil wir alle – also, meine Mutter und mein Vater – fanden, das würde meiner Englischnote sicher guttun, wenn ich das mal machen würde. In meinem Kopf war ich die nächsten sechs Wochen, ach was, die nächsten hundert Jahre mit Lizzy hier in unserem Wohnzimmer.

Es wurden ein paar spanisch klingende Namen in den Raum geworfen, Nils blieb einfach zu Hause, und dann fiel das Wort der ewigen Schatten: Antalya! Lizzy würde die ersten drei Wochen der Sommerferien mit ihrer ganzen Familie in Antalya verbringen. Ich meine, das war dort bestimmt schön, und alles unwahrscheinlich sonnig und so, aber drei Wochen? Das war ja dann genauso lange, wie wir zusammen sein würden. Hundert Prozent quasi. Sofort hatte ich wieder Phantomfreundin, obwohl Lizzy ja noch neben mir auf dem Sofa saß. Wer sollte denn so was aushalten? Also, ich nicht.

Dass man nicht immer alles sagen sollte, was man gerade denkt und fühlt, merkte ich jetzt sehr deutlich, als ich von allen Seiten dafür ausgelacht wurde, nur weil ich das unerträglich fand, Lizzy drei Wochen nicht zu sehen. Ungerecht fand ich es, dafür ausgelacht zu werden, und als ich das auch noch sagte, wurde ich gleich wieder ausgelacht. Herzloses Pack! Und so was sollten meine Freunde sein. Wieder Lachen.

»Ich schreib dir auch jeden Tag eine Postkarte«, sagte Lizzy jetzt und gab mir einen Kuss. Das reichte mir aber nicht, und ich bestand darauf, dass sie mich in einem Koffer mit nach Antalya schmuggelte – England war mir jetzt egal. Ich hasste Brighton, auch wenn ich da noch nie gewesen war und alle immer sagten: »Oh cool, Brighton ist super!« Brighton war nicht super. Und Antalya fand ich auch doof.

Und endlich wurde ich mal ein wenig bemitleidet von den anderen, jetzt endlich verstanden sie. Oder sie veralberten mich weiter, was ich aber nicht merkte. Das war jetzt auch egal. Und als Lizzy mit ›Hand auf's Herz‹ versprochen hatte, dass sie auf gar keinen Fall mit einem dieser Mittelmeersurfer durchbrennen, sondern auf jeden Fall zu mir zurückkommen würde, und als sie mir weiterhin versprochen hatte, auch ein Geschenk mitzubringen, nur für mich, da war ich dann schon ein bisschen beruhigter und versprach ihr, Brighton scheiße zu finden, bis auf die Läden, in denen sie Postkarten verkauften. Postkartennot würde herrschen in Brighton, sobald ich einmal da war. Ich würde ihr alle Postkarten schicken, die es in dieser blöden Stadt zu kaufen gab. Da hatte ich noch keine Ahnung, wie viele Läden mit Postkarten es in Brighton tatsächlich gab. Aber ja, sagte ich, es wäre mir auch egal, wenn Lizzys Eltern mich dann für einen kranken Trottel hielten. Das taten sie doch eh schon, dafür hatte ich ja gesorgt.

29
Raucherbusch

Zwei Nachrichten von Martin hatte ich am Donnerstagmorgen auf meinem Handy. Die eine: »Erste grose Pause am Raucherbusch. Müssen reden.« Die andere: »*große«.

Ich antwortete: »Sehen uns doch eh gleich in der Schule! Was'n los?«

»Geht da nicht«, kam als kurze Antwort zurück.

Der Raucherbusch lag hinter dem Schulgebäude, ein wenig versteckt – da konnte man ganz gut reden, wenn das keiner mitkriegen sollte. Oder eben auch rauchen. Warum Martin jetzt auf einmal reden wollte, fragte ich mich. Letzte Woche hatte er mir nichts zu sagen gehabt, die ganze Woche war ich Luft und durfte ihm dabei zugucken, wie er dabei war, eine neue Form von Jussemhaftigkeit in unserer Klasse anzuführen, und jetzt wollte er, nein, jetzt *musste* er plötzlich reden? Ich fand das alles extrem bescheuert und wollte mich gerade schon wieder ärgern. Aber dann entschied ich, lieber mal Lizzy eine Nachricht zu schreiben und ihr einen schönen Morgen zu wünschen. Dann fängt mein Tag gut an, dachte ich, und Lizzys Tag fängt auch gut an, und dann ist uns beiden mehr geholfen, als wenn ich jetzt über den rätselhaften Martin nachdenke und mich aufrege. Und was der jetzt wollte, würde ich ja in der ersten Pause auch noch sehen.

Heute wartete Lizzy nicht an der Bushaltestelle. Schade fand ich das – ich hatte die letzten Meter im Bus immer wieder aus dem Fenster geguckt und versucht zu erkennen, ob sie da irgendwo stand. Vor der Schule traf ich sie dann aber, und es gab einen Kuss.

»Dir auch einen schönen Morgen«, sagte sie und lächelte mich an, wie sie das jetzt immer tat. Also so, dass ich vor Glück dann laut irgendwas brüllen wollte.

»Heute keine Bushaltestelle?«, fragte ich und guckte verlegen ein bisschen auf dem Boden herum, so als wär da was.

»Soll doch 'ne Überraschung sein, wenn ich da bin, oder? Und wenn ich immer da bin, dann ist das keine.«

»Okay ...«, das sah ich ein, »aber wann gibt's denn wieder eine? Am Montag vielleicht? Oder am Dienstag?«

»Lass dich überraschen!«, sagte sie und gab mir noch mal einen Kuss auf die Wange. Dann gingen wir zusammen in Richtung Raum 106, und sie boxte mich ein bisschen, als ich nachfragte: »Also, am Mittwoch dann?«

Lizzy kannte noch immer nicht die ganze Wahrheit, warum die Sache mit Martin und den anderen einfach so vorbei gewesen war, und ich war ihr jetzt eine ganze Woche lang dankbar gewesen, dass sie nicht danach gefragt hatte. Aber so konnte das jetzt auch nicht weitergehen. Irgendwann musste ich ihr mal im Detail erklären, was da so schiefgelaufen war. Vielleicht dachte ich das gerade, weil Martin plötzlich reden wollte – die Sache ging eben doch nicht einfach so weg. Das hatte ich die letzte Woche über gerne so haben wollen, aber es war halt nicht so.

»Lust auf Picknick morgen Nachmittag? An der Kufentalsperre?«, fragte ich also gleich mal mutig. Und Lizzy fand das super. Beim Picknick könnte ich mal in Ruhe auspacken und ihr von dem ganzen Kram berichten, von dem Regör und der blöden Idee mit dem Beckfeldhund, dachte ich. Das war überfällig.

Im Klassenraum ging ich an Martin vorbei. »Morgen, Victor«, sagte er, und ich sagte: »Morgen, Martin!« Das machte mich jetzt langsam wirklich nervös, das ganze Nicht-reden-wollen und Trotzdem-reden-müssen. Und das alles gleichzeitig! Die Zeit ging nicht rum, wie ich das wollte, aber nach 45 Minuten Holocaust und noch mal 45 Minuten Quintenzirkel war dann endlich große Pause.

»Du willst also wirklich nicht mehr mitmachen, was? Du bist wirklich ausgestiegen?«, sagte Martin, als er um die Ecke zu mir und dem Raucherbusch kam, vor dem ich jetzt schon ein paar Minuten gestanden hatte.

»Was heißt ›Ich bin ausgestiegen‹? Darf ich denn nicht finden, dass das nicht in Ordnung ist, einen kleinen Hund zu erschlagen oder zu vergiften oder was weiß ich, was ihr da jetzt macht? Also ... wenn ihr das überhaupt noch macht ...«

»Klar darfst du das, Victor. Und du darfst auch mit Dreck werfen und uns alle ›schlimmer als den Jussem‹ nennen. Aber dann soll ich dir sagen: Du bist raus aus der Gruppe. Die haben das ... also, das haben wir gestern so beschlossen.«

Krass, dachte ich, jetzt schmeißen die dich also offiziell raus. Martin schmeißt dich raus. Fristlose Kündigung. Er lässt sich zum Briefträger vom Klammert machen und ist jetzt für die schlechten Nachrichten zuständig. Und das fällt denen nach einer ganzen Woche ein, dachte ich. Ich war doch schon längst raus, haben die das gar nicht gemerkt? Ich meine, wie lang kann man denn denken, ich hätte gerade bloß keine Zeit? Trotzdem war das irgendwie zu viel, dass Martin das einfach so durchzog, nachdem wir zwei im Wald noch groß über Freundschaft und Zusammenhalten und so geredet hatten. Irgendwie hatte ich gehofft, dass er in der letzten Woche gemerkt hätte, wie falsch er mit all dem lag, und dass er jetzt mal heimlich mit mir abklären wollte, wie er aus der Nummer wieder rauskommen konnte. Aber jetzt schmeißt er mich also offiziell raus, dachte ich. Krass.

Und weil ich nicht so genau wusste, was ich dazu sagen sollte, fragte ich dann nach einer Weile: »Okay, war's das?«

»Na ja ... noch nicht ganz«, sagte Martin.

»Was denn noch?«

»Ich muss wissen, ob du dichthältst oder ob du gleich losgehst und uns verpfeifst. Das muss ich wissen ...«

»Pass mal auf, Martin ...« Das war jetzt alles so bitter, dass ich ihm am liebsten eine gehauen hätte. Aber ich wusste ja, wohin so was führte, »... das ist schon beschissen genug, dass ich dachte, wir wären Freunde. Aber jetzt musst du dich zwischen denen und mir entscheiden, oder was? Das passt nicht. Du bist doch der Typ mit dem Schlauchboot, verdammt, der über den anderen steht ... oder eben treibt. Dachte ich jedenfalls. Also: Wie ich schon sag, das ist schon beschissen genug, zu sehen, wie du jetzt doch den Pimmel einziehst. Aber dass du wirklich noch denkst, ich würd' euch verpfeifen, nachdem ich uns am Montag noch beim Meinelt und Frau Dings ... hier ... Frau Westphal rausgehauen hab ... also ... das ist echt extraschwach!«

»Tut mir leid, Victor.«

»Ach, 'n Scheiß tut dir das! Vergiss es!«, sagte ich, und: »Viel Glück mit dem Hund.« Und dann ging ich an ihm vorbei. Als ich um die Ecke bog, standen da plötzlich der Klammert, Lennert und noch zwei aus der Neunten, und Kai hatte schon wieder diese bescheuerte Sonnenbrille auf.

»Was wollt ihr denn?«, fragte ich, aber die guckten an mir vorbei zu Martin. Ich drehte mich um und sah, dass der nickte, und dann gingen sie zur Seite.

»Was ist das hier?«, fragte ich. »Wollt ihr mir jetzt auf die Fresse hauen, oder was?«

Dass die wirklich so weit gehen würden ... dieser Pseudo-Gang-Scheiß war ja noch irgendwie witzig, und auch fast niedlich, wenn das so Pfeifen wie Lennert machten, aber dass die sich jetzt wirklich hier aufstellten und bereit waren, mir aufs Maul zu geben, wenn ich nicht die Klappe hielt ... Gestern noch kleine Keksfresser und heute schon ein Schlägertrupp, oder was? Das hätte ich nicht gedacht. Und erst recht nicht, dass Martin da mitmachte. Das war alles andere als dufte – das war extrem undufte. Wütend war ich.

»Wir wollten nur sichergehen, dass du das für dich behältst«, sagte Kai jetzt und lehnte sich dabei ein bisschen cool – also, ein bisschen wie das, was er für cool hielt – an die Hauswand.

»Da hab ich dann ja noch mal Glück gehabt, was?«, sagte ich und drehte mich noch mal zu Martin um: »Guck, das mein ich.« Und dann ging ich wieder zurück auf den Schulhof.

30
Picknick

Die anderen seien ihm ja egal ... nur mit mir sei das richtig gut ... und die Pfeifen würden das doch eh nicht hinkriegen, die Sache mit dem Beckfeldhund ... von wegen! Heute war Freitag, die würden das sehr wohl hinkriegen, und Martin war ganz sicher auch mit dabei. Die feige Sau, dachte ich, als ich um halb vier auf dem Fahrrad saß und zur Kufentalsperre fuhr. Auf dem Gepäckträger hatte ich einen Picknickkorb, den mir meine Mutter aus dem Keller rausgekramt hatte. Da war Vita-Cola drin – die hatten wir immer, seit wir letztes Jahr in Mecklenburg-Vorpommern Urlaub gemacht hatten. Da hatte ich einmal gesagt, dass die doch ganz gut schmeckt, und seitdem gab es die immer. Auch irgendwie süß, aber normale Cola hätte es auch getan. Dann gab es noch ein Viertel Wassermelone und was sonst so im Kühlschrank zu finden war. Und schicke Servietten hatte meine Mutter mir auch noch dazu eingepackt. Die war gar nicht zu halten gewesen.

Eine halbe Stunde vorher hatte sie mir noch gesagt, dass wir jetzt losmüssten, und mich gefragt, warum ich noch nicht fertig wäre. Ich fragte dann zurück, wo es denn hingehen sollte. Und als dann klar war, dass wir heute meinen Opa besuchen fahren wollten, wovon mir bis jetzt aber noch niemand was gesagt hatte, war plötzlich auch zu Hause alles scheiße gewesen.

Was so schlimm daran wäre, meinen Opa zu besuchen – andere Kinder haben gar keine Großeltern mehr, und all das kam dann, als ich gesagt hatte, dass ich es scheiße fand, bei solchen Plänen nicht gefragt zu werden. Das hatten meine Eltern noch nicht so raus, dass sie nicht einfach Pläne machen konnten, ohne mal mit mir zu reden. Und dann hatte ich gefälligst dabei zu sein, so als wäre ich acht Jahre alt oder so. Aber meine Mutter verstand das nicht und dachte, ich würde einfach nur meinen Opa nicht sehen wollen. So was hatte heute gerade noch gefehlt. Also schrie ich sie an, dass ich auch meine eigenen Pläne hätte. Was das denn wohl für Pläne wären, fragte sie dann, und ob die wichtiger wären als mein Opa. Und dann war es mir halt rausgerutscht: »Picknick mit Lizzy!«

Jetzt erst begriff meine Mutter, dass es um ein Mädchen ging und die ganze letzte Zeit schon um ein Mädchen gegangen war. Sie musste nun irrsinnig stolz gewesen sein auf ihre Idee, mir Kondome hingelegt zu haben. »Hab ich's doch gewusst«, sagte sie zufrieden und lächelte mich an. Das ganze Spätnachhausekommen, dass ich mit ihr kaum noch geredet hatte, dass ich immer nur in meinem Zimmer saß und Musik hörte oder eben weg war – all das ergab für meine Mutter plötzlich den Sinn, auf den sie vermutlich schon lange gehofft hatte. Und was jetzt folgte, war noch schlimmer als die Zeit, in der sie das noch nicht begriffen hatte.

Wer denn diese Lizzy sei, wollte sie jetzt wissen, und ob das die Elisabeth aus meiner Klasse sei – ja, das ist die aus meiner Klasse – und davon hätte ich ja noch gar nichts erzählt, und erzähl doch mal, und ob das jetzt so richtig meine Freundin sei, und wie lang denn schon ... es war die Hölle! Und das, obwohl sie jetzt wenigstens nicht mehr sauer war wegen der Sache mit meinem Opa. Denn jetzt war das plötzlich auch ihre Angelegenheit, mein Picknick mit Lizzy, und sie kramte sofort hinten in den letzten Ecken der Schubladen herum auf der Suche nach Picknickbesteck.

Eine halbe Stunde später war ich voll ausgestattet – sogar ein paar Teelichte und ein Feuerzeug hatte sie mir in den Korb gepackt, wegen der Romantik. Und ich hatte auch hellblaue Glasschälchen für die Teelichte dabei, wegen des Brandschutzes – schließlich wollten wir ja Romantik, ohne das Ufergras an der Kufi abzufackeln. Es war an alles gedacht, und es war erniedrigend. Meine Mutter hätte es noch fertiggebracht, mit dem angelutschten Daumen an meinem Mundwinkel rumzumachen – du hast da was – oder mir einen Kuss auf die Stirn zu geben und mir viel Glück zu wünschen. Also schlich ich mich irgendwann mit dem Korb in der Hand aus der Haustür und war weg. Und jetzt hätte ich hier auf meinem Fahrrad eigentlich irgendwas pfeifen oder singen müssen. Ich hätte ganz hibbelig sein und mich auf das Picknick freuen müssen, so wie zwanzig Kinder zusammen sich Ende Dezember auf Weihnachten freuen ... also mindestens zwanzig. Aber das Einzige, was mir durch den Kopf ging, war dieser unglaubliche Scheiß mit Martin. Was war das für ein kleiner, beschissener Arsch? Erst kam er mir mit Freundschaft und all diesem Gerede, aber wenn es darauf ankam, hatte er dann doch nicht die Eier, sich gegen seine dufte, neue Gruppe zu stellen. Das war eine ... eine hodenlose Unverschämtheit, fluchte ich und hätte gern wenigstens kurz über den eigenen Quatsch gelacht. Aber Quatsch half da gerade auch nicht weiter. Und wenn schon Quatsch nicht mehr hilft, dachte ich, dann ist alles aus.

Um fünf nach vier war ich an der Kufentalsperre, und fünf Minuten später kam Lizzy auch dazu. Da musste ich erst mal den Picknickkorb ins Gras werfen, sie umarmen und küssen.
»Du hast mir gefehlt«, sagte ich ihr dann.
»Ja, du mir auch! Wo warst du denn den ganzen Vormittag? Hab dich ja nur in der Klasse gesehen.«

Das war richtig – ich wollte mich mit niemandem unterhalten müssen nach der Sache mit dem Raucherbusch, und da hatte ich mich in den Pausen abgesetzt.

»Ich weiß, wie man sich in der Schule unsichtbar macht«, sagte ich, »da hab ich jahrelange Erfahrung. Tut mir leid, aber da war mir heute nach.«

»Was war denn los?«

»Ach, das erzähl ich dir später. Lass uns erst mal 'nen schönen Platz hier finden.«

Das war gar nicht so leicht, denn die Kufentalsperre war jetzt auch nicht gerade ein Geheimtipp. Wir suchten eine ganze Weile am Ufer herum, bis wir endlich eine kleine Stelle mit Wiese gefunden hatten, wo auch ein paar Büsche drum herum waren. Ich meine, ich wollte schließlich Picknick mit Lizzy machen, und nicht Picknick mit Lizzy und zweihundert anderen Leuten.

Als wir dann die Picknickdecke ausbreiten wollten, merkten wir: Da war gar keine – ich hatte nicht daran gedacht, eine mitzunehmen, und Lizzy auch nicht. All das Zeug von meiner Mutter, aber dann keine Picknickdecke. Wir entschieden aber, dass das mit der Picknickdecke auch mal egal war. Zusammen auf der Wiese sitzen war genauso groß. Mit oder ohne Decke – darauf kam's nicht an. Und als ich das ganze Zeug, das meine Mutter mir in den Korb gepackt hatte, endlich vor uns ausgebreitet hatte und Lizzy auch wirklich ein bisschen beeindruckt war von Cola, Melone, Käsehappen, Fleischbällchen und so, saßen wir da und guckten auf das Wasser und in die Sonne, und ich krallte mich mit der rechten Hand in den Boden. Das Gras fühlte ich zwischen meinen Fingern, und die Erde, und das war super, dass der Boden so fest war. Ich schaute zu Lizzy rüber und sah ihr eine Weile dabei zu, wie sie mit geschlossenen Augen ihr Gesicht in die Sonne hielt. Jetzt war doch alles gut.

Wir aßen und tranken ein wenig, und ich saute wie ein Blöder mit der Wassermelone herum. Aber aus den Augenwinkeln sah ich, dass Lizzy mich dabei anguckte wie jemanden, der unglaublich großartig war beim Herumsauen mit einer Wassermelone. Das kannte ich nicht – ich war es gewohnt, mich dafür zu schämen, dass ich das nicht so gut konnte. Aber sie schien mich wirklich richtig dafür zu mögen.

Die Aktion »Toter Hund«, den ganzen Scheiß mit Martin und den anderen hatte ich jetzt so gut wie vergessen, und ich war froh, dass Lizzy nicht noch einmal nachfragte, was denn heute los gewesen war. Ich wollte das jetzt nicht haben. Lizzy und ich in der Sonne am See. Das reichte. Mehr musste nicht sein.

Am Abend konnten wir ganz weit hinten am Himmel Wolken sehen und wie sie langsam in unsere Richtung kamen. Erst waren es wenige, dann war irgendwann der Himmel voll davon, und es wurde dunkel. Das wird noch ein ganz schönes Gewitter geben, dachte ich, aber ich hatte überhaupt keine Lust, deswegen jetzt nicht mehr mit Lizzy hier zu sein. Also holte ich die Teelichte raus. Meine Mutter, die wusste schon ein bisschen, wie man das macht. Und als dann eine Pause war, Lizzy und ich uns nur anschauten, da dachte ich, irgendwann musste ich ihr mehr geben als nur halbe Wahrheiten. Sie sah mich an, als wüsste sie, dass ich genau das gerade dachte. Also erzählte ich ihr endlich doch, wie kacke das alles gelaufen war mit Martin, was ich mit Jan an der Kufi erlebt hatte, aber wie ich eigentlich immer noch gedacht hatte, das wäre Einbildung gewesen, genauso wie der Wahnsinn, den die Jungs heute Abend vorhatten, und wie jetzt definitiv aus dem neuen duften Freund Martin ein doch-nicht-mehr-so-dufter Freund geworden war. Und dass ich scheißtraurig war, dass das nicht einfach alles gut sein konnte.

Ich hatte fest damit gerechnet, dass Lizzy mich für das Ganze verachten oder auslachen und am Ende vielleicht sogar verlassen würde. Aber sie nahm nur meine Hand und gab mir einen Kuss. Und dann streichelte sie mir durch meine zerstörten Haare, so rechts am Ohr vorbei und sagte: »Das tut mir leid.« Und dann gab sie mir noch einen Kuss.

Eine Weile saßen wir noch so da, küssten uns und hielten uns fest, und ich war wahnsinnig erleichtert. Lizzy war wunderbar!

Dann schreckte sie plötzlich auf, setzte sich gerade hin und meinte: »Aber das geht nicht, das mit dem Hund! Sind die eigentlich komplett bescheuert?«

»Hab ich denen ja auch gesagt«, meinte ich, aber sie setzte sich noch gerader hin und verschränkte ihre Arme, so als wollte sie sagen: »Das müssen wir verhindern!« Und als ich das nicht direkt begriff, sagte sie dann: »Victor, das müssen wir verhindern!«

»Ja, wie denn?«, fragte ich.

»Na, wir fahren da hin und verhindern das!« So einfach war das.

Es ist jetzt kurz nach zehn, dachte ich, und bis zum Beckfeld nach Hause dauert das schon eine halbe Stunde mit dem Rad. Die hatten da so einen Bauernhof ganz weit draußen, noch hinter Seelscheid.

»Das wird aber knapp, sie wollten um halb elf loslegen«, sagte ich. Und in dem Moment sprangen wir beide schon auf, packten schnell den ganzen Picknickkram zurück in den Korb und fuhren los wie die Irren. Über dem See waren Blitze zu sehen, der erste Regen war schon in meinem Gesicht, und obwohl ich gar nicht an Gott glaubte, betete ich, dass die Jungs die Aktion »Toter Hund« wegen Schlechtwetter vielleicht einfach abgesagt hatten.

Der Regen wurde zu einem Regenguss und von da aus zu Schütten aus Eimern, als Lizzy und ich uns über die Waldwege durch den Matsch arbeiteten. Das war kein Radfahren mehr, das war Tretbootfahren, und die Waldwege waren eine Todesfalle. Dazu gab es Blitze, und es donnerte so wahnsinnig laut – als kleines Kind wäre ich jetzt unter mein Bett geflüchtet, hätte mir die Ohren zugehalten und laut ein Kinderlied gesungen. Alles rutschte und hopste, und ich war schon nach ein paar Minuten triefend nass von oben und voll Schlamm von unten. Lizzy fuhr vor mir, und auch sie war komplett nass. Ihr Shirt klebte an ihr, und was ich da im Halbdunkeln von ihr sah, gehörte leider gar nicht hierher – wir hatten einen Hundetod zu verhindern. Ich fragte mich aber schon, was nur mit mir los war, dass ich jetzt nur an Lizzy und ihren Körper denken konnte, wo wir doch gerade eigentlich durch diese Hölle fuhren, um ein Hundeleben zu retten. Eigentlich hätte ich bei diesem Gewitter hier mitten im Wald ja vollständig in Panik geraten müssen. Die Mutter aller Paniken hätte das sein müssen, aus Angst, vom Blitz erschlagen zu werden. Aber ich wartete auf jeden einzelnen dieser Blitze, während ich mich abstrampelte und dabei versuchte nicht im Schlamm wegzurutschen. Denn jeder Blitz zeigte Lizzy vor mir und wie sie auf ihrem Rad fuhr, so als würde irgendwer jedes Mal für mich ein Foto machen. Das war schon der Wahnsinn, dachte ich, dass selbst so eine riesige Scheiße wie das hier auch ein bisschen aufregend war. Weil Lizzy dabei war. Die machte eben den Unterschied.

Unter diesen Bedingungen dauerte es natürlich doch ein wenig länger als eine halbe Stunde, bis wir am Hof der Beckfelds angekommen waren. Wir warfen unsere Fahrräder in einen Busch und hockten uns daneben. Es war kaum etwas zu erkennen, weil es mittlerweile richtig dunkel geworden war, nicht bloß das Gewitterwolkendunkel. Also versuchten wir, bei jedem Blitz zu erkennen, ob da wer war und ob die Sache schon lief. Es war verdammt gruselig, und das nicht nur, weil es dunkel war, blitzte und donnerte, sondern weil ich mir wünschte, dass es hier gar nichts zu sehen gab, dass der Terrier friedlich in seiner Hundehütte lag und die Beckfelds zusammen vor dem Fernseher saßen. Aber jedes Grollen am Himmel, jeder Blitz schien mir zu sagen, dass es gar keinen Zweck hatte, sich das zu wünschen.

»Da vorne sind Leute!«, rief Lizzy jetzt und zeigte schräg rechts rüber auf ein Feld, das am Hof der Beckfelds gelegen war. Wir sprangen auf und rannten in die Richtung, in die Lizzy gerade gezeigt hatte. Als wir dort ankamen, sahen wir vor uns Kai Klammert, Phillip, einen aus der Neunten und einen Hund, der an einem Pfahl angeleint war und die ganze Sache hier offenbar ziemlich aufregend fand. Freundlich wedelte er mit dem Schwanz und versuchte eine Begrüßung.

»Was wollt ihr denn hier?«, fragte der Klammert und rückte ein bisschen mit Phillip und dem aus der Neunten zusammen.

»Was wir hier wollen?«, fragte ich, weil ich nicht verstehen konnte, wie diese herzlosen Schwachköpfe noch immer nicht begriffen, was sie hier taten. »Das kann ich dir sagen, Klammert. Wir halten euch davon ab, diesem Tier etwas anzutun. Das wollen wir hier!«

»Ach ja?«, sagte der Klammert jetzt und stützte sich gelassen in den Baseballschläger, der vor ihm im Schlamm aufgestellt stand.

»Jungs, im Ernst«, sagte ich wütend, »das kann doch nicht sein, dass wir erst hierherkommen müssen, um euch zu erklären, dass es falsch ist, diesen Hund zu erschlagen! Ich hab euch das bei dem Treffen schon gesagt, und ... ach, kommt schon, das ist doch nicht so schwer!«

»Aber«, begann Phillip, »du und Martin ... ihr habt das doch selbst vorgeschlagen.«

»Ja, das war halt 'ne Scheißidee!«, brüllte ich ihn an. »Das merkt man doch in dem Moment, in dem man es laut gesagt hat. Dafür muss man doch nicht erst herkommen und es dann immer noch nicht kapieren! Guck dir den kleinen Kerl doch mal an! Da kannst du doch nicht einfach draufhauen. Was soll das denn für ein Widerstand gegen die Arschlöcher sein?«

»Eh, Victor«, sagte der Klammert jetzt, und dabei war seine Stimme endlich gar nicht mehr so cool, wie er bislang noch getan hatte. »Martin und du – ihr habt den Jussem in eine Bärenfalle geschickt, und dafür habt ihr euch gut abfeiern lassen. Der hätte dabei auch draufgehen können. Aber das war noch voll okay, oder was?«

»Nee, Kai«, sagte ich. »Ich bin da überhaupt nicht stolz drauf, nur falls du das denkst. Kam mir da im Wald okay vor, war aber eigentlich voll unokay.«

»Und wer sagt, was okay ist und was nicht? Bist du das?«, krähte der Klammert jetzt. »Heute ist's noch okay, morgen nicht mehr? Das bestimmst doch nicht du! Denn sieht wohl so aus, dass du vergessen hast, was der Jussem und der Beckfeld und die ganzen Arschlöcher mit Marvin oder all den anderen Leuten gemacht haben. Die machen uns jeden Tag das Leben zur Hölle – aber jetzt sind wir dran! Das haben die doch nicht anders verdient. Nee, Victor! Hier ist Krieg. Krieg, den wir wirklich nicht angefangen haben. Und im Krieg gibt's halt Opfer, wenn man mal anfängt sich zu wehren. So ist das. Und da musst du dich halt entscheiden: Bist du auf unserer Seite oder bist du gegen uns?«

»Was soll denn das für ein Scheiß sein mit für oder gegen uns?«, schrie ich den Klammert jetzt an. Das war doch Dreck. »Du wirst hier gerade selbst zum Arschloch, weil du dir einbildest, dass du zum heiligen Krieg gegen die Arschlöcher der Welt gerufen hast. Die sprechen nur die Sprache der Gewalt? Sollen sie doch! Deswegen muss man doch nicht gleich selber Arschlochisch lernen. Hat ein bisschen gedauert, bis ich das begriffen hab, aber ich hab es begriffen. Es muss doch drin sein, Sachen zu bereuen! Muss doch drin sein, dir oder Martin oder wem auch immer zu sagen: Nee, das geht zu weit! Schlimm genug, wenn wir Menschen uns das Leben zur Hölle machen. Aber der Scheißhund vom Beckfeld hat mit dem ganzen Kram wirklich gar nichts zu tun! Es muss doch drin sein, das Richtige zu machen, ohne dass man gleich das Verräterschwein ist. Oder seh ich das falsch?«

»Weißt du was?«, schnaubte jetzt der Klammert. »Genau so was sagt auch nur ein Verräterschwein. Wir haben hier endlich mal eine gute Sache aufgebaut. Ich weiß gar nicht, warum du jetzt den Schwanz einziehst.«

»Ja sicher, Klammert! Die ganze Sache, die du hier aufgebaut hast. In nur zwei Wochen hast du's vom Schnauzehalter zum Diktator gebracht, vom Keksfresser zum Rattenfänger – was für 'ne Karriere! Aber weißt du, was Rattenfänger normalerweise so fangen? Eben!« Mit meiner Hand zeigte ich auf die übrigen der Gruppe. »Und, Jungs? Genau euch meine ich damit! Der Klammert flötet hier zum Krieg, der macht jetzt hier den Chef, und ihr rennt einfach dem neuen Arschloch hinterher! Der Klammert ist vielleicht verloren, aber ihr müsst das doch raffen! Man kann sich jeden Tag dafür entscheiden, kein Arschloch zu sein. Ist ganz leicht: einfach aufhören damit.«

Phillip und der aus der Neunten glotzten dumm. Dann schauten sie den Rattenfänger an und hofften stumm, dass er ihnen erklären würde, was jetzt die Sache war. Ich war so fassungslos, dass ich gar nicht wusste, ob man jetzt überhaupt irgendetwas tun konnte. Also ... außer mir einen Stock zu greifen und auf diese Affen draufzuschlagen. Ich musste mir gerade erst einmal selbst klarmachen, dass das hier wirklich passierte und echt war.

»Was sollen wir denn jetzt machen?«, fragte der aus der Neunten.

»Und Martin ist ja auch nicht gekommen. Wo ist der eigentlich?«, fragte Phillip.

»Poah, Phillip, was glaubst du denn, wo der ist? Vielleicht hat der irgendwann doch von ganz alleine begriffen, was ihr jetzt noch immer nicht kapiert? Es ist total einfach: Lasst den Scheiß halt sein!«

Und während ich noch dastand und das alles nicht glauben konnte, und wie die Jungs jetzt dumm durcheinanderredeten, wie Phillip dastand, hilflos, und wie er noch mit dem dämlichen, laminierten Schild in seiner Hand rummachte, hatte Lizzy sich plötzlich als Erste wieder gefangen und verstand, was hier nicht mehr passieren würde: Keiner dieser Trottel sah so aus, als hätte er für den Moment nur irgendwas begriffen oder eingesehen.

»Ihr beschissenen Ratten! Ihr schwanzlosen Ficker!«, schrie sie jetzt los. Sie hob Dreck und Steine, und alles, was sie auf dem Boden zu fassen kriegte, auf und bewarf den Klammert und die anderen damit. »Verpisst euch, ihr Scheißwichser!«, schrie sie, so laut sie konnte. Das war es, was man tun musste! Also griff auch ich nach Zeug auf dem Boden und warf es. Und ich schrie mit. Als unter dem Dreck der erste Stein dabei war, der Phillip am Kopf traf, als der laut aufschrie und sich an die Stirn fasste, rannten die drei los. Lizzy und ich konnten nicht damit aufhören, ihnen noch Dreck hinterherzuwerfen, selbst als sie schon viel zu weit weg waren, um noch einen von ihnen damit zu treffen. Sie verschwanden im Dunkeln und wir standen da, mit Steinmatsch in unseren Händen, an unserer Kleidung, in unseren Haaren, und einem Tier zu unseren Füßen.

Und dann war alles still. Nur fernes Donnern war zu hören, und ich merkte, dass Lizzy weinte. Sie kniete sich vor dem Terrier auf die Erde, streichelte seinen Kopf, und ich kniete mich zu ihr. Eine ganze Weile hockten wir so da. Lizzy kraulte dem Hund das Kinn, und ich hielt sie fest. Ich tröstete Lizzy, Lizzy tröstete den Hund, der ihr über das Gesicht leckte und von der ganzen Sache hier, wie es aussah, überhaupt nichts mitbekommen hatte.

»Was machen wir denn jetzt?«, fragte sie irgendwann und wischte sich über das Gesicht. »Ich meine, wir können dem Beckfeld ja jetzt nicht einfach seinen Hund bringen.«

»Nee, das können wir nicht«, sagte ich. »Ich schlage vor, wir lassen ihn einfach laufen. Ich meine, die Beckfelds wohnen gleich da drüben – das wird der Hund ja wohl allein hinbekommen, oder?«

Lizzy nickte.

Wir lösten die Leine von dem Pfahl, schon lief der Terrier davon. Ab nach Hause. Ich nahm Lizzys Hand und wir sahen dem weißen Hund nach, wie er auf das Haus zulief. Bei den Beckfelds ging ein Licht an, bald darauf ging es wieder aus. Lizzy und ich blieben noch ein wenig so stehen und schauten in die Nacht.

Als wir dann nach Hause fuhren, liebte ich Lizzy extra dafür, wie sie diese Jungs angeschrien und verjagt hatte. So ein tolles Mädchen gab es auf der ganzen Welt nicht noch einmal, davon war ich überzeugt. Vor ihrer Haustür drückte ich sie noch mal fest an mich und dann strich ich ihr über das Gesicht.

»Das tut mir wirklich leid, Lizzy«, sagte ich, »dass du wegen mir so eine Scheiße mitmachen musstest, und das an unserem zweiten gemeinsamen Freitagabend. Aber das hört jetzt auf! Versprochen!«

»Das wär schön!«, sagte sie. Ich streichelte mit meiner vermatschten Hand über ihre verklebten Haare und ihr schmutziges Gesicht, und dann gab ich ihr noch mal einen Kuss.

»Wollen wir morgen was Schönes machen? Minigolf vielleicht, mit Jan?«, fragte ich leise.

»Ja«, sagte sie, »ich liebe Minigolf. Und dich, glaube ich, sogar noch ein bisschen mehr.« Dann küsste sie mich und ging rein.

»Ich dich auch ... sogar bisschen sehr viel mehr als Minigolf«, rief ich ihr noch hinterher, und dann fuhr ich nach Hause.

31
EHRENWORT

Ich warf das Rad mit dem Picknickkorb, der immer noch tapfer auf dem Gepäckträger hing, in unseren Vorgarten und wäre wahnsinnig gerne jetzt noch in die Badewanne gegangen. Meine Hände, meine Arme, mein Gesicht und meine Haare – alles war voll von Schlamm, der sich beim Werfen überall hin verteilt hatte. Außerdem wäre ich gerne den ganzen Mist von heute losgeworden. Das Bild von diesem kleinen Hund und diesem Haufen Bescheuerter, der verdammte Klammert – das ging alles nicht aus meinem Kopf. Einmal Leere bitte! Nur Wasser in die Wanne lassen und rein in die Leere, so wie nach dem Orientierungslauf. Lizzy und alles, was mit ihr zu tun hatte, hätte ich mitgenommen. Den ganzen Rest aber, den hätte ich gern mit dem Badewasser durch den Abfluss gespült. Es war jetzt allerdings halb eins, und ich war schon froh, dass meine Mutter mir heute nicht auflauerte, um mir die alte Junge-was-soll-nur-werden-Ansprache zu halten. Ich hörte sie zwar noch im Schlafzimmer rumpeln, als ich die Haustür aufmachte, aber das war's. Sie wusste wohl immerhin, dass jetzt nach einem Picknick mit Lizzy ein Streit auch nicht sein musste. Den hätte es aber ganz sicher gegeben, wenn ich um diese Uhrzeit noch auf die Idee gekommen wäre, in die Wanne zu steigen und Lärm im Badezimmer zu machen. Also ging ich direkt in mein Zimmer.

Ich zog mir die völlig eingematschten Klamotten aus und warf sie in eine Ecke des Raumes, die ich morgen früh nicht sofort sehen würde. Dann wollte ich ins Bett, aber da lag ein großer, brauner Briefumschlag. Darauf klebte ein Klebezettel, auf den meine Mutter geschrieben hatte: »Hat heute ein Martin für dich abgegeben. Ich hoffe, du hattest einen schönen Tag. LG Mama«.

Meine Mutter schrieb wirklich ›LG‹ – das fand ich schon immer bescheuert. Ich meine, wenn man schon ›liebe Grüße‹ sagen will, dann kann man sich auch die Mühe machen, das hinzuschreiben, fand ich. Die abgekürzte Version zählt nicht. Ist das Gleiche wie mit HDGDL oder so'n Scheiß, dachte ich. Fühlt sich auch nicht an wie »Ich hab dich ganz doll lieb«, wenn man das kriegt. Oder wenn man bei einem Witz bisschen mit den Schultern zuckt und denkt »jaja, witzig« und dann »LOL« sagt. Da lacht man ja auch nicht wirklich.

Na, egal, ich setzte mich jedenfalls auf mein Bett und machte den Umschlag auf. Da war ein Zettel drin, auf dem stand in der Mitte groß: »Tut mir leid, dass ich so ein → war. Martin«. Außer dem Zettel war da noch ein Brief. Mit der Hand geschrieben. Verrückt. Vorder- und Rückseite. Alles voll. Ich legte den Zettel auf den Boden und machte das große Licht aus. Bei uns hieß die Lampe, die an der Decke hing, »das große Licht«. Na ja, jedenfalls machte ich jetzt das kleine Licht neben meinem Bett an, kroch unter die Decke und las Martins Brief.

Lieber Victor,
wenn man großen Mist gebaut hat, dann braucht das auch eine große Entschuldigung, habe ich gedacht. Eine Nachricht auf dem Handy reicht da nicht, das ist mir klar. Also habe ich den ganzen Abend vor deiner Haustür gesessen – also genauer gesagt habe ich auf der Treppe vor der Haustür deiner Nachbarin gesessen, weil ich nicht wollte, dass deine Eltern

sich wundern, warum ich da sitze. Aber dann hat sich die alte Dame, die da wohnt, nach einer Stunde wohl gewundert, kam heraus und sagte: »Lungern Sie hier nicht so vor meiner Haustür herum, junger Mann. Sie erschrecken mich ja.« Daher bin ich dann zu den anderen Nachbarn gegangen und habe mich da vor die Haustür gesetzt. Dann wurde das Wetter schlecht, und ich gab die Hoffnung auf, dass du noch kommen würdest. Darum dachte ich, ich schreibe dir eben einen Brief.

Also: Als Erstes muss ich sagen, das war unter aller Kajüte von mir, wie ich mich die letzten Tage über verhalten habe, vor allem heute. Ich weiß auch nicht – es war einfach alles viel zu dufte: Dass wir dem Jussem eins mitgegeben haben und dass da plötzlich so viele waren, die mitmachen wollten ... all das hat mir gefallen. Aber Mensch, war das dumm von mir und klein. Ich bin da jetzt auch ausgestiegen bei dem Unfug. Das habe ich Lennert heute gesagt. Und bin auch gar nicht hingegangen zu der Aktion mit dem Hund vom Beckfeld – das war wirklich unmenschlich und krank, sich so was wirklich vorzunehmen. Na ja, ohne mich und bei dem Wetter heute haben die Pfeifen das sowieso nicht hinbekommen.
Victor, ich hoffe, du kannst mir verzeihen, dass ich ein solcher Arsch war. Ich weiß, ich hätte deutlich früher einsehen müssen, dass die ganze Sache ...

Das ging noch eine ganze Weile so weiter, dass Martin erklärte, was alles doof von ihm gewesen war und warum das alles doof von ihm gewesen war. Und ich fand es richtig beschissen von ihm, mir das alles zu schreiben. Denn mein Tag hatte so ausgesehen, dass ich mich die meiste Zeit wahnsinnig darüber geärgert hatte, dass er so ein Arsch war. Und jetzt schrieb er mir das einfach. Alles, was ich ihm so gerne persönlich gesagt hätte – was heißt »gesagt«? – womit ich ihn gerne noch beschimpft hätte, all das stand jetzt schon in diesem blöden Brief. Und das war auch noch ehrlich, und es tat ihm wohl wirklich leid. Das war doch nicht der Deal! Der Deal wäre gewesen, dass ich ihm das alles um die Ohren hauen durfte, und dann ... erst dann hätte er sich entschuldigen können. Aber jetzt stand das da schon.

Als ich den Brief weglegte, das kleine Licht ausmachte und mich unter der Bettdecke verkroch, da war mir das aber auch ein bisschen egal – das war alles schlimm gewesen heute Abend, und ich war saumüde. So einfach kommst du mir nicht davon, dachte ich dann aber noch, und schlief ein.

Am nächsten Morgen klopfte meine Mutter an die Tür. Ich hatte schlecht geschlafen und furchtbares Zeug geträumt: Lizzy und ich waren zu spät gekommen. Der weiße Hund war gar nicht mehr weiß. Voll von Blut lag das arme Tier im Dreck vor uns, das Maul halb offen und auch die Zähne waren rot. Dann begruben wir ihn am Waldrand und standen vor dem Grab. Aber als ich nach unten schaute, lag der Hund wieder tot vor uns auf der Erde. Er schaute uns mit seinen leeren Augen an und rief: »Helft mir doch!« Und wir gruben ihn wieder ein. Als ich dann im Traum nach Hause fuhr, war Lizzy plötzlich verschwunden. Zu Hause lag auf meinem Bett der Umschlag von Martin, aber als ich den aufmachte, war da schon wieder der tote Hund drin. Dann war Lizzy plötzlich in meinem Zimmer und sagte: »Ich bring den zur Post. Der Beckfeld muss den zurückhaben.« Und dann machte Lizzy den Umschlag zu, klebte eine Briefmarke darauf und verschwand.

»Victor, da ist schon wieder dieser Martin«, rief meine Mutter nun durch die Tür, »ich glaub, du musst mal aufstehen.«

»Ich will nicht aufstehen«, sagte ich, rollte mich in meinem Bett herum, guckte auf die Uhr und sah, dass es gerade mal halb neun war.

»Soll ich ihm sagen, er soll wieder gehen?«, fragte meine Mutter.

»Nee, sag dem, der soll nebenan bei Frau Leibert vor der Tür warten. Auf der Treppe! Ich komm dann gleich!«

»War ganz schön spät gestern, was?«, lachte meine Mutter und ging wieder. Ich glaub, sie war froh, dass ich gestern überhaupt noch nach Hause gekommen war. So geht das also, dachte ich: Wenn man um elf nach Hause kommt, gibt es Ärger. Man muss einfach erst um halb eins nach Hause kommen – bis dahin haben die sich schon so große Sorgen gemacht, dass sie einfach nur erleichtert sind. Wie es aussah, gab es wirklich keinen Ärger. Das war zwar vollkommen bescheuert, logisch war das nicht, aber das musste man sich mal merken.

Als ich raus zu Martin ging, waren die Straßen noch nass, aber die Sonne war schon wieder da. Angenehm kühl war es endlich mal wieder – die letzten zwei Wochen war das ja nicht auszuhalten gewesen. Ich setzte mich neben ihn auf die Treppe, drehte mich kurz nach hinten um und sah im Fenster Frau Leibert, die jetzt beruhigt nickte und den Vorhang wieder zuzog. Ich sparte mir ein ›Morgen, Martin‹ und legte gleich los:»Ja, Martin, das war nichts mit ›die Pfeifen haben das sicher eh nicht hinbekommen‹. Erschlagen haben sie den Hund. Mit 'nem beschissenen Baseballschläger. So sieht's aus!«

»Scheiße, im Ernst jetzt?«, fragte Martin fahrig und wurde ganz weiß im Gesicht. Er schaute auf die Erde.

»Nee, Martin. Zum Glück nicht im Ernst. Lizzy und ich waren gerade noch rechtzeitig da, um das zu verhindern. Aber wären wir nur drei, vier Minuten später da angekommen ...«

»Scheiße«, sagte Martin noch mal.

»Ja, Martin, scheiße ist das! Und scheiße war auch alles andere – aber das hast du mir ja schon geschrieben. Das kann ich dir jetzt leider nicht noch mal sagen. Schade. Hätt ich gern gemacht! Fühl dich angeschissen von mir. Für alles!«

»Es tut mir wirklich, wirklich leid, Victor. Ehrlich.« Martin konnte mich nicht angucken, als er das sagte. Also sagte ich erst einmal gar nichts. Er schaute nach unten auf den Boden, aber dass er jetzt heulte, konnte ich trotzdem sehen.

»Verdammt ... ich hätte dahinfahren sollen, um das zu verhindern«, stotterte er jetzt. Er rieb sich über die Augen, so als würde es jucken.

»Scheiße, Martin, jetzt hör auf damit, die Sachen selbst zu sagen, die ich dir sagen will! Ich hab ein Recht dazu, dir das um die Ohren zu schlagen.«

»Entschuldige«, murmelte Martin, und seine Lippen waren voll von Rotz.

»Aber ja!«, sagte ich mit fester Stimme. »Das ist ziemlich genau das, was du verdammt noch mal hättest tun sollen!«

»Scheiße«, sagte Martin jetzt wieder und er bohrte mit einem Stöckchen in den Ritzen zwischen den Steinplatten auf dem Boden, damit ich nicht sah, dass er schon wieder heulen musste.

»Kannst du mir das denn verzeihen, dass ich so ein Arsch war, Victor?«, fragte er mich, und diesmal guckte er mich vorsichtig an. Knallrote Augen hatte er, und die Tränen liefen ihm über die Wangen, verschmierten sein ganzes Gesicht. Da war jetzt nichts mehr zu vertuschen.

»Ist nicht leicht«, sagte ich, »ich meine ... das hat jetzt über eine Woche gebraucht, bis du das mal eingesehen hast.« Aber wie er da so saß und mich mit verheulten Augen anguckte, dachte ich, immerhin hat er begriffen, was für einen Dreck er da gemacht hatte. Er tat mir jetzt auch wirklich leid, und das einzig Gute an seinem Brief war immerhin: Er war ein Beweis dafür, dass er es wenigstens von allein begriffen hatte. Ich meine, das hatte mich fertiggemacht, was da gestern gelaufen war. Und auch schon vorgestern und die ganze letzte Woche. Aber deswegen musste ich ihn jetzt nicht auch noch extra fertigmachen. Der war ja schon fertig.

»Keine Bärenfallen mehr?«, fragte ich also.

»Keine Bärenfallen mehr«, wiederholte Martin.

»Und auch kein gayplanet.com mehr?«

»Auch das nicht.« Martin schüttelte den Kopf.

»Und es werden auch keine Tiere getötet? Keine Hunde, keine Katzen, nicht mal scheiß Kanarienvögel ... nix?«

»Versprochen«, sagte Martin, »hör mal, Victor, ich versuch, das wiedergutzumachen. Versprochen.«

»Wie denn?« Da musste jetzt schon ein bisschen mehr kommen als nur so ein Versprechen, dachte ich. Und gleichzeitig wollte ich ihm zeigen, dass das wohl auch drin war, wenn er sich jetzt mal was überlegte. Und Martin überlegte. Dann schaute er mich an, hob die linke Hand, legte sich die rechte Hand auf die Brust und sagte: »Mit einem Schwur vielleicht erst mal? Victor! Ich schwör dir hiermit feierlich die totale Arschlochlosigkeit. Ich will kein Arschloch mehr sein und keine Arschlöcher kennen. So wahr mir Gott helfe ... oder wer immer für den ganzen Kram hier zuständig ist.«

»Schwur ist schon mal gut«, sagte ich. »Aber ›Ich hör auf damit‹ – das ist alles?« Ich hatte gehofft, Martin wäre von allein auf den Gedanken gekommen, dass ich nicht der Einzige war, den er um Verzeihung bitten musste.

»Ach, verdammt! Lizzy«, sagte er. Jetzt bemerkte er es doch von allein. Immerhin das. »Die hat ja auch schlimm unter dem

Blödsinn gelitten. Ehrlich, Victor, so ein Mist passiert einem nur einmal im Leben. Ich verspreche dir: Ab heute ist auf mich Verlass!«

»Ist schon in Ordnung, Martin. Dann geh ich jetzt mal rein. Meine Eltern warten mit dem Frühstück, glaube ich. Und dann will ich auch mal hören, was Lizzy davon hält. Denn ja: Der schuldest du auch was. Ich meine, das hat die ganz schön mitgenommen. Ich schreib dir später, wie es aussieht.«

»Danke, Victor! Echt!«, sagte er, und dann schwang er sich auf sein Klappfahrrad. Als er um die nächste Ecke verschwunden war, ging ich rein.

Frühstück mit meinen Eltern, neugierige Blicke, aber keine Fragen. Manchmal überraschten die beiden mich. Eigentlich wollte ich nur in Ruhe mit Lizzy reden, aber ich fragte trotzdem, wie es meinem Opa ging, und ich sagte, dass es mir leidtat, dass ich gestern nicht mitkommen konnte. »Opa geht es gut«, sagte meine Mutter, und dann überraschten die beiden mich gleich noch mal.

»Wir haben in der Küche jetzt einen Kalender aufgehängt«, sagte sie und guckte mich erwartungsvoll an.

»Das ist schön«, sagte ich erst mal, weil ich nicht wusste, wozu das gut sein sollte.

»Wir haben überlegt«, erklärte sie dann, »dass wir in den Kalender ab sofort Termine eintragen, alles, was so geplant ist. Dann brauchen wir uns nicht mehr so zu streiten wie gestern.«

»Das ist gut«, sagte ich. Das war wirklich gut, denn ich hatte nicht damit gerechnet, dass bei meiner Mutter irgendwas von dem, was ich gestern gesagt hatte, angekommen war. Ich ging in die Küche und schaute mir den Plan an. Da waren auch gleich schon einige Termine eingetragen. Gut, dachte ich, das war jetzt noch nicht wirklich »absprechen«, das war eher »rechtzeitig informieren«. Also nahm ich den Kalender von der Wand und zog einen senkrechten Strich in der Mitte. Auf der linken Seite standen jetzt die Termine meiner Eltern. Über die rechte Spalte schrieb ich »Victor« und trug für heute gleich mal ein: »Lizzy treffen«.

»So wird's gehen, oder?«, sagte ich und hielt meinen Eltern den Kalender hin. Sie nickten, meine Mutter lächelte, und ich hängte das Ding zurück an die Wand.

32
Minigolf

Nach dem Frühstück duschte ich und versuchte, den ganzen Dreck von gestern endgültig loszuwerden. Das war alles furchtbar durcheinander gewesen heute Morgen, aber ich wollte, dass dieser ganze Mist jetzt wirklich mal zu Ende war. Dadurch, dass ich mit Martin draußen in der Sonne geredet hatte, wurde das ja alles schon ein bisschen besser. Aber richtig besser könnte das erst mit Lizzy werden, dachte ich, und ich hoffte, Lizzy würde das andersrum auch so gehen. Also fuhr ich nach dem Duschen rüber zu ihr.

Sie machte sofort auf, ich musste nicht einmal klingeln, und sie fiel mir um den Hals, ungefähr genauso, wie ich ihr um den Hals fiel. Ich drückte sie an mich, und ich wollte sie nie wieder loslassen, so viel stand fest.

»Lass uns rüber in unser Wohnzimmer gehen«, sagte sie dann und nahm meine Hand. Da saßen wir in der Sonne auf dem Boden vor unserem Sofa – das war noch komplett nass von gestern – und sie erzählte mir, dass auch sie so furchtbares Zeug geträumt hatte. Und gestern Abend, das war genauso ein mieser Traum gewesen, nur eben in echt. Aber heute in der Sonne, in unserem Wohnzimmer kam uns das alles absurd und unwirklich vor, als wäre das gestern auch ein Traum gewesen.

»Bald ist Schluss mit dem Scheiß«, sagte ich.

»Bald?«

Ich erzählte ihr von Martin und dem Brief und wie er heute Morgen bei mir war, und dann, dass er das alles auch bei ihr wiedergutmachen wollte, wenn sie es denn erlauben würde ... Lizzy sagte nichts. Sie schaute nach unten in den Sand, dann nach oben in die Bäume und dann mich an.

»Das kommt ein bisschen spät, findest du nicht?«, sagte sie dann. »Ich meine, der hatte eine ganze Woche Zeit, mal zu merken, dass er selbst zum Arsch geworden ist.«

»Na ja«, sagte ich, »das hab ich ihm auch gesagt – aber immerhin hat er's begriffen. Er ist ja vorher ausgestiegen bei denen. Und er war gestern Abend auch gar nicht dabei.«

»Ja, eben! Das meine ich ja! Reicht doch nicht, einfach auszusteigen und die weitermachen zu lassen!« Lizzy war nicht so schnell zu überzeugen wie ich, merkte ich jetzt, und ich fragte mich, ob ich es Martin nicht doch ein bisschen leicht gemacht hatte.

»Ich meine«, sagte sie, »wo war der denn gestern Abend? Der hätte doch da sein können ... nee, der hätte da sein *müssen*. Der hätte dem Klammert seinen dämlichen Baseballschläger abnehmen und ihn damit zur Hölle jagen sollen.«

Das stimmte wohl, und auch das hatte ich Martin ja schon gesagt. Aber andererseits glaubte ich ihm, dass er davon überzeugt war, mit seinem Ausstieg wär die Aktion auch gelaufen gewesen.

»Nee, Victor«, ergänzte Lizzy jetzt, »ich weiß nicht, ob ich Martin verzeihen kann. Ich meine, du kennst ihn ja ein bisschen besser als ich – aber das Einzige, was ich von ihm weiß, ist nur dieser ganze Dreck.«

»Versteh ich«, sagte ich leise. Ich überlegte, ob das gehen könnte, dass nur ich Martin verzeihe, Lizzy aber nicht. Das wäre aber auch nichts, dachte ich, das gäb nur Ärger. Und ich wollte doch, dass jetzt endlich kein Ärger mehr war. Mit Lizzy und Jan, und auch mit Martin. Und dazu gehörte für mich auch, dass ich es gut sein lassen musste. Nur wenn Lizzy das nicht konnte, weil sie ja immerhin auch recht hatte, würde das für immer blöd sein zwischen uns. Und Martin einfach loswerden? Das fand ich auch nicht richtig. Ich meine, dann müsste ich mich jetzt genauso zwischen ihm und Lizzy entscheiden, wie er sich zwischen den Keksfressern und mir entscheiden musste. Das wäre ja auch nichts, dachte ich.

»Du«, sagte ich also und lächelte sie ein bisschen verlegen an, »kannst du das denn vielleicht für mich machen? Also ... ihm verzeihen, meine ich? So, auf Bewährung vielleicht?«

»Mensch, Victor«, sagte sie dann und lächelte mich kurz an, »du bist echt ein ganzes Stück zu gut für diese Welt. Also gut, der will das wieder hinbiegen, hat er gesagt?« Dabei lehnte sie sich ein Stück zurück und hielt nachdenklich ihr Gesicht in die Sonne.

»Ja, das will er! Sogar mit Schwur, hat er gesagt.«

»Ich weiß nicht ... das ist vielleicht ein Anfang. Aber auch nicht mehr als ein Anfang. Du verlangst da echt was, das ist dir schon klar, oder?«

»Ich weiß«, sagte ich. Dann schwiegen wir eine Weile.

»Du, ich hab eine Idee«, sagte ich, als ich eine Idee hatte, und schubste mich auf dem Boden ein wenig zurecht, damit ich vor ihr sitzen und ihr ins Gesicht schauen konnte. »Also, das waren jetzt wirklich ... wirklich viele beschissene Tage. Vielleicht müssen wir das alle zusammen mal klarkriegen. Weißt du, was ich meine? Das alles noch mal durch den Kopf schieben. Zusammen. Damit wir nicht verrückt werden oder so was.«

»Du meinst, mit den Keksfressern? Und dann so was wie dass ich so 'ne Gruppentherapie?«, fragte Lizzy skeptisch.

»Nein, natürlich nicht mit denen! Ja, und jetzt auch nicht so wie in der Schule, wenn Frau Schaller ... nee, Istas ... nee, Schaller ... ach, verdammt. Also, wenn die sagt, wir müssen mal drüber reden, und dann redet keiner. Und allen ist es peinlich. Das meine ich nicht.«

»Sondern?«

»Na ja, wenn wir wollen, dass jetzt die scheißfreie Zeit anfängt, dann sollten wir das vielleicht mal anleiern. Das dachte ich. Vielleicht kommen ja nachher einfach alle her, mit denen wir in Zukunft alles besser haben wollen, und wir gehen den ganzen Dreck noch ein letztes Mal durch. Kollektiv sacken lassen oder so.«

»Du, ich glaube langsam, du bist da einer heißen Sache auf der Spur.«

»Im Ernst?«

»Ja! Im Ernst.«

»Gut«, sagte ich. »Wen wollen wir in dieser Zukunft dabeihaben? Die sollten wir alle einladen. Ich finde, Jan muss dabei sein. Der war viel zu sehr nicht dabei in der letzten Zeit.«

»Alles klar«, sagte Lizzy. »Ich will Erza und Nina dabeihaben.«

»Ja, dann hätte ich ja jetzt auch noch einen zweiten Gast übrig, ne?«, fragte ich und schaute dabei ein wenig absichtlich verlegen auf die Erde, weil ich hoffte, das würde es Lizzy schwerer machen, Martin abzulehnen.

»Ist schon gut«, sagte sie, »dann soll Martin auch mal herkommen.«

»Danke«, sagte ich leise.

Für drei Uhr hatten wir alle in unser Wohnzimmer eingeladen, und ich war erleichtert, als Nina und Erza zugesagt hatten. Denn ich hatte schon schlimm befürchtet, dass ich Martin wieder von der Liste streichen müsste, wenn eine von ihnen nicht gekonnt hätte, weil dann ja kein zweiter Gast mehr übrig gewesen wäre. Jetzt sagte auch Jan zu, und dass Martin dabei sein würde, war ja selbstverständlich. Gefälligst.

Um Viertel vor drei war mir furchtbar übel im Bauch. Ich meine, es war ja meine Idee gewesen, dass wir das alles noch mal rauskramen sollten, das war mir schon klar. Und trotzdem kam ich mir jetzt vor wie einer, der hinter dem Haus in der Restmülltonne herumwühlt und den Dreck, den er produziert und weggeschmissen hat, auf der Straße verteilt, nur um sich den ganzen Rotz noch einmal genau und bei Tageslicht anzugucken. Dem würde man ja auch sagen, dass das eine Scheißidee ist, und man würde ihn fragen, was die ganze Sauerei eigentlich soll. Was in der Tonne ist, bleibt in der Tonne, so einfach ist das doch. Andersrum war es ja so, dass bei uns … in unserer Restmülltonne quasi … also, wir hatten da schon wirklich ekelige Sachen reingetan, und dazu auch noch so viele, dass wir die Tonne schon gar nicht mehr richtig zukriegten. Und darum hatte ich jetzt furchtbar Schiss, den Deckel noch mal aufzumachen und da reinzugucken.

»Ist dir auch so schlecht?«, fragte ich Lizzy, als wir zusammen vor dem Sofa auf der Erde saßen und ziemlich still darauf warteten, dass bald drei Uhr sein würde und unsere Leute endlich kämen.

»Schon«, nickte sie leise, und ich nahm ihre Hand.

Um kurz vor drei, zum Glück ein bisschen zu früh, war Jan schon da.

»Ist das hier die Gruppensitzung?«, lachte er und hielt eine Plastiktüte in die Luft, sodass die Getränke darin schepperten und klirrten.

»Jan«, rief ich. Ich sprang zu ihm auf und sah auf mein Handy.

»Ich kenn da einen, der mir mal erklärt hat, wie viel genau man zu spät kommen sollte, wenn man verabredet ist.«

»Das gilt nur für Dates«, nickte Jan weise.

»Hö?«, sagte Lizzy und schaute mich an. »Du warst doch auf die Minute genau da.« Ich schaute verlegen auf die Erde, Jan lachte.

»Das ist bloß, weil der Mann nicht auf gute Ratschläge hört.« Er klopfte mir die Schulter. Ich hätte nicht damit anfangen sollen, dachte ich.

Während Jan die mitgebrachten Getränke – ein wenig Limo, ein wenig Bier, für jeden Anlass was dabei, wie er sagte – in den Schatten zwischen die Pflanzen legte, kamen auch Erza und Nina schon dazu.

»Das Sofa ist noch nass«, erklärte Lizzy, und wir setzten uns alle auf die Erde. Schließlich kam auch Martin. Er war bloß zwei Minuten zu spät, und trotzdem war es ihm peinlich, dass wir auf ihn warten mussten.

»Da war ein kleiner Junge vor mir am Kiosk«, erklärte er, »der hat ewig gebraucht und konnte sich nicht entscheiden. Nehm ich die Frösche oder lieber die sauren Zungen ... ich weiß nicht ... Mann, ich hasse so was.«

»Macht ja nichts. Setz dich doch«, sagte Lizzy, und das haute mich jetzt ganz schön um. Ich meine, sie war nett zu Martin. Das musste sie wirklich nicht sein, und trotzdem war sie nett zu ihm. Mir zuliebe. Plötzlich hatte ich alles nass im Gesicht und wusste gar nicht genau, wie das jetzt gekommen war.

»Scheiße, wir haben doch noch gar nicht richtig angefangen, und jetzt heulst du schon?«, sagte Erza und knuffte mich in die Seite.

»Ja, ich weiß auch nicht ...« Mehr brachte ich nicht heraus.

»Der ist schon süß, oder?«, fragte Lizzy. Alle nickten anerkennend. Jetzt musste ich lachen und immer noch heulen, also lachheulen, weil das alles so bescheuert war.

»Gut«, sagte ich schließlich, als es wieder ging, »jetzt, wo das erledigt ist, braucht sich gleich wenigstens keiner mehr schämen, wenn er heulen muss. Ich hab da jetzt mal den Anfang gemacht ... das mach ich gern für euch.«

Wieder nickten alle anerkennend und hoben die Daumen.

»Danke, Victor.«

»Echt super von dir.«

»Starke Leistung.«

Wir öffneten ein paar Getränke, Martin hatte Whiskey-Cola mitgebracht, fertig vorgemischt in Colaflaschen, außerdem für jeden einen Calippo Orange, sodass Lizzy fand, er hänge sich da schon ein bisschen zu sehr rein, uns zu gefallen. Das sagte sie zwar nicht, aber ich konnte es in ihren Augen sehen, als Martin das Eis verteilte. Es wurde ein wenig Quatsch erzählt, ein bisschen gelacht, und ich fand es sogar ganz gut, dass wir jetzt nicht wie im Bibelkreis von vornherein mit Ernst und Stille bei der Sache waren. Je länger der Quatsch aber dauerte, desto mehr fürchtete ich, dass es gleich schwieriger werden würde, noch die Kurve zu kriegen. Und jetzt den ganzen Nachmittag und Abend zu verquatschen und versaufen, bloß weil wir die Kurve nicht kriegen, das wäre ja auch nicht der Sinn der ganzen Sache, dachte ich.

»Also«, sagte Martin plötzlich laut und ruhig in das ganze Lachen hinein, gerade als ich schon glaubte, das würde heute nichts mehr werden, »mich dünkt, wenn ich schon den ganzen Dreck der letzten Zeit in Gang gesetzt habe ...«

»Soso, dünkt dich das?«, unterbrach Erza und lachte albern.

»Jaja«, ergänzte Jan, »das kommt davon, wenn man sich so seine Gedünken macht.« Erza lachte auf und fasste Jan an den Arm.

Martin ließ sich nicht aus der Ruhe bringen – er wollte das hier jetzt getan haben. So langsam beruhigten sich auch alle und sahen ihn an.

»Also, wenn ich mit der Bärenfalle schon diesen ganzen Mist ins Rollen gebracht habe, sollte ich wohl auch jetzt den Anfang machen. Das hab ich gedacht.«

Alle nickten stumm und hörten ihm dabei zu, wie er noch mal ganz von vorn mit unserer blöden Geschichte begann. Wie kühn und aufregend es sich beim Orientierungslauf angefühlt hatte, wie gut es ihm da noch gegangen war. Und bei jeder Etappe, die folgte, erzählten auch wir, was wir da so gemacht und gedacht hatten, und wie es uns da ging. Dabei war es plötzlich so, wie wenn man sich einen Film mit einem überraschenden Ende noch ein zweites Mal anschaut und bei jeder zweiten Szene denkt: Ach, scheiße, da hätte ich es doch schon merken können – genauso ging es uns, während Martin sich durch die Geschichte, durch unsere Geschichte, erzählte. Als er bei meinen ersten Zweifeln angekommen war, bei meiner Frage an die Keksfresser, warum wir das denn alles machten, ging das Geschichtenerzählen nicht mehr weiter. Denn für Martin war das genau so eine Szene. Das hatte er erst jetzt verstanden, als er davon erzählte, und es haute ihn so übel aus der Bahn, dass Nina ihn in den Arm nehmen musste. Die Sache mit dem Sprechen war für ihn erst mal gelaufen, also machte ich weiter.

Ich will euch jetzt gar nicht jedes Detail erzählen. Es war jedenfalls ein Glück, dass Jan, Nina und Erza dabei waren. Denn die hatten ja bloß ganz am Rand was mit der Sache zu tun gehabt, eigentlich nur vom Hörensagen, und es ist schon gut, wenn auf jeden, der heult, auch einer kommt, der trösten kann. Zwei Stunden ging das alles so, mindestens. Und als der ganze Müll aus der Tonne herausgeholt war und jetzt gut sortiert vor uns lag, sagte ich schließlich: »Na ja, und jetzt sind die Klammerts die neuen Jussems. Hat sich ja gelohnt.«

»Scheiße, ja«, sagte Martin.

»Und was jetzt?«, fragte Nina, doch niemand wusste so richtig etwas zu sagen. Totenstill war es. Der Wind in den Bäumen machte weiter, so als wäre nichts passiert, aber wir saßen bloß da und schauten uns an. Ich trank einen Schluck von Martins Colagemisch, und sagte schließlich: »Ja, wie wär's denn mit Minigolf?«

© Annett Noak

Andreas Brettschneider wurde 1974 geboren und studierte Germanistik sowie Anglistik in Köln. Er war Sänger/Songwriter in verschiedenen Bands und stellte 2015 seinen ersten Roman fertig, mit dem er 2018 im Finale eines Wettbewerbs auf der Frankfurter Buchmesse vertreten war. Seitdem veröffentlichte er Kurzgeschichten in verschiedenen Anthologien und seinen ersten Jugendroman »Auch junge Leoparden haben Flecken« im Ueberreuter Verlag.